Schwarzer Seehas

Thriller

Impressum

Korrektur: Claudia Kufeld, Kierspe

Verlag:
Stefan Mitrenga
Bodenseestraße 14
88213 Ravensburg
mail@stefanmitrenga.de
Druck: epubli – ein Service der neopubli GmbH, Berlin

Die nachfolgende Geschichte ist frei erfunden, auch die Personen und ihre Handlungen. Eventuelle Ähnlichkeiten zu lebenden Personen sind rein zufällig.

Prolog

22. März 1942

Ein eiskalter Windstoß ließ den Mann auf dem Landungssteg frösteln. Er schlug den Kragen seines Ledermantels hoch und zog den Hals ein. Er war allein in diesem Teil der Danziger Werft. Weiter vorne, wo rund um die Uhr an neuen Kriegsschiffen gearbeitet wurde, brannte Licht in den Hallen und das monotone Klopfen der Nietenhämmer hallte durch die Nacht. Der Mann zog den Ärmel hoch und warf einen Blick auf seine Kienzleuhr; ein Geschenk seines Vaters.
„Verdammt", fluchte er in seinen Kragen. Er hatte auf keinen Fall zu spät kommen wollen und war nun fast eine halbe Stunde zu früh. Kurz überlegte er sich bei den Hallen Schutz zu suchen, wählte aber stattdessen eine kahle Eiche, deren Stamm wenigstens einen schmalen Windschatten bot. So hatte er sich seinen großen Tag nicht vorgestellt.
Seit er in seiner Kindheit Jules Vernes „20.000 Meilen unter dem Meer" gelesen hatte, war er von U-Booten fasziniert gewesen. Diese majestätischen Stahlkolosse, die unbemerkt durch die Weltmeere ziehen konnten und von keiner irdischen Instanz kontrollierbar schienen. Die Ernüchterung kam, als er nach dem Weltkrieg die ersten Bücher über echte U-Boote las. Sie waren alles andere als elegante Meeresriesen. Im Grunde waren sie nur abgedichtete Boote, die bei Gefahr für kurze Zeit untertauchen konnten. Unter Wasser bewegten sie sich nur langsam, da ihr Antrieb für die Fahrt an der Oberfläche entwickelt worden war. Eine offene Kommandobrücke und teils

Geschütze auf dem Vorderdeck sorgten für die schlechteste Stromlinienform, die denkbar war.
U-Bootangriffe erfolgten immer im aufgetauchten Zustand und auf Sichtweite, so wollten es die völkerrechtlichen Doktrinen des Krieges, das Abtauchen diente lediglich der Flucht.
Der Mann schüttelte den Kopf. „Was für ein Schwachsinn!"
Warum verschwendete man so eine wunderbare Waffe? Es würde doch auch niemand einen Speer aus bestem Stahl schmieden, um dann die Spitze stumpfzuschleifen. Er hatte von Anfang an eine ganz andere Vision gehabt: seine U-Boote würden die meiste Zeit unter Wasser fahren, sie würden sich dem Feind völlig unbemerkt nähern und dann aus nächster Nähe, wie aus dem Nichts, zuschlagen. Und genauso unerkannt würden sie wieder entkommen.
Als er die Volksschule verlassen hatte, ermöglichte ihm ein Onkel den Besuch des Gymnasiums und unterstützte ihn auch während des darauffolgenden Ingenieurstudiums mit dem nötigen Geld. Einen Studiengang für U-Boote gab es nicht und so spezialisierte er sich auf alles, was mit Druck zu tun hatte und Materialien, die unter Druck bestehen mussten. Doch auch während des Studiums wurde er enttäuscht. Die meisten seiner Dozenten waren uralt und in ihren Ansichten unglaublich konservativ. Sie hatten sich seit gefühlten fünfzig Jahren nicht mehr fortgebildet, dabei hatte es gerade beim Material erstaunliche Entwicklungen gegeben. Die Überalterung der Professoren war an allen Universitäten ein Problem; der Krieg hatte unter den jungen Männern viel zu viele Opfer gefordert. Also suchte er selbst nach interessanten neuen Materialien und stellte seine eigenen Berechnungen an. Sein mathematisches Talent half ihm dabei. Er löste Rechenprobleme in Minuten, für die andere mehrere Tage oder gar

Wochen brauchten. Noch vor seinem Abschluss hatte er sich deutschlandweit einen Namen gemacht und häufig fragten ihn andere Ingenieure um Rat.
Für seine Doktorarbeit kehrte er schließlich zu den Visionen seiner Jugend zurück und beschrieb eine neue Art von U-Boot, die alles übertraf, was je dagewesen war: unglaubliche Tauchzeiten und Geschwindigkeiten unter Wasser, in Einklang mit immensen Abmessungen und trotzdem niedrigem Materialbedarf. Alles war bis ins kleinste Detail berechnet und gezeichnet, es fehlte nur noch jemand, der diese U-Boote baute.
Doch es kam niemand.
Seine Doktorarbeit verstaubte in den unendlichen Reihen der Universitätsbibliothek zwischen tausenden anderer unbeachteter Werke.
Dann kam der zweite Weltkrieg.
Bereits als Hitler im Januar 1933 zum Reichskanzler gewählt worden war, war er in die Partei eingetreten. Ein Muss in seiner Position. Er hatte nun selbst einen Lehrstuhl an einer angesehenen Universität und beriet neuerdings Rüstungsfirmen bei der Konstruktion ihrer Waffen und Maschinen. Die Rüstung war schon zu Zeiten der Weimarer Republik leise wieder angelaufen, vor allem nachdem die interalliierte Militärkommission 1927 ihre Kontrollen eingestellt hatte. Unter Hitler gab es dann kein Halten mehr und der Etat des Kriegsministeriums schoss in schwindelerregende Höhen. Panzer, Schiffe und Flugzeuge wurden gebaut - und endlich auch wieder U-Boote.
Er erinnerte sich noch genau an den Morgen im Juli 1941, als er in seinem Büro unerwarteten Besuch erhielt.
„Guten Morgen Dr. Liebrecht“, begrüßte ihn sein Gast und setzte

sich unaufgefordert in den Sessel vor seinem Schreibtisch. Erst vermutete er in dem Mann einen Gesandten der Gestapo oder gar der SS, doch irgendwie passte er nicht in deren Bild.
„Entschuldigen Sie, wenn ich Sie störe, aber ich muss unbedingt mit Ihnen sprechen."
Dr. Liebrecht musterte den kleinen Mann von oben bis unten: sein Schädel war kahlrasiert, sogar die Augenbrauen fehlten, auf seiner Nase trug er eine Brille mit runden Gläsern. Sein Anzug war unauffällig, schien aber maßgeschneidert. Das Auffälligste an dem Mann aber waren seine stechend blauen Augen, die sein Gegenüber fest im Blick behielten.
„Mein Name ist Ummenhofer, Georg Ummenhofer, und ich bin hier, um Ihnen ein einmaliges Angebot zu machen."
Wenigstens werde ich nicht verhaftet, dachte Dr. Liebrecht und entspannte sich etwas in seinem Stuhl.
„Was kann ich für Sie tun?"
Ummenhofer schüttelte den Kopf. „Aber nicht doch: ich kann etwas für Sie tun!"
Dr. Liebrechts Alarmglocken läuteten. Echte Geschenke oder Gefallen gab es in dieser Zeit nicht. Stets kam ein „aber", verbunden mit einer erwarteten Gegenleistung.
„Ich möchte ihr U-Boot bauen", sagte Ummenhofer beiläufig, gerade so, als ginge es darum ein Kaffeekränzchen zu veranstalten. Dr. Liebrecht blieb die Luft weg. Machte sich dieser Mann über ihn lustig?
„Hören Sie – wenn das hier ein Spaß werden soll, ist unser Gespräch beendet."
Ummenhofer beugte sich über den Schreibtisch und sah Dr. Liebrecht starr in die Augen.

„Wer mich kennt, der weiß, dass ich keinen Spaß mache.
Er ließ seine Worte einen Moment wirken. Liebrecht spürte
fahr, die sie ausstrahlten und wich instinktiv zurück.
„Ich möchte ihr U-Boot bauen, besser gesagt der Führer persönlic
hat Interesse daran."
Liebrecht dachte sich verhört zu haben. Hitler selbst sollte von seinen Plänen erfahren haben? Ein schier unmöglicher Zufall. Andererseits befand sich Deutschland im Krieg und suchte ständig nach neuen Ideen und Waffen, die kriegsentscheidend sein könnten.
„Natürlich wären diese U-Boote den alten Modellen weit überlegen", begann Liebrecht zögerlich. Im Folgenden erläuterte er die Vorzüge seiner Entwicklung. Die hohe Unterwassergeschwindigkeit, der quasi reinelektrische Antrieb, der eine annähernd lautlose Fahrt erlaubte, da die Schraube ohne anfällige Mechanik direkt auf die Welle des Elektromotors montiert wurde und natürlich die hohe Reichweite, die seiner Meinung nach durch neuentwickelte Akkumulatoren sogar noch größer war als in seinen ursprünglichen Berechnungen.
All das hörte sich Ummenhofer lächelnd an. Als Liebknecht geendet hatte, zeigte er mit dem Finger auf ihn. „Und genau deshalb wollen wir ihr U-Boot bauen." Er neigte den Kopf und schürzte die Lippen.
„Aber …"
Liebrecht stöhnte innerlich auf: da war das „aber" mit dem er gerechnet hatte.
„Aber … ich brauche etwas, das ich dem Führer zeigen kann. Wissen Sie, Hitler ist ein ausgesprochenes Augentierchen!"
Während Ummenhofer über seine Formulierung lachte, sah sich Liebrecht panisch im Zimmer um. Wie konnte dieser Mann den Führer als Augentierchen bezeichnen? Wenn das irgendwer gehört hatte

ie mit Sicherheit beide im Gefängnis landen.
Bestürzung und winkte ab.
r. Der Führer und ich, wir sind … na sagen
h als Berater."
…en unsicher und sprach unwillkürlich leiser.
…so brauchen Sie von mir?"
„Ein funktionierendes Schiff. In sechs Monaten. Schaffen Sie das?"
Liebrechts Mund stand offen, während er versuchte, die Information zu verarbeiten.
„Sechs Monate?", stammelte er. „Wie soll das gehen? Ich habe … ich kann nicht ... also ich müsste …"
„Faseln Sie nicht", unterbrach ihn Ummenhofer schroff. „Ich habe schon einiges vorbereitet. Sie müssen nach Danzig. Auf der dortigen Werft steht alles für Ihr Projekt bereit. Falls doch etwas fehlt, werde ich dafür sorgen, dass Sie es bekommen."
Liebrecht nickte apathisch.
„Und noch eins: ich erwarte nicht, dass Sie in diesen sechs Monaten ein komplettes Boot fertigstellen – ich erwarte einen funktionsfähigen Prototyp. Höchstens zwanzig Meter lang?"
Liebrecht verstand nicht. „Was wollen sie denn mit so einem Spielzeug?"
„Ich weiß. Laut Ihren Plänen wäre das Boot sechsundsiebzig Meter lang. Ich bezweifle aber, dass Sie das in den sechs Monaten realisieren können. Außerdem denke ich an die Materialkosten … immerhin ist es nur ein Prototyp. Die Hauptsache ist, dass es funktioniert. Bekommen Sie das hin?"
Liebrechts Gedanken rasten. Auch bei der geringeren Größe wäre es ein immenser Kraftakt. Wenn wirklich alles vorbereitet war, könnte

er es schaffen, aber er müsste sofort aufbrechen. Hier hielt ihn nichts. Er war nicht verheiratet und hatte keine Kinder. Er vögelte gelegentlich eine der Sekretärinnen, doch das war nichts Verbindliches.
„Ich schaffe das", sagte er nach kurzem Überlegen und spürte erst als er es aussprach, dass er einen Pakt geschlossen hatte.
Das war vor mehr als sechs Monaten gewesen. Zwei Tage nach ihrem Gespräch hatte er sich auf den Weg nach Danzig gemacht. Ummenhofer hatte nicht übertrieben: in einer kleinen, etwas abseits gelegenen Halle, in der bis vor kurzem noch zivile Yachten gebaut worden waren, fand er alles, was er brauchte. Die Tage verbrachte er auf der Werft, die Nächte in einem hübschen Haus, das nur zehn Gehminuten entfernt lag. Es hatte sogar einen gepflegten Garten, aus dem er sich bedienen konnte. Manchmal fragte er sich, was aus den Bewohnern geworden war.
Wie er es für die spätere Produktion vorgesehen hatte, wurde auch der Prototyp in Sektionen gebaut. Die Einzelteile, angefertigt nach seinen Plänen, kamen aus ganz Norddeutschland. Das hatte den Vorteil, dass die Ressourcen – Material und Fachkräfte – nicht an einem Ort gebündelt werden mussten. Sollte eine Produktionsstätte ausfallen, womit man im Krieg rechnen musste, konnte deren Arbeit an anderer Stelle fortgeführt werden, ohne dass das Gesamtprojekt gefährdet war. Wenn die Produktion anlief, konnten die Einzelsektionen in der Werft wie am Fließband zusammengesetzt werden.
Probleme gab es nur mit den Elektromotoren. Die ersten, die geliefert wurden, waren nicht genau austariert und verursachten Vibrationen, die unter Wasser zu Geräuschen geführt und langfristig Schäden an den Verankerungen bewirkt hätten. Erst beim dritten Versuch war die Spulenwicklung des Motors so exakt, dass sich alle Werte inner-

halb der Toleranz befanden.
Liebrecht sah erneut auf die Uhr. Noch fünf Minuten. Von den Werfthallen her näherte sich langsam ein Fahrzeug mit abgedunkelten Scheinwerfern und parkte einige Meter vor dem Landungssteg. Kurze Zeit tat sich gar nichts, dann wurden die hinteren Türen des Maybach geöffnet. Zwei Männer stiegen aus und kamen auf ihn zu.
„Schön zu sehen, dass Sie pünktlich sind", begrüßte ihn Ummenhofer und gab ihm die Hand. Der andere Mann hielt sich im Hintergrund. So wie Ummenhofer trug auch er einen schweren Ledermantel, seinen breitkrempigen Hut hatte er zum Schutz vor dem Wetter tief ins Gesicht gezogen. Als er endlich vortrat, gefror Liebrecht das Blut in den Adern. Er kannte das Gesicht nur zu gut, war es doch in den letzten Wochen ständig auf den Titelseiten der Zeitungen gewesen. Vor ihm stand der erst vor kurzem ernannte Reichskriegsminister. Albert Speer. Ein panischer Reflex wollte seinen Arm nach oben reißen und das „Heil Hitler" lag ihm schon auf der Zunge, doch Speer ging dazwischen.
„Wagen Sie es ja nicht, mich zu grüßen", zischte er bedrohlich. „Es muss ja nicht jeder mitbekommen, wer ich bin."
Speers Angst war berechtigt. Die Feinde des Reiches hatten dazugelernt und erst kürzlich zwei hochrangige Offiziere ermordet. Dabei hatten die Heckenschützen auf die Person geschossen, die ihrem Stand gemäß gegrüßt wurde. Seitdem verzichtete man gerne mal auf den Hitlergruß.
„Wie lange noch?", fragte Ummenhofer und schaute aufs Meer. Liebrecht schob den Ärmel hoch und sah auf seine Uhr. „Wenn alles glatt läuft noch fünf Minuten."
Für diese Demonstration hatte Ummenhofer sich etwas ganz Beson-

deres einfallen lassen: das U-Boot war vor knapp zehn Stunden in Kolberg gestartet und sollte nun, nach fast zweihundertfünfzig Kilometern Tauchfahrt, vor ihnen auftauchen.
„Ich habe es übrigens noch etwas spannender gemacht", sagte Ummenhofer und lächelte schief.
Liebrecht schreckte auf.
„Sie haben doch versprochen, dass Ihr Boot so leise ist, dass es nicht geortet werden kann …"
Liebrecht nickte.
„… deshalb habe ich zwei unserer besten U-Bootjäger auf seinem Kurs positioniert. Sie hatten die Anweisung das Gebiet feinmaschig nach Unterwasseraktivitäten abzusuchen. Wir werden sehen, ob sie erfolgreich waren."
Liebrecht lief trotz der Kälte Schweiß über den Rücken. Dieser Wahnsinnige hatte tatsächlich noch eins draufgesetzt. Und wofür? Nur um vor Speer glänzen zu können? Er schüttelte unmerklich den Kopf. Oder war er nur darauf aus, seine Unfähigkeit zu beweisen? In dem Fall würde er den Tag vermutlich nicht überleben. Er sah erneut auf seine Kienzleuhr. Seine Hand zitterte. Verdammt, das Boot müsste jetzt da sein.
Auch Speer sah auf seine Uhr. Seine Hand zitterte kein bisschen. Er bedachte Liebrecht mit einem skeptischen Blick von der Seite.
„Die fünf Minuten sind um", stellte er fest und wandte seinen Blick hinaus aufs Meer.
Komm schon, komm schon, komm schon, bettelte Liebrecht in Gedanken und suchte die Wasseroberfläche ab. Er erschrak, als sich ein Schwarm Möwen kreischend in die Luft erhob und davonflatterte. Dort, wo die Vögel eben noch mit den Wellen auf und ab geschaukelt

waren, erhob sich ein massiver Schatten aus dem Wasser. Ohne jegliches Geräusch hielt er auf den Landungssteg zu.
„Endlich“, entfuhr es Liebrecht.
„Sie haben daran gezweifelt?“, grinste Ummenhofer. „Sie sollten mehr Vertrauen in ihr Boot haben.“
Das habe ich, du arroganter Sack, ärgerte sich Liebrecht, aber die zusätzlichen U-Bootjäger waren nie Teil des Plans gewesen.
Das U-Boot war nun noch zwanzig Meter entfernt und tauchte weiter auf. Über seine gesamte Länge ragte es rund einen halben Meter aus dem Wasser. Ein metallisches Schaben war das erste Geräusch, das die Männer am Steg von dem Boot hörten. Kurz darauf flammte ein schwaches Licht auf und eine Person reckte den Kopf aus dem Turm. Mit leisen Worten gab er Anweisungen nach unten und manövrierte das Schiff behutsam an den Landungssteg.
Speer schritt das Boot in seiner gesamten Länge ab. Natürlich hatte er die Pläne studiert, doch es war etwas anderes, das fertige Objekt zu sehen. Es wirkte riesig und er schauderte bei der Vorstellung, dass dies nur der Prototyp war mit gerade mal einem Viertel der Originalgröße. Ganz anders als die alten U-Boote, bemerkte Speer staunend. Eleganter. In seiner Form erinnerte es ihn an einen großen Fisch. Außer dem Turm ragte nichts aus dem Bootskörper. Er wusste, dass für das Boot keine Bordgeschütze vorgesehen waren. Seine einzige Bewaffnung bestand aus fast fünfzig Torpedos der neuesten Bauart, was vollkommen ausreichend war. In Führungskreisen befürchtete man eine Invasion alliierter Truppen, die mit Schiffen das Festland erreichen könnten. Flugzeuge waren geeignet für Bombenangriffe, doch um eine große Zahl Soldaten zu befördern zu unsicher, weshalb der Seeweg die einzige Lösung war. Und nun hatten

sie eine Waffe, die ungesehen und ungehört bis auf kurze Entfernung an die Kreuzer und Transportschiffe herankommen konnte, um ihre todbringenden Torpedos abzufeuern. Speer lächelte, als er sich die entsetzten Gesichter der feindlichen Kapitäne vorstellte, die mitansehen mussten, wie ein Schiff nach dem anderen um sie herum versenkt wurde und schließlich auch ihr eigenes.
„Sie haben dem Reich eine mächtige Waffe geschenkt", sagte Speer und legte Liebrecht die Hand auf die Schulter. „Wir werden ihr Boot bauen. So schnell wie möglich." Er sah zum Bug des U-Bootes und entdeckte den ordentlichen Schriftzug: „Nautilus"
„Etwas kindisch, finden Sie nicht?"
Liebrecht zuckte zusammen. Er wusste, dass Jules Verne von einigen in der Partei als nicht konform angesehen wurde.
„Es ist … es ist nur ein Arbeitsname …", stammelte er, doch zu seiner Überraschung lächelte Speer.
„Ich finde ihn mehr als passend, aber für die Serienproduktion bleiben wir dann doch bei der alten Nomenklatur. Halten Sie sich bereit. Ich denke, wir beginnen in Kürze. Ich werde das noch mit dem Führer besprechen, aber ich bin mir sicher, dass er begeistert sein wird."
Speer wandte sich um und ging zurück zum Wagen.
„Auch ein Augentierchen", flüsterte Ummenhofer grinsend. „Hab ich Ihnen doch gesagt. Glückwunsch: jetzt haben Sie Ihre U-Bootproduktion. Und wer weiß: vielleicht werden Ihre Schiffe den Krieg entscheiden."
Auch Ummenhofer wandte sich um, doch Liebrecht hielt ihn zurück.
„Was passiert denn jetzt mit der Nautilus? Immerhin ist sie voll funktionsfähig."
„Machen Sie sich keine Sorgen: wir haben bereits eine Verwendung

gefunden. Eine sehr wichtige sogar."
Liebrecht war enttäuscht. Er hing an diesem Prototyp und hätte an ihm gerne noch einige Dinge ausprobiert. „Wo kommt sie hin?"
Ummenhofer verzog die Lippen zu einem Schmollmund. „Jetzt seien Sie doch nicht so sentimental. Es wird ihrem Schiff gutgehen. Glauben Sie mir. Aber leider werden Sie es nie wiedersehen. Bauen Sie Ihre U-Bootflotte, das war es doch was Sie immer wollten."

Luftlinie rund fünfhundertsiebzig Kilometer entfernt stand Judith Cwiertnia am nächsten Tag an ihrer Werkbank und zog die letzten Schrauben an. Die Nazis hatten sie und ihre Familie in Polen verhaftet und auf verschiedene Lager verteilt. Vielen Juden erging es ähnlich. Doch ihre Ausbildung als Uhrmacherin bewahrte sie vor dem Konzentrationslager, stattdessen wurde sie zur Zwangsarbeit in der Torpedoversuchsanstalt Eckernförde eingeteilt. Sie bemühte sich, ihre Arbeit gut zu machen, in der Hoffnung, dass auch ihre Familie davon profitierte.
Vor ihr lag ein Torpedo aus einer kleinen Sonderserie. Die normalen Torpedos waren rund sechs Meter lang, dieser hier war mit zweieinhalb Metern vergleichsweise winzig. Sie setzte die Verschlusskappe auf und drehte die fünf Muttern mit der Hand auf die Gewindestangen. Wichtig war, sie danach mit exakt einhundertfünf Newtonmetern anzuziehen. So lautete die Vorgabe. Sie sah sich nach ihrem Drehmomentschlüssel um, der auf der anderen Seite der Werkbank lag. Sie war am Ende ihrer Schicht und müde und hatte keine Lust durch den ganzen Raum zu laufen. Außerdem konnte sie sich auf ihr Feingefühl verlassen. Sie nahm die normale Ratsche und zog die Schrauben an. Immer über Kreuz, damit die empfindliche Blattdichtung nicht beschädigt wurde. Bei vier der Schrauben lag sie verblüf-

fend dicht an den einhundertfünf Newtonmetern, doch bei der letzten unterschätzte sie ihre Kraft und erreichte einhundertfünfzehn Newtonmeter. Die Dichtung wurde gequetscht und ein feiner Riss entstand, so fein, dass er für das menschliche Auge nicht sichtbar war. Judith begutachtete zufrieden ihre Arbeit und wischte mit einem Lumpen über den Torpedo, bis er im Licht der Neonröhren glänzte und befestigte eine grüne Plakette an der Spitze. Das war's für heute, freute sie sich und rief nach dem Aufseher, der sie zurück in ihren Block bringen würde.

15. September 1944

Ummenhofer schwitzte in seinem schweren Mantel. Am Morgen war es kühl gewesen, doch nun bereute er die Wahl seiner Kleidung. Schal und Handschuhe hatte er bereits im LKW abgelegt. Er hasste es zu warten, doch im Krieg gingen die Uhren anders. Der Transport war für zehn Uhr angekündigt. Nun war es kurz vor elf. Er hatte Lust jemanden anzuschnauzen, doch niemand wagte es, sich ihm zu nähern. Im Lager kannte man ihn, wenngleich niemand wusste, welche Funktion er innehatte. Er trug keine Uniform und auch sonst keine Kennzeichen. Tatsächlich war er nicht einmal in der Partei. Der Führer hatte ihn schon mehrmals darauf angesprochen, aber er hatte sich immer herausreden können. Ummenhofer war schon immer klar gewesen, dass es im Krieg Gewinner und Verlierer gab. Wer sich mit Haut und Haaren der Partei verschrieb, würde im Fall einer Niederlage zu den Verlierern gehören, darum war er nicht Mitglied und stand auf keiner der endlos geführten Listen. Trotzdem hatte er durch seine Freundschaft mit Hitler, der sehr viel Wert auf seinen Rat legte, enormen Einfluss. Er liebte es in der zweiten Reihe zu stehen – die in der ersten Reihe wurden auch als erste erschossen. Sollte Hitler am Ende den Krieg verlieren, würde sein Name nirgends auftauchen, noch nicht mal beim Einwohnermeldeamt. Aber natürlich hoffte er auf den Sieg und tat alles, was er konnte, um den Führer zu unterstützen. Seine besondere Gabe war es, Talente zu entdecken. Ein echter Coup war ihm mit Wernher von Braun gelungen, den er 1932 direkt von der Universität zum neuen Raketenprogramm geholt hatte. Seitdem hatte der Mann unglaubliches geleistet. Kurz darauf wurde Hitler Reichskanzler und wurde auf Ummenhofers Begabung

aufmerksam. In den nächsten Jahren war er für einige Neubestzungen innerhalb der Partei verantwortlich. Auch in Liebrecht hatte er sich nicht getäuscht. Seine neuen U-Boote galten mittlerweile als die Waffe, die den Krieg entscheidend beeinflussen könnte. Ummenhofer gönnte es dem jungen Ingenieur, den er seit dem Abend in der Danziger Werft nicht mehr gesehen hatte. Er hätte ihm zugetraut in den sechs Monaten, die er an dem Prototyp gearbeitet hatte, auch ein Boot in Originalgröße zu bauen, doch er hatte bereits einen anderen Plan im Hinterkopf gehabt und dafür brauchte er den sehr viel kleineren Prototyp.
Seine aktuelle Aufgabe unterschied sich sehr von seinen bisherigen. Vor ein paar Jahren hatte Hitler ihn in einem Gespräch unter vier Augen gebeten, einen Plan zu erarbeiten, um große Geldbeträge sicher außer Landes zu schaffen. Ummenhofer hatte nicht gefragt, wofür das Geld bestimmt war – ob für das Reich, für die Partei oder Hitler selbst, es war ihm egal. Schnell war klar gewesen, dass nur die Schweiz als sicherer Ort in Frage kam, doch mit dem Fortschreiten des Krieges war an einen normalen Grenzverkehr nicht mehr zu denken. Er hatte vorsichtig Kontakt mit mehreren Schweizer Banken aufgenommen, ohne zu verraten, wer der neue Kunde war. Wieder half es, dass er offiziell nichts mit Hitler und der Partei zu tun hatte. Er entschied sich für eine der kleineren familiengeführten Banken, die zu ganz besonderen Zugeständnissen bereit war. Die Gier überflügelte die Skrupel des Bankdirektors, denn auch wenn Ummenhofer als Geschäftsmann aus Deutschland auftrat, war klar, dass er in diesen Zeiten nur ein Freund des Reiches sein konnte. Dass es eine jüdische Familie war, die die Bank führte, entlockte Ummenhofer immer wieder ein Lächeln.

Der Schlüssel war Liebrechts U-Boot-Prototyp gewesen – die Nautilus. Er hatte das zwanzig Meter lange Schiff auf einem Eisenbahnwagen, der extra angefertigt worden war, durch ganz Deutschland transportiert. Eine Ummantelung aus Brettern hatte verhindert, dass jemand Wind davon bekam. Derartig maskierte Transporte waren zu dieser Zeit nicht ungewöhnlich und erregten nur wenig Aufsehen. In Friedrichshafen fand die Nautilus dann ihr erstes Zuhause. In einer Werfthalle, in der vormals Fähren gebaut worden waren, blieb sie unter Verschluss. Wenn sie nachts zu ihren Fahrten aufbrach, wurde streng darauf geachtet, dass keine Schaulustigen in der Nähe waren. Auf Schweizer Seite hatte er über die Bank einen alten Fischereibetrieb aufgekauft und über dem Bootsanleger eine kleine Halle errichtet, so dass sie auch hier unbeobachtet blieben.
Doch dann rückten die Luftangriffe der Alliierten immer weiter ins Landesinnere vor, bis sie schließlich auch Friedrichshafen erreichten. Zahlreiche Rüstungsbetriebe hatten ihren Sitz am Ufer des Bodensees: Zeppelin, Maybach, Dornier und die Zahnradfabrik. Hektisch wurde nach Möglichkeiten gesucht, die Produktionsstätten zu verlagern und so stieß man auf die Molassefelsen bei Überlingen, die direkt an der Bahnlinie lagen. Das weiche Gestein ließ sich leicht aushöhlen, die Arbeitskräfte dafür kamen überwiegend aus dem Konzentrationslager in Dachau. In rund hundert Tagen sollte in den geschaffenen Höhlen die Produktion von Rüstungsgütern wieder anlaufen. Doch auch Ummenhofer brauchte einen neuen Platz für die Nautilus. Durch Zufall stieß er auf die pompöse Villa im Stil der Zwanzigerjahre, die einem reichen Optiker gehörte. Der Mann fiel seit Jahren durch seine ablehnende Haltung gegenüber der Partei auf – ein Wunder, dass er noch nicht eingesperrt worden war. Ummen-

hofer änderte das mit einem einzigen Anruf und machte sich sofort daran, über der kleinen Anlegestelle eine Halle zu bauen. Mit über dreißig Metern war sie lang genug für die Nautilus. Der Optiker hatte den Privathafen für seine private Yacht bauen lassen. Dekadent.
Ummenhofer wohnte auch in der Villa. Der Kapitän der Nautilus war zum Schein als Diener und Gärtner eingestellt worden, der Maschinist des U-Boots offiziell als Verwalter. Es hatte sich herausgestellt, dass zwei Mann ausreichten, um das kleine U-Boot sicher zu bedienen. Und so gingen die Lieferungen in die Schweiz weiter.
Heute sollte eine neue Ladung eintreffen. Endlich entdeckte Ummenhofer am Horizont die Rußwolke der Lok. Anderthalb Stunden Verspätung. Eine Schande. Als der Zug einfuhr, standen die Soldaten schon zum Entladen bereit. Gut zwanzig neue Arbeiter wurden auf dem wartenden LKW zusammengepfercht. Ausgemergelte Kreaturen, von denen manche schon auf dem Weg zum Fahrzeug zusammenbrachen. Zwei weitere Soldaten kümmerten sich um Ummenhofers Lieferung. Die Holzkisten ähnelten in ihrer Form gewöhnlichen Munitionskisten, waren aber um ein Vielfaches schwerer. Nur Ummenhofer wusste, dass jede Kiste exakt zwanzig Kilo Gold enthielt. Diesmal waren es sechs Stück. Die kleinen Barren im Inneren waren frisch gegossen und neutral gestempelt – also ohne Hakenkreuz oder andere Kennzeichnungen. Die Herkunft des Goldes interessierte Ummenhofer nicht, doch er ahnte, dass darin eine Menge Zahngold und geschmolzene Schmuckstücke verarbeitet waren.
Gerade als sein Fahrer den LKW zum Tor lenkte, gab es bei einer der Baracken einen kleinen Tumult. Er sah hinüber und beobachtete, wie Soldaten eine Gruppe Häftlinge auseinander trieb. Ein Schuss fiel.

Einer der Gefangenen blieb reglos liegen. Ummenhofer sah wieder nach vorn. Er musste an andere Dinge denken. Heute Nacht würde die Nautilus wieder in See stechen.

08. August 1998

„Hier sind deine Sachen", sagte der Wärter unfreundlich und warf Barnsteiner eine Tüte zu. Der kontrollierte den Inhalt und sah den Uniformierten herausfordernd an.
„Da fehlen zweitausend Mark in meinem Geldbeutel!"
„Als ob du jemals so viel Kohle besessen hättest."
Der Wärter unterschrieb auf einem Formular und bedeutete Barnsteiner das Gleiche zu tun. Knurrend setzte er seine Unterschrift auf das Papier und ließ sich von einem anderen Wärter zum Ausgang bringen. Es war ein seltsames Gefühl nach vier Jahren einfach so durch die Tür zu gehen. Nach draußen. In die Freiheit.
Bernd Barnsteiner war ein gewöhnlicher Kleinkrimineller gewesen und hatte sich mehrmals bei Einbrüchen erwischen lassen und so war es irgendwann mit den Bewährungsstrafen vorbei gewesen. Zu fünfeinhalb Jahren hatte ihn der Richter verurteilt, wegen guter Führung durfte er nach vier Jahren und zwei Monaten gehen. Heute. Seine „gute Führung" bestand vor allem darin, während seiner Haft den Realschulabschluss nachzuholen und eine Lehre zum Kfz-Mechaniker zu beginnen. Die Beschäftigung war ihm nur recht gewesen. Wer sich das Gefängnis wie eine Ein-Sterne-Urlaubspension vorstellte, hatte keine Ahnung von der Realität. Schon nach der ersten Woche in der Zelle hatte ihn die Langeweile fast verrückt gemacht. Hinzu kam der Verlust jeglicher Privatsphäre. Die Zellen wurden regelmäßig durchsucht und außer zum Sport und zum Hofgang war er mit seinem Zellengenossen auf sechs Quadratmetern eingeschlossen. Er hätte es schlimmer erwischen können als mit Juri. Der gebürtige Russe war eine echte Fachkraft auf dem Gebiet des Autodiebstahls, glänzte aber nicht durch übermäßige Intelligenz.

Dafür war er skrupellos. Als Bernd einmal Ärger mit einem anderen Häftling hatte, regelte Juri die Streiterei durch ein körperbetontes Gespräch unter der Dusche. Nach seinem zweiwöchigen Aufenthalt auf der Krankenstation war der andere überaus freundlich gewesen. Nun war er also draußen. Die restliche Strafe war zur Bewährung ausgesetzt und an Bedingungen geknüpft: er musste sich einmal die Woche bei seinem Bewährungshelfer melden, hatte einmal im Monat eine Sitzung beim Psychologen und musste seine Lehre fortsetzen. Die Sozialarbeiterin des Gefängnisses hatte ihm eine entsprechende Stelle besorgt. Mit ihr hatte er sich gut verstanden. Sie war hübsch genug gewesen, um ihn gelegentlich in seinen feuchten Träumen zu besuchen. Vielleicht sollte er sie mal anrufen? Jetzt, wo er frei war. Die vier Jahre im Knast waren auch vier Jahre ohne Sex gewesen. Manche Häftlinge arrangierten sich mit der Situation und halfen sich gegenseitig, doch das war für ihn nie in Frage gekommen. Er freute sich auf seinen ersten Abend in Freiheit, den er schon seit Wochen geplant hatte: er würde schön essen gehen – nichts Ausgefallenes – aber in ein Restaurant, in dem der Koch mit Gewürzen umgehen konnte. Der Gefängnisfraß hatte sich nur in den Farbnuancen von Grau unterschieden, geschmeckt hatte er immer gleich fad. Mit vollem Bauch und nach dem ein oder anderen Bier würde er sich einen Besuch im Bordell gönnen. Das Mädchen tat ihm jetzt schon leid: alles, was sich in vier Jahren angestaut hatte, würde sich in ihr entladen. Die Vorfreude ließ ihn lächeln.

Er erwachte am nächsten Morgen mit einem ordentlichen Kater. Es waren nur fünf Bier gewesen, doch auch an den Alkohol war er nicht mehr gewöhnt. Das Fest im Bordell war wesentlich kürzer verlaufen, als er es sich vorgestellt hatte. Das blonde Mädchen mit den riesigen

Brüsten hatte sich sehr geschickt angestellt, so dass er nach heftigen zehn Minuten zu einem lautstarken Ende gekommen war. Und dafür hundertfünfzig Mark? Nun ja – gute Fachkräfte waren eben teuer.
Er mochte die neue Wohnung, die ihm ebenfalls die Sozialarbeiterin vermittelt hatte. Zwar nur ein Zimmer, dafür aber mit einer hübschen Küchenzeile und einem kleinen Balkon. Und günstig war sie obendrein. Große Sprünge konnte er mit seinem Lehrlingsgehalt nicht machen, doch der Staat bezahlte einen Wohnungszuschuss. Für die Arbeit in der Gefängniswerkstatt hatte er einen beschämenden Stundenlohn erhalten, der auf sein Konto eingezahlt worden war. Doch wie bei einer Geldanlage wirkte die Zeit Wunder und es befanden sich bei seiner Entlassung über zehntausend Mark auf dem Sparbuch. Ein Fernseher. Er brauchte unbedingt einen Fernseher. Einen von diesen neuen flachen Bildschirmen. Dafür würde das Geld bestimmt reichen.
Sogar die Post wusste schon von seinem neuen Wohnort. Er legte zwei Briefe beiseite und studierte das Prospekt eines Elektronikmarktes. Tatsächlich fand er einen Fernseher, der ihm gefiel und im Angebot war. Siebenhundertneunundneunzig Mark. Akzeptabel. Der Markt hatte an diesem Samstag bis zwanzig Uhr geöffnet und er plante seine Shoppingtour für den späten Nachmittag. Mit einem Seufzer öffnete er einen der beiden Briefe. Eine Bank bot ihm eine Kreditkarte zu „sensationellen" Konditionen an. Aha. Wussten die nicht, dass er gerade aus dem Knast kam? Er zerknüllte den Brief mitsamt dem Umschlag und warf ihn in den Papierkorb. Der zweite Brief sah nicht nach Werbung aus. Er war schwerer und das Papier wertiger. Der Absender war ein Notar Kuschel in Ravensburg. Er erinnerte sich, dass er seinem ehemaligen Vermieter noch sechs Mo-

natsmieten schuldig war. Wenn der diese nun einforderte, war es mit dem neuen Fernseher vorbei. Missmutig überflog er das Schreiben, stutzte und setzte nochmal neu an. Es ging um eine „Erbsache". Er runzelte die Stirn und suchte nach einem Namen. Wer ihm etwas hinterlassen hatte, stand nirgends, aber er war in dem Schreiben als „Begünstigter" benannt. Das war doch gut, oder? Er legte den Kopf in den Nacken und überlegte angestrengt, wer ihm etwas vererben würde. Zu seinen Eltern hatte er schon seit Jahren kaum mehr Kontakt. Sie waren nicht zu seiner Verhandlung erschienen und hatten ihn auch nicht im Gefängnis besucht, aber er hätte es mitbekommen, wenn ihnen etwas zugestoßen wäre. Außer ihnen hatte er keine Familie. Er las weiter: Der Notar bat ihn zu einem persönlichen Gespräch in seiner Kanzlei am kommenden Dienstag. Na prima. Ab Montag war er in seinem neuen Ausbildungsbetrieb, da kam es sicher gut gleich am zweiten Tag frei zu nehmen. Er warf den Brief mit etwas zu viel Schwung auf den Tisch, so dass er auf der gegenüberliegenden Seite hinunterfiel. Die Sache hatte doch bestimmt einen Haken. Es wäre das erste Mal, dass er etwas geschenkt bekäme. Er beschloss, später darüber nachzudenken und machte sich auf den Weg zum Elektronikmarkt. Der neue Fernseher war eindeutig wichtiger.

Barnsteiner hatte ein faules Wochenende hinter sich. Die meiste Zeit hatte er auf der Couch verbracht und dämliche amerikanische Serien angeschaut, die zu jeder Tages- und Nachtzeit liefen. Nur zweimal war er aus dem Haus gegangen, um an der Tankstelle Bier zu holen. Allmählich vertrug er den Alkohol wieder. Obwohl seine Wohnung nur wenig größer war als die Zelle, die in den letzten Jahren sein zu Hause gewesen war, fühlte er sich wohl. Eine Tür, die man selber auf

und zu machen konnte, war echter Luxus.
Am Montag erschien er verkatert an seinem neuen Arbeitsplatz, aber wenigstens war er pünktlich. Es gefiel ihm dort ganz gut: der Chef machte einen strengen, aber freundlichen Eindruck und auch die Kollegen waren nett. Dass er der einzige deutsche Lehrling war, machte ihm nichts aus. Nach Feierabend ging er mit den anderen noch ein Bier trinken und erfuhr, dass jeder von ihnen schon mal im Knast war. Er glaubte nicht, dass sein Chef eine übertrieben soziale Ader hatte, sondern einfach nur gern die staatlichen Zuschüsse für seine kriminelle Belegschaft einsackte, doch das störte Barnsteiner nicht.
„Ich brauche morgen Vormittag frei", hatte er seinem Chef gesagt, der gerade im Büro Rechnungen sortiert hatte.
„Und ich brauche eine neue Frau", hatte sein Chef ihn angeknurrt.
„Im Ernst? An deinem zweiten Tag?"
„Ist `ne Erbsache", hatte Barnsteiner gleichgültig geantwortet und seinem Chef den Brief gezeigt, der ihn flüchtig überflog.
„Kaum raus aus dem Knast und schon ein dickes Erbe. Weißt du um wieviel es geht?"
Barnsteiner hatte mit den Schultern gezuckte. „Ich weiß noch nicht mal, wer mir was vererbt hat. Deshalb will ich ja auch hin."
Sein Chef hatte ihn daraufhin misstrauisch angesehen. „Ist ok. Aber nur der Vormittag. Pünktlich nach der Mittagspause bist du wieder da, sonst reiße ich dir den Arsch auf."
„Damit kann ich leben", hatte Barnsteiner erwidert und das Büro verlassen.

Um acht Uhr morgens klopfte er an die Tür der Kanzlei. Als sich nichts tat, klopfte er erneut. Eine Klingel gab es nicht. Endlich Geräu-

sche. Sicherungsketten wurden zurückgeschoben und ein Schlüssel kratzte im Schloss.
Ein faltiges Gesicht spähte durch den schmalen Spalt und musterte seinen Besucher.
„Barnsteiner?"
Barnsteiner nickte und der Notar öffnete die Tür. Der Mann schien unendlich alt zu sein. Sein kahler Schädel saß auf einem viel zu dünnen Hals, der beim Gehen leicht nach vorne wippte. Er mochte einmal eine imposante Erscheinung gewesen sein, doch die Jahre hatten ihn gebeugt und er benutzte bei jedem seiner Tippelschritte einen Gehstock. Barnsteiner folgte ihm durch den Flur in ein muffiges Büro. Die Vorhänge waren zugezogen und es roch nach altem Staub und Mottenkugeln. Die Einrichtung war unglaublich altmodisch: dunkle Eichenmöbel, schwere Teppiche, wulstig gepolsterte Ledersessel.
„Schön, dass Sie kommen konnten", sagte der Notar und ließ sich hinter seinem Schreibtisch nieder. Den Stock legte er auf die Arbeitsplatte. „Sie fragen sich bestimmt, wer Ihnen etwas vererbt haben könnte." Er kicherte vergnügt, wobei sein ganzer Körper wackelte.
„Deshalb bin ich hier", antwortete Barnsteiner unsicher. „Um wen geht es und um was geht es?"
Notar Kuschel hob mahnend die Hand. „Nicht so schnell, nicht so schnell. Es ist in diesem Fall nicht so einfach … oder eigentlich doch ganz einfach."
Barnsteiner zog die Stirn kraus. Wollte der Gnom ihn verarschen? Er spürte wie Wut in ihm Aufstieg.
„Es geht um einen Onkel Ihrer Mutter", begann der Notar zu erklären. „Er verstarb bereits vor zwei Jahren, doch er gab Anweisungen,

Sie erst nach Ihrer Entlassung aus der Haft zu informieren."
Prima, dachte Barnsteiner: dass ich im Knast war, weiß wohl jeder.
„Und nun kommen wir schon zu der ersten Entscheidung, die Sie treffen müssen: wollen Sie das Erbe annehmen?"
„Was?", platzte Barnsteiner heraus. „Ich habe doch keine Ahnung, was mich erwartet. Und wenn ich ehrlich bin: an einen Onkel meiner Mutter kann ich mich noch nicht einmal erinnern."
„Ja, ja, ja", sinnierte Notar Kuschel, „er lebte sehr zurückgezogen. Und ich verstehe Ihre Bedenken, aber ich kann Ihnen versichern, dass es sich für Sie lohnen wird."
„Geht es etwas konkreter?"
„Hmmm ...", der Notar legte den Kopf in den Nacken als müsste er erst darüber nachdenken. „Im Wesentlichen geht es um ein Häuschen am See, ein paar Quadratmeter Grund drumherum und noch ein paar Kleinigkeiten, auf die ich jetzt nicht näher eingehen möchte. Alles ohne Schulden, Kredite oder andere Verpflichtungen. Nichts, was Ihnen Probleme bereiten könnte."
Barnsteiner war sprachlos. Ein Häuschen am See? Noch ein bisschen Land? Alles ohne Belastungen? Zu gut um wahr zu sein.
„Was muss ich tun?", fragte er skeptisch und der Notar schob ihm einige Papiere über den Tisch.
„Unterschreiben Sie!"
Barnsteiner hatte keine Lust die Dokumente durchzulesen und blickte sie widerwillig an. „Was ist das?"
„Mit Ihrer Unterschrift nehmen Sie das Erbe an. Darüber hinaus verpflichten Sie sich, Stillschweigen über den genauen Umfang des Erbes zu bewahren. Worum es genau geht, sehen Sie später."
„Später?"

Der Notar nickte. „Sobald Sie unterschrieben haben, zeige ich Ihnen, was Ihnen der Onkel Ihrer Mutter hinterlassen hat. Ich versichere Ihnen: Sie werden es nicht bereuen."
Wieder kicherte der Notar und Barnsteiner hatte das komische Gefühl, dass irgendwas nicht stimmte. Trotzdem griff er zum Kugelschreiber und setzte seine Unterschrift auf das letzte Blatt. Was sollte schon passieren? Im Moment besaß er nichts und alles, was hinzukam, war gut. Ein Haus? Toll! Sogar am See.
Notar Kuschel kontrollierte die Dokumente und legte sie in eine Schublade.
„Dann los. Schauen wir es uns an."
„Moment", unterbrach Barnsteiner, „ich muss nach der Mittagspause wieder bei der Arbeit sein, sonst bekomme ich Ärger."
Der Notar war schon an der Tür und wandte sich um. „Das schaffen wir locker. Vertrauen Sie mir!"

Barnsteiner war erleichtert, als kurz darauf ein schwarzer Bentley vorfuhr und sie im Fond des Wagens Platz nahmen. Er wäre nur ungern in einen Wagen gestiegen, bei dem der alte Notar am Steuer saß.
Sie verließen Ravensburg und fuhren westwärts Richtung Meersburg, blieben aber auf der Bundesstraße bis zur Abfahrt Überlingen. Der Fahrer setzte zielsicher den Blinker und hielt auf die Altstadt zu, doch kurz bevor sie den Hafen erreichten – Barnsteiner konnte das Blau des Bodensees schon leuchten sehen – bog er scharf links in einen schmalen Privatweg. Die Straße führte durch einen Wald, dessen Blätterdach so dicht war, dass der Fahrer das Licht einschaltete. An einem schmiedeeisernen Tor stoppte der Bentley.
„Das muss ich persönlich machen", seufzte der Notar und quälte sich

aus dem Auto. Barnsteiner beobachtete, wie er am rechten Torpfosten hantierte und die beiden Torflügel kurz darauf geräuschlos zur Seite schwangen. Der Wald wurde nun lichter, eher eine Parkanlage mit vereinzelten Bäumen. Barnsteiner beugte sich neugierig vor, um den Verlauf des Weges einsehen zu können.

„Das ist ja ein Traum“, flüsterte er, als ein kleines Haus zwischen ein paar riesigen Weiden auftauchte.

„Freut mich, dass es Ihnen gefällt“, grinste der Notar, „aber hier wohnt der Gärtner, und wir wollen ihm doch nicht sein zu Hause wegnehmen, oder?“

Barnsteiner sah den Notar mit offenem Mund an, der mit seiner knochigen Hand nach vorne zeigte. „Das ist Ihr Haus!“

Der Weg machte eine leichte Rechtskurve und sie passierten die letzten Bäume. Vor ihnen ragte eine wunderschöne Villa im Stil der Zwanzigerjahre empor. Der Marmor blendete in der Sonne und Barnsteiner kniff die Augen zusammen. Der Bentley hielt vor der Eingangstür, deren Vordach links und rechts von zwei Säulen getragen wurde.

„Willkommen in Ihrem neuen Zuhause“, rief Notar Kuschel und stieg aus dem Wagen. Barnsteiner folgte ihm staunend. Der ordentlich gerechte Kies knirschte unter seinen Schritten, als sie zur Eingangstür gingen.

„Schön, dass Sie da sind“, begrüßte sie ein Mann in Gärtnerkleidung. „Bitte entschuldigen Sie meine Aufmachung, aber es ist gerade verdammt viel zu tun.“ Er streckte Barnsteiner die Hand entgegen. „Mein Name ist Brugger, Gärtner und Kapitän!“

Barnsteiner nickte nur und griff nach der angebotenen Hand. Hatte der Mann gerade „Gärtner und Kapitän“ gesagt? Dann kann man

hier sicher mal zum Angeln rausfahren. Ein Kapitän hatte bestimmt auch ein Boot.
„Ah – und da kommt mein Maschinist!“, rief der Gärtner und zeigte auf einen Mann, der aus einem Anbau heraustrat.
„Freut mich sehr“, sagte er kurz darauf und schüttelte Barnsteiners Hand. „Ich bin Schmidt – Verwalter und Maschinist.“
Die beiden Männer machten einen sympathischen Eindruck, doch Barnsteiner war viel zu überwältigt, um ihre Begrüßung zu erwidern. Sein Blick schweifte über die Villa, die ihm jetzt nicht mehr so riesig vorkam. Die Eingangsseite schätzte Barnsteiner auf eine Breite von vielleicht fünfzehn Metern, die Fassade reichte zwei Etagen in die Höhe, bevor das Dach anfing. Auf der rechten Seite schmiegte sich ein fensterloser einstöckiger Anbau an das Haus, der mit seinem Flachdach nicht zu dem Anwesen passte. Er schien nach hinten länger zu sein als das eigentliche Gebäude und bis ans Wasser zu reichen.
„Kommen Sie doch herein“, forderte Brugger sie auf. „Es ist schön, wieder jemanden im Haus zu haben. Seit Ummenhofer vor zwei Jahren gestorben ist, stand das Wohnhaus leer.“
Barnsteiner folgte den anderen in die Eingangshalle. Dunkle Holzvertäfelungen ließen den Raum kleiner wirken als er war, schwere Teppiche dämpften ihre Schritte. An den Wänden hingen Portraits von Menschen, die er nicht kannte. Zahlreiche Türen führten in angrenzende Räume, eine geschwungene Steintreppe in den ersten Stock.
„Kleine Führung gefällig?“, bot Schmidt an.
Barnsteiner schaute ratlos zu Notar Kuschel, der ihm auffordernd zunickte.

„Gehen Sie nur. Ich warte hier."
Schmidt führte ihn in die einzelnen Räume und erklärte, wofür sie benutzt wurden. Barnsteiner stellte erfreut fest, dass die Zimmer im ersten Stock eher modern eingerichtet waren. Im Wohnzimmer gab es sogar einen riesigen Fernseher, der eine ganze Wand einnahm. In einem kleineren Raum, laut Schmidt das Büro, standen zwei Apple-Computer und ein großer Laserdrucker. Auf einem Regal zeigten fünf Monitore Bilder von Überwachungskameras: das große Tor, das jetzt wieder geschlossen war, die Eingangstür, zwei Wege im Gartenbereich und ein verschlossenes Tor am Wasser.
Schmidt führte ihn noch in die Küche, die fünf Gästezimmer und die drei Badezimmer. Auf den Dachboden, der als Abstellplatz diente, verzichtete er.
„Und? Wie gefällt es Ihnen?", fragte der Notar, als sie sich in der Eingangshalle wiedertrafen.
„Wenn ich ehrlich bin, kann ich es kaum glauben", antwortete Barnsteiner. „Das gehört jetzt wirklich alles mir?"
Der Notar, Brugger und Schmidt nickten synchron.
„Und es gibt noch eine Überraschung", sagte Notar Kuschel und zog einen Umschlag aus seiner Manteltasche. Das Kuvert war mit einem altmodischen Wachssiegel versehen und von Hand beschriftet.
„Für Bernd Barnsteiner"
Mit feuchten Fingern brach er das Siegel und nahm den Brief heraus.

Lieber Bernd,
es tut mir leid, dass wir uns nie wirklich kennengelernt haben. Tatsächlich habe ich dich nur ein einziges Mal gesehen, als du zwei Jahre alt warst. Aus der Ferne habe ich dich und deine zweifelhafte Karriere über die Jahre verfolgt und bin zu dem Entschluss gekommen, dass du als Einziger aus unse-

rer dümmlich biederen Verwandtschaft als Erbe in Frage kommst. Wenn du diesen Brief liest, hast du das Erbe bereits angenommen und befindest dich in deinem neuen Haus. Mach dir um den Unterhalt der Villa und der Anlagen keine Sorgen – ich habe für alles gesorgt. Auch Brugger und Schmidt stehen dir weiter zur Seite. Du wirst sie brauchen. Um ihre Gehälter brauchst du dich ebenfalls nicht zu kümmern. Zusätzlich zu meinem Anwesen erhältst du etwas Geld, so dass du dir in Zukunft keine Sorgen mehr machen musst. Notar Kuschel wird das mit dir besprechen. Du kannst ihm uneingeschränkt vertrauen.
Und dann habe ich noch eine kleine Überraschung für dich. Ein Geschenk. Brugger und Schmidt werden es dir zeigen. Du kannst damit machen, was du willst. Du kannst der Welt davon erzählen, wenn du möchtest oder du kannst klug handeln und es für dich behalten. Es liegt bei dir. Ich vertraue deiner Kreativität und hoffe, dass du etwas aus meinem Erbe machst.

Ich wünsche dir für die Zukunft alles Gute!

Herzlichst

Georg Ummenhofer

Barnsteiner las den Brief ein zweites Mal und störte sich an der Formulierung „deine zweifelhafte Karriere". Machte dieser Ummenhofer sich über ihn lustig? Wenigstens schien er zu wissen, wem er sein Erbe hinterlassen hatte, so dass es im Nachhinein nicht zu irgendwelchen Problemen kommen würde.
„Dann kommt jetzt die Überraschung?", fragte er Brugger, der freundlich nickte.
„Wenn Sie mir bitte einfach folgen ..."
Brugger ging quer durch die Eingangshalle und blieb vor einer un-

scheinbaren Tür stehen. Barnsteiner hätte sie gar nicht als Tür erkannt, so perfekt war sie in die Holzvertäfelung eingearbeitet. Muss ja eine verdammt wichtige Überraschung sein, dachte er, als Brugger auf einem Tastenfeld, das hinter einer Klappe verborgen gewesen war, eine Zahlenfolge tippte. Mit einem leisen Klacken öffnete sich die Tür einen Spalt und Brugger schob sie weiter auf. Modrige, kühle Luft schlug ihnen entgegen, die schwache Beleuchtung schaltete sich von selbst ein. Je weiter sie den Gang entlangliefen, desto stärker wurde der Geruch nach Seetang und Fisch. Barnsteiner versuchte sich zu orientieren und vermutete, dass sie sich in dem Anbau mit Flachdach befanden, der bis ans Wasser zu reichen schien. Das würde auch den Gestank erklären.
Brugger öffnete eine weitere Tür und sie betraten einen großen Raum. Er war dunkel, doch Barnsteiner hörte das leise Klatschen von Wasser gegen Beton. Der Hall ließ vermuten, dass es sich um einen riesigen Raum handelte. Das spärliche Licht kam von irgendwoher an der gegenüberliegenden Wand und Barnsteiners Augen gewöhnten sich nur langsam an die Dunkelheit. Da war irgendetwas Großes vor ihm, doch es war zu dunkel, um es zu erkennen. Eine Yacht, dachte Barnsteiner plötzlich, die Überraschung ist eine eigene Yacht. Das Wasser, die Größe … das würde passen.
„Sind Sie bereit“, fragte Brugger, wartete die Antwort aber nicht ab. „Drei … zwei … eins …“
Mit einem Mal flammten mehrere Scheinwerfer auf, die auf das große Objekt in der Mitte der Halle gerichtet waren. Barnsteiner versuchte zu begreifen, was er da vor sich sah. Benommen ging er ein paar Schritte vor und blieb an der Kante zum Wasser stehen.
Konnte das wahr sein? Er streckte eine Hand aus und berührte den

kalten Stahl. Kein Traum also. Dies hier war die Wirklichkeit. Er schüttelte den Kopf. „Das ist doch Wahnsinn!“ So unglaublich es war: er besaß nun ein U-Boot.

1 Weichenstellungen

Beller wartete seit einer halben Stunde darauf hineingebeten zu werden. Er hatte das Magazin der Polizeigewerkschaft bereits zweimal durchgeblättert, wobei er sich vor allem die Fotos angesehen hatte. Überall lachende Menschen in Uniform, die zu irgendwelchen Anlässen für die Kameras posierten. Entnervt schleuderte er die Zeitschrift auf den kleinen Tisch und sah auf seine Armbanduhr. Bis vor drei Monaten hatte er hier nie warten müssen. Wann immer er wollte, war er unter einem Vorwand an der Sekretärin vorbei in das Büro seiner Chefin gegangen. Meist erhielt die Sekretärin dann die Anweisung, niemanden reinzulassen und auch keine Anrufe durchzustellen, damit sie ungestört vögeln konnten. Fast ein Jahr waren sie zusammen gewesen, ohne dass jemand etwas mitbekam. Doch dann verschwanden ein paar Akten aus dem Büro und seine Chefin kontrollierte die Aufzeichnungen der Überwachungskameras. Als sie darauf ihren Freund entdeckte, der ihre Sekretärin auf ihrem Schreibtisch nahm, beendete sie die Affäre sofort. Die Sekretärin wurde versetzt, Beller strafte sie mit Nichtbeachtung. Weitere Konsequenzen blieben aus, da seine Chefin verheiratet war und zwei Kinder hatte.

„Sie können jetzt rein“, sagte der junge Mann, der die Stelle der versetzten Sekretärin übernommen hatte. Ob sie jetzt wohl mit ihm vögelt, überlegte Beller, hielt es aber für wenig wahrscheinlich.

„Kriminaloberkommissar Beller, setzen Sie sich!“, sagte seine Chefin kalt und wies auf den Klappstuhl vor ihrem Schreibtisch. Beller zog eine Augenbraue hoch. So lief das jetzt also.

„Hör mal Bea … können wir das nicht wie erwachsene Menschen angehen?“, machte er einen Versuch.

„Ich gehe das durchaus erwachsen an", zischte seine Chefin. „Ich bin ja auch nicht der, der überall herumvögelt und es damit jetzt sogar in den Bericht eines Banküberfalls geschafft hat!"
„Hör mal Bea ..."
„Es heißt Frau Kriminalrätin oder gerne auch Frau Doktor Kechlinger", unterbrach sie ihn schroff. „Such dir was aus!"
Beller zuckte mit den Schultern. „Also gut -Frau Doktor Kechlinger - wo liegt das Problem?"
„Das Problem ist, dass du deinen Schwanz nicht im Griff hast!"
Beller unterbrach. „Es heißt Kriminalober..."
„Schnauze!!!"
Beller hob entschuldigend die Hände und lehnte sich zurück.
„Du bist der Psychologe in meinem Team und hast nichts Besseres zu tun, als bei einem Banküberfall mit Geiselnahme eine der Geiselnehmerinnen flach zu legen?"
„Ich habe streng nach Vorschrift gehandelt!"
„Quatsch!"
„Ich bin als Unterhändler in die Bank rein. Die Geiseln saßen zusammengedrängt im Besucherbereich. Vier Geiselnehmer waren in der Halle verteilt und jeder hatte eine Waffe. Die Frau unter ihnen identifizierte ich als das schwächste Glied. Sie war offensichtlich total zugedröhnt und redete wirres Zeug, also habe ich versucht, sie zu beruhigen und eine Beziehung zu ihr aufzubauen."
„Na, das ist dir ja gelungen", sagte seine Chefin spöttisch. „Wann wollt ihr heiraten?"
Beller ignorierte sie.
„Ich hab ihr gesagt, dass das alles doch nicht sein muss, dass sie die Geiseln gehen lassen soll. Sie sei so ein hübsches Mädchen, für das

noch alle Wege offen stehen, und so weiter. Du kennst das Programm."
Doktor Kechlinger sah ihn schweigend an.
„Und so habe ich sie dann auch erreicht", fuhr er fort. „Sie war auf einmal viel zugänglicher, aber dann hält sie mir die Pistole an den Kopf und zwingt mich in das Büro des Bankdirektors. Ob ich sie wirklich hübsch finde, hat sie mich gefragt und ich habe „ja" gesagt. Und dann fängt sie an ihre Bluse aufzuknöpfen. Dann fragt sie, ob mir ihre Titten gefallen und wedelt mir damit vor der Nase herum. Und noch ehe ich etwas antworten kann, greift sie mir in den Schritt und spürt meine Erregung."
„Du hattest einen Ständer? Während einer Geiselnahme? Wie krank bist du eigentlich?"
„Hey, ich bin immer noch ein Mann und ihre Titten waren echt hübsch, also …"
Seine Chefin winkte genervt ab.
„Und warum hast du sie in dem Moment nicht gleich überwältigt? Nahegenug dran warst du ja …"
Beller verzog das Gesicht. „Ich war mir nicht sicher. Sie war wirklich total zu und ich wollte nichts riskieren."
„Also hast du es ihr erst besorgt und sie dann überwältigt."
Beller nickte. „In dem Moment war es am einfachsten und das Risiko am geringsten."
Doktor Kechlinger spitzte die Lippen. „Du weißt, dass sie dich wegen Vergewaltigung angezeigt hat?"
Das war neu für Beller. „Wie bitte? SIE hatte die Waffe! Es war genau umgekehrt. Du glaubst doch diesen Müll nicht?"
Diesmal ließ sie ihm das „du" durchgehen.

„Was ich glaube, ist irrelevant, aber es wird auf jeden Fall eine Untersuchung geben. Ich kann ihre Anzeige nicht einfach ignorieren."
Beller verstand. „Dann bin ich jetzt also suspendiert?"
Seine Chefin wiegte den Kopf. „Das wäre eine Möglichkeit, aber du weißt, wie wenig Psychologen wir haben. Das wäre Verschwendung. Was bei der Untersuchung herauskommt, weiß ich nicht, aber bis zu deren Abschluss arbeitest du weiter. Aber du musst die Stadt verlassen. Wenn die Presse von dieser Geschichte Wind bekommt – und das wird sie – brennt hier die Hütte. Da möchte ich gerne sagen können, dass wir bereits reagiert haben."
Oha. Damit hatte Beller nicht gerechnet. Berlin war sein Lebensmittelpunkt. Hier war er geboren und aufgewachsen, hier hatte er studiert und arbeitete jetzt hier. Er konnte sich nicht vorstellen wegzugehen.
„An was dachtest du?", fragte er unsicher.
„Du bist einer unserer besten Psychologen und außerdem auf Terrorprävention spezialisiert – da gibt es einige Möglichkeiten."
Beller schaute auf. Das klang gar nicht so schlecht.
„Die Zeit der großen Veranstaltungen steht an und wir wurden schon mehrfach um Unterstützung gebeten. Ich denke, da bist du ganz gut aufgehoben. Ich schicke dich nach Süddeutschland, wo du bei der Planung und Umsetzung von Anti-Terror-Maßnahmen beraten wirst."
War das wirklich ihr ernst? Das war keine Bestrafung oder Maßregelung, das war ein Geschenk. Schon seit Jahren wollte er nach Bayern und vor allem aufs Oktoberfest und nun bekam er das dienstlich verordnet.
„Du schickst mich wirklich aufs Oktoberfest?"

„Wer hat etwas vom Oktoberfest gesagt", erwiderte seine Chefin süßlich lächelnd. „Süddeutschland ist nicht nur Bayern! Du gehst nach Baden-Württemberg – nach Friedrichshafen am Bodensee."
Beller überlegte angestrengt, was ihm zu diesem Namen einfiel. Nichts.
„Was soll da sein?"
„Dort findet nächste Woche das Seehasenfest statt. Ein Kinderfest mit um die hunderttausend Besuchern. Man sollte sich dort also durchaus Gedanken um die Sicherheit machen."
Sie will mich nur loswerden, dachte Beller. Ein Kinderfest am Bodensee? Bitte! Sie ist immer noch sauer und schickt mich deshalb in die Provinz, obwohl sie genau weiß, wie ich Berlin liebe. Miststück. Das war nichts weiter als die Rache einer verschmähten Frau. Falsch, im Grunde hatte er sie nicht verschmäht, sondern ihr nur nicht seine volle sexuelle Aufmerksamkeit zukommen lassen. Offensichtlich machte das für sie keinen Unterschied.
„Weitere Möglichkeiten?"
„Wie gesagt: eine vorübergehende Suspendierung wäre auch drin."
Dr. Kechlinger legte zufrieden die Beine übereinander und beobachtete Bellers Reaktion. Fast konnte man seine Gedanken rattern hören. Immer wieder fixierte er einen willkürlichen Punkt im Raum und setzte zu einer Antwort an, brach aber immer wieder ab und fixierte einen neuen Punkt.
„Also gut", gab er endlich auf. „Dann packe ich meine Koffer für Friedrichsstadt …"
„Friedrichshafen", korrigierte ihn seine Chefin. „Ich bestätige noch heute die Anfrage der Kollegen von dort und sage ihnen, dass du am Samstag kommst."

Beller riss die Augen auf. „Samstag? Ist nicht dein Ernst … Hertha spielt im Stadion …"
„Es ist mein Ernst. Schau dir das blöde Spiel auf Sky an."
Beller wusste, dass sie den Moment genoss. Seine einzige Freizeitbeschäftigung, die nichts mit Alkohol oder Frauen zu tun hatte, waren seine Aufenthalte im Stadion bei den Heimspielen von Hertha BSC Berlin. Schönen Dank auch.
Beller erhob sich seufzend von seinem Klappstuhl. „Dann ist ja alles geklärt – Frau Dr. Kechlinger …"
Sie nickte. „Das ist es, Kriminaloberkommissar Beller."
Beller verließ das Büro und ließ die Tür offen.
„Und behalte bitte dieses eine Mal deinen Schwanz in der Hose", rief sie ihm drohend hinterher. Der Sekretärinnenersatz verschluckte sich an seinem eigenen Lachen und starrte verbissen auf seinen Monitor, als Beller an ihm vorbeilief.

Sven Frey ließ sich erschöpft auf die Treppe vor der Konstanzer Uni sinken und öffnete seinen Rucksack. Die Flasche Meckatzer hatte die eineinhalbstündige Klausur in ihrer Thermohülle wohlgekühlt überstanden. Er ließ den Kronkorken mithilfe seines Feuerzeugs von der Flasche ploppen und leerte in einem Zug die halbe Flasche. Das hatte er sich verdient. Die letzten drei Wochen waren ein anstrengender Prüfungsmarathon gewesen. Seine Tage hatten nur aus Lernen und Schlafen bestanden. Doch das lag nun hinter ihm. Nur noch ein Semester, dann war er mit seinem Jurastudium fertig und seine Noten waren bisher perfekt. Er war einer der zehn besten seines Jahrgangs; vor ihm lag eine wunderbare Karriere als Anwalt. Ausnahmsweise

hatte er für die Semesterferien keinen Job gesucht. Wie viele Friedrichshafener hatte er schon als kleiner Junge den Wunsch gehabt, einmal den Seehas spielen zu dürfen. In diesem Jahr hatte er sich darum beworben und war aus fast hundert Bewerbern tatsächlich ausgewählt worden. Sein Engagement in mehreren Vereinen und seine jahrelange Mitgliedschaft im Seehasenfanfarenzug hatten dabei sicher nicht geschadet.
Er freute sich auf seine Rolle als Seehas: die zahlreichen Empfänge, kurze Auftritte in Schulen und Vereinen, seine Fahrt mit dem Schiff, wenn der Seehas offiziell eingeholt wurde und natürlich die feierliche Übergabe des Hasenklees an die Erstklässler und dann noch der Umzug am Sonntag. Dass er dabei die ganze Zeit in einem weißschwarzen Hasenkostüm stecken und vermutlich erbärmlich schwitzen würde, war ihm egal. Jedes Jahr gab es nur einen, der den Seehas spielen durfte und diesmal war er dran.
Seine Eltern waren bei der Nachricht schier ausgeflippt, vor allem als er sie bat, während der Zeit wieder bei ihnen einziehen zu dürfen. Zwar war ihm bei dem Gedanken wieder in sein altes Zimmer unter dem Dach zu ziehen nicht ganz wohl, doch es war für seine Zwecke ideal. Sein Elternhaus befand sich in der Peoriastraße, nicht weit entfernt vom Friedhof. Die Lage war ruhig genug, um während des Seehasenfestes schlafen zu können und doch so zentral gelegen, um die meisten der Veranstaltungsorte zu Fuß erreichen zu können. An diesem Punkt seines Lebens lief alles perfekt. Einzig die Trennung von Rebecca passte nicht in das Bild seiner heilen Welt. Sie hatten sich auf einer Erstsemesterparty kennen gelernt. Nach einem stürmischen Anfang hatte sich Rebecca in den letzten Monaten immer mehr zurückgezogen. Meist schob sie das Studium vor, doch Sven vermu-

tete, dass irgendetwas anderes dahintersteckte. Ohne einen Anlass hatte sie dann vor vier Wochen Schluss gemacht. Sie brauche mehr Freiraum, hatte sie gesagt, und ihre wenigen Sachen aus seiner Wohnung geholt. Seitdem hatte er sie nur noch zwei Mal in einer gemeinsamen Vorlesungen gesehen. Die Trennung hatte ihn mehr mitgenommen, als er es für möglich gehalten hätte, umso mehr freute er sich auf das Seehasenfest, das ihn hoffentlich auf andere Gedanken bringen würde - oder wenigstens weniger Zeit für Grübeleien ließ. Und wer sagte denn, dass der Seehas nicht auf Hasenjagd gehen durfte? Sven grinste.
„Schluss mit Trübsal blasen", sagte er zu sich selbst und trank den letzten Schluck Meckatzer. Es war Zeit nach vorne zu schauen. Er warf den Kronkorken in den Papierkorb und verstaute die Pfandflasche in seinem Rucksack. Heute Abend würde er feiern und morgen ging es nach Friedrichshafen. Nach Hause.

Bernd Barnsteiner fläzte auf einer Liege im Schatten und genoss den Blick auf den Bodensee. Tatsächlich war er nur am Anfang ein paarmal im See baden gegangen. Er hasste den Schlamm am Ufer, der zwischen den Zehen hindurchquoll und das Seegras, das ihn beim Schwimmen am Bauch kitzelte. Er begnügte sich gern mit der wunderbaren Aussicht und dem beheizten Zwölfmeterpool, den er fast das ganze Jahr benutzen konnte.
Er schüttelte den Kopf. Schon zweiundzwanzig Jahre. Rückblickend war die Zeit wie im Flug vergangen. Das letzte Jahr seiner Ausbildung zum Kfz-Mechaniker hatte er damals mit Bravour bewältigt und als die Bewährungszeit vorbei war, waren auch die Besuche bei

seinem Bewährungshelfer und dem Psychologen weggefallen. Bis zu diesem Zeitpunkt hatte er unter der Woche weiter in seiner kleinen Wohnung gelebt und war nur am Wochenende in die Villa gekommen. Außer seinem Psychiater, der an die Schweigepflicht gebunden war, hatte er niemandem von seinem spektakulären Erbe erzählt. Und das war gut so. Wie sich zeigte, hatte er nicht nur ein U-Boot, sondern ein florierendes kleines Unternehmen geerbt. Eines von dem niemand wusste. Auch nicht die Behörden und das Finanzamt.
Brugger und Schmidt – er nannte sie bei ihren Nachnamen und nicht „Kapitän" und „Maschinist" – hatten ihm Ummenhofers Geschichte erzählt. Seine Aktivitäten im Dritten Reich, seine Freundschaft zu Adolf Hitler und wie es nach Kriegsende weitergegangen war.
Ummenhofer hatte es geschafft, dass nie jemand von dem U-Boot im Bodensee erfahren hatte. Barnsteiner staunte, dass es eigentlich nur ein Prototyp für eine U-Bootserie des Dritten Reiches war – der U-Boot-Klasse XXI - und dass sein Erbauer ihm den Namen „Nautilus" gegeben hatte. Heute prangte die fantasielose Bezeichnung „UBB-1" – mit der Bedeutung „U-Boot-Bodensee-1" – an seinem Rumpf.
Die ersten Jahre nach dem Krieg, als die alliierten Siegermächte überall nach Hinterlassenschaften der Hitlerzeit suchten, hatte Ummenhofer es nicht gewagt in See zu stechen. Erst als die Suche der Engländer und Franzosen abebbte, wagte er Anfang der Fünfzigerjahre eine erste Ausfahrt. Der Kapitän und der Maschinist waren schon damals zum Schein als Gärtner und Verwalter angestellt und stammten von der ersten Besatzung des Bootes. Doch beide wurden älter und Ummenhofer brauchte Ersatz. Glücklicherweise hatte der Kapitän einen Sohn, der seine Leidenschaft für die Seefahrt teilte und sein Nachfolger wurde. Der kinderlose Maschinist wurde irgend-

wann durch Schmidt ersetzt, den der junge Brugger auf einem Nautikkurs kennengelernt hatte. Beide hatten sich vom ersten Augenblick an gut verstanden und waren bis heute beste Freunde.
Im Grunde war das Ganze also ein Familienunternehmen. Auch Notar Kuschel war dabei. Er baute die Kontakte auf und vermittelte Kunden und auch bei ihm übernahm der Sohn, als er 2002 verstarb.
In der Regel machten sie eine Fahrt pro Monat. Die Strecke war immer die Gleiche: von Überlingen in gerader Linie über den Bodensee in die Schweiz und wieder zurück. Am Anfang hatten sie in der Schweiz einen Tag festgesessen, um die alten Akkus aufzuladen, die über die Jahre an Kapazität verloren hatten, doch dann hatten sie sie gegen Stromspeicher der neuesten Generation ausgetauscht und konnten nun mehrfach hin und her fahren ohne aufzuladen.
In der Regel überführten sie Koffer mit unbekanntem Inhalt, hin und wieder auch Personen. Es wurde nicht nach Namen gefragt und auch keine Ladungsliste verlangt. Einfach nur abliefern und fertig. Ein perfekter Service.
Nach ein paar Jahren hatte Barnsteiner alle Beteiligten zusammengerufen, um das Geschäftsfeld grundsätzlich zu regeln. Er hatte kein Problem damit, Kriminellen zur Flucht in die Schweiz zu verhelfen oder liebevoll angesammeltes Schwarzgeld vor dem deutschen Finanzamt zu verbergen – schließlich war er ja selbst ein Krimineller. Doch er hatte seine Grenzen. Obwohl er ein vorbestrafter Verbrecher war, liebte er sein Land. Er war überzeugt, dass es ihm nirgendwo auf der Welt besser gehen konnte als in Deutschland. Menschen, die sein Land angriffen, waren für ihn der letzte Abschaum. Und: er hasste Drogen. Er hatte miterlebt wie ein Schulfreund am Heroin zugrunde gegangen war und sich am Ende mit einer Überdosis aus

dem Leben geschossen hatte. Terrorismus und Drogen – für Barnsteiner nicht zu akzeptieren. Brugger und Schmidt waren sofort einverstanden, einzig Notar Kuschel (der Jüngere) hatte Einwände gehabt: das würde eine große Zahl sehr solventer Kunden ausschließen, doch am Ende hatte Barnsteiner sich durchgesetzt.
Seitdem lief alles wie am Schnürchen. Barnsteiner fuhr sogar manchmal selber mit. Das Gefühl völlig unkontrolliert in ein anderes Land einzureisen, berauschte ihn. Nur einmal war es zu einem Zwischenfall gekommen. Es war seine Idee gewesen drei Kilometer vor dem Schweizer Ufer bereits aufzutauchen, da er die Einfahrt in die Bootshalle sehen wollte. Das kleine Fischerboot, das weit vor Morgengrauen an dieser Stelle vor sich hin dümpelte, hatte keiner von ihnen bemerkt. Das Boot kenterte, als sie auftauchten und der alte Fischer ging über Bord. Sie schafften es, ihn aus dem Wasser zu ziehen und stellten überrascht fest, dass er total betrunken war. Sie legten ihn zurück in sein Boot und flößten ihm noch mehr Schnaps ein. Wenn er sich überhaupt an etwas erinnern konnte, dann würde dem versoffenen alten Fischer garantiert niemand glauben.
Barnsteiner stand auf und zog seine Liege ein Stück zurück, da ihm die Sonne auf die Füße brannte. Er sah auf die Uhr: kurz nach vier. Na endlich. Er ließ drei Eiswürfel in ein Glas fallen und füllte mit Captain Morgan und Cola auf. Sein Lieblingsdrink. Schon nach dem ersten Schluck spürte er wie der Alkohol ihn entspannte. Ein neuer Auftrag stand an und er war zum ersten Mal seit vielen Jahren nervös. Es lag an der Art des Auftrags: keine normale Transportfahrt in die Schweiz – sein U-Boot sollte aktiv an einer Aktion teilnehmen.
Vor fast zwei Jahren hatte Notar Kuschel die Anfrage des Kunden erhalten, seitdem lief die Planung. Erst hatte Barnsteiner den Auftrag

abgelehnt, doch Brugger und Schmidt hatten so lange auf ihn eingeredet bis er eingewilligt hatte.
„Verdammt“, schimpfte er und nahm einen weiteren großen Schluck. Das Risiko war diesmal um ein Vielfaches höher, genauso wie die Bezahlung. Doch der Grund für die Begeisterung des Kapitäns und des Maschinisten war ein anderer: sie sollten zum ersten Mal einen Torpedo einsetzen.

2 Vorbereitungen

„Eine Bahnfahrt, die ist lustig, eine Bahnfahrt, die ist schön …“, sang es in Bellers Gehirn spöttisch. Ging es in dem Lied nicht um eine Seefahrt? Egal. Seit fast sechs Stunden ertrug er das monotone Rattern des Zuges. Früher hatte es von Berlin aus Direktflüge nach Friedrichshafen gegeben, doch die zuständige Airline hatte vor kurzem Pleite gemacht. Also Zugfahren. Trotz Klimaanlage war sein Hemd durchgeschwitzt und er klebte mit den Unterarmen an der Lehne fest. Als er die attraktive Zugbegleiterin nach einem Bier fragte, entschuldigte sie sich: der Speisewagen sei wegen der Hitze ausgefallen. Beller glaubte, es könne nicht mehr schlimmer kommen, musste aber nach dem Umsteigen in Ulm eingestehen, dass er sich geirrt hatte. Mit einem Interregioexpress ging es weiter Richtung Süden, bis in einem Kaff namens Aulendorf eine dialektgeschwängerte Ansage monoton verkündete, dass der Rest der Strecke wegen Bauarbeiten gesperrt sei. Die Stimme wünschte eine gute Weiterreise mit dem Schienenersatzverkehr.

Zwei Busse standen bereit und Beller wählte den etwas Leereren. Kaum hatte er in der hintersten Reihe Platz genommen, stürmte eine kreischende Schar Kinder in den Bus, angeführt von ihrer wild gestikulierenden Lehrerin.

„Ist bei Ihnen noch frei?“, fragte sie schnaufend. „Ich sitze gern ganz hinten, damit ich die ganze Meute im Blick habe.“

Ohne eine Antwort abzuwarten, ließ sie sich auf den Sitz fallen und holte eine Flasche Wasser aus ihrem Rucksack.

„Geschäftsreise?“, fragte sie und zeigte auf Bellers Trolli.

„Hmmm“, antwortete er und zog sein Bein zurück, als sich ihre Knie berührten.

„Singen Sie ein Lied mit uns?", fragte ein rothaariger Zwerg zwei Reihen weiter vorne seine Lehrerin.
„Aber natürlich. Kommt macht alle mit: Auf der schwäbschen Eisenbahne isch a mohl a Bähnle gfahra …"
Beller stopfte sich seine Kopfhörer in die Ohren und stellte die Lautstärke auf Anschlag. Er beobachtete die Kinder, die an den Lippen ihrer Lehrerin klebten, um den Text abzuschauen. Beller interessierte ihr Mund nicht. Er fand die Brüste der jungen Frau viel interessanter: ohne den ordnenden Einfluss eines BHs hüpften sie fröhlich im Takt mit. Vielleicht sollte er sie ansprechen? Doch er fand keine Gelegenheit. War ein Lied zu Ende, wurde sofort das nächste angestimmt. Irgendwann schien aber auch ihr Repertoire erschöpft und sie begann von vorne: „Auf der schwäbschen Eisenbahne isch a mohl a Bähnle gfahra …"
„Jetzt waren Sie aber tapfer", lächelte ihn die Lehrerin an, als sie den Friedrichshafener Stadtbahnhof erreichten. Sie winkte Beller kurz zu und sortierte ihre Klasse für einen geordneten Ausstieg aus dem Bus. Als die Kinder sich draußen paarweise an den Händen hielten, kam sie noch einmal zurück.
„Sind Sie länger hier?"
Beller nahm die Kopfhörer ab und nickte. „Eine gute Woche, denke ich. Nach dem Seepferdchenfest haue ich wieder ab."
„Es heißt „Seehasenfest" – nicht „Seepferdchenfest"", korrigierte sie, während sie etwas auf einen Zettel kritzelte. „Hier meine Nummer. Falls Ihnen mal langweilig wird."
Beller nahm den Zettel und steckte ihn in die Tasche.
„Ich bin Biggi", sagte die Lehrerin und streckte ihm die Hand hin.
Beller nickte und ergriff ihre Hand. „Freut mich – Biggi. Ich bin Bel-

ler."
„Einfach nur Beller?"
„Einfach nur Beller!"
„Okay, Beller", sagte Biggi und ging zum Ausgang. „Ich hoffe, wir sehen uns."

Beller hatte eine Viertelstunde lang die Busfahrpläne studiert, bevor entnervt in ein Taxi stieg.
„In die Ehlerstraße fünfzehn, bitte."
Der dunkelhäutige Taxifahrer schaute ihn im Rückspiegel an. „Zur Kripo?"
Beller nickte. „Und zwar auf dem direkten Weg."
Nur zehn Minuten später bezahlte Beller sieben Euro achtzig und ließ sich eine Quittung geben. Der Fahrer hatte wohl tatsächlich den schnellsten Weg gewählt – der Hinweis auf die Kripo holte aus vielen Menschen das Beste heraus.
Das Gebäude der Kriminaldirektion Friedrichshafen sah genauso unmodern aus, wie man es sich vorstellte. Flachdach, zwei Etagen, eckig. Ein neuer Anstrich hätte nicht schaden können.
„Was wollen Sie?", schepperte eine unfreundliche Stimme aus dem kleinen Lautsprecher der Gegensprechanlage, nachdem Beller den Klingelknopf dreimal betätigt hatte.
„Kriminalobermeister Beller. Ich soll mich hier melden."
Ein paar Sekunden geschah nichts, dann entriegelte der Summer die Tür. In dem kleinen Flur war es angenehm kühl. Für Beller der Beweis, dass die Tür heute noch nicht oft geöffnet worden war.
„Entschuldige Kollege, wir hatten heute nicht mit dir gerechnet",

hechelte ein übergewichtiger Kommissar und zeigte auf eine der Türen. „Lass uns da rein gehen."
„Besucherzimmer" stand auf dem Türschild. Beller rümpfte die Nase. Auf den Tischen standen leere Kaffeetassen und ein paar halb leere Wasserflaschen. Er fragte sich, wo sie das Bier versteckt hatten.
„Sind wir alleine?"
Der dicke Kommissar nickte. „Im Moment schon. Es ist Wochenende und das Team ist gerade raus zu einer Körperverletzung."
Der Mann sah Bellers fragenden Gesichtsausdruck und hielt im plötzlich die Hand hin.
„Oh Mann, wie unhöflich von mir: ich bin Schulz, Georg Schulz. Du kannst auch Schorsch zu mir sagen."
Beller schüttelte ihm die fleischige Hand. „Ich bin Beller."
„Einfach nur Beller?"
„Einfach nur Beller!"
„Okay – Beller. Freut mich dich kennenzulernen. Aber was machst du schon hier? Deine Chefin hat gesagt, du kämst am Montag …"
Miststück, knurrte Beller innerlich. Seine liebe Chefin gönnte ihm nur das Herthaspiel im Stadion nicht.
„Dachte, ich schaue schon mal rein. Kann ja nicht schaden", antwortete er ohne eine Miene zu verziehen. „Und vielleicht kannst du mir helfen … ich muss in meine Wohnung und habe keine Ahnung, welchen Bus ich nehmen muss."
Beller hatte nirgends S-Bahn-Schienen gesehen und hatte sich damit abgefunden den Bus zu nehmen.
Schorsch lächelte verlegen. „Da muss ich dir gleich was gestehen: es war ein bisschen schwierig ein Zimmer für dich zu bekommen. Wegen dem Seehasenfest – da ist im weiten Umkreis alles ausgebucht."

„Und?“
„Naja – wir haben was gefunden … aber … naja … da fährt kein Bus hin.“
„Na prima“, seufzte Beller. „Und wie soll ich da hinkommen?“
„Du kriegst einen Wagen von uns. Ist nicht das neueste Modell, aber es fährt.“
Kurz darauf fuhr Schorsch mit einem uralten VW Passat vor die Eingangstür. Beller vermutete das Baujahr irgendwo Ende des zwanzigsten Jahrhunderts. An einigen Stellen fraß sich der Rost durch den dunkelgrünen Lack.
„Ich dachte, die Grünen sind alle schon längst ausgemustert?“, fragte Beller skeptisch, doch Schorsch zuckte nur mit den Schultern.
„Eigentlich schon. Aber den haben wir als Ersatz für ein anderes Fahrzeug mit Getriebeschaden bekommen. Wenn du mich fragst, waren diese alten Kisten eh die besten. Der hier hat über vierhunderttausend Kilometer und schnurrt wie ein Kätzchen.“
Schorsch kletterte auf der Beifahrerseite in den Passat und durchwühlte das Handschuhfach.
„Wusste ich doch, dass es noch da ist“, sagte er kurz darauf schwitzend und hielt triumphierend ein Navi hoch. Er leckte über den Saugnapf und pappte es an die Windschutzscheibe.
„Ich gebe dir die Adresse gleich ein, sonst findest du das nie.“
Beller beobachtete wie Schorsch sich durch das umständliche Menü des alten Navis quälte und sich mehrfach vertippte. Endlich lächelte er und wischte den Schweiß von der Stirn.
„Passt. Du kannst jetzt los.“
„Und wann soll ich wieder hier sein?“
„Wie gesagt: wir haben erst Montag mit dir gerechnet. Um neun Uhr

ist ein Meeting angesetzt. Es reicht wohl, wenn du dann kommst."
Prima, dachte Beller. Ein Wochenende in der Provinz. Die Hertha spielt im Stadion und hier gibt es wahrscheinlich nirgends Sky. Gibt es hier überhaupt Strom?
„Was macht man denn hier so am Wochenende?"
Schorsch lächelte. „Ich geh Angeln. Du kannst auch wandern, oder am See spazieren gehen … ist echt schön … aber wie gesagt: ich geh Angeln. Willst du mit? Ich geh morgen früh um sechs runter an die Rotachmündung."
„Nein!" Beller hatte auf nichts weniger Lust, als mit einem dicken Kripo-Beamten sonntagmorgens um sechs an einem Fluss zu sitzen. „Ich finde schon was, danke! Wir sehen uns Montag um neun!"
Beller wusste nicht, ob er Schorsch enttäuscht hatte, es war ihm aber egal. Man konnte nicht alles haben.

Barnsteiner beobachtete das Eintreffen der Gäste vom Fenster aus. Die Limousine mit abgedunkelten Scheiben fuhr in die Einfahrt zur Villa und parkte direkt vor der Tür. Jeweils zwei der vier Kunden wurden von Brugger und Schmidt ins Haus geführt. Sie trugen Augenbinden. Eine von Barnsteiners Bedingungen. Niemand durfte wissen, wo sie zu finden waren. Als alle im Haus waren, ging er ins Büro und schaltete den Überwachungsmonitor für das Besprechungszimmer ein, den er extra installiert hatte. Das Bild war gestochen scharf, wie bei einem Blockbuster im TV. Er sah die Gäste in den Raum kommen, jedoch nur von hinten, bis sie sich an den Konferenztisch in der Mitte des Raumes setzten. Als ihnen die Augenbinden abgenommen wurden, entfuhr Barnsteiner ein leiser Schrei.

Einer der vier Männer war sein alter Zellengenosse Juri.
Er hatte sich im Vorfeld geweigert, mehr über diese Aktion zu erfahren als unbedingt notwendig. Sie brauchten nur sein U-Boot, nicht ihn. Für die Fahrt reichten Brugger und Schmidt. Doch nun war er neugierig. Er hatte Juri seit über zwanzig Jahren nicht gesehen, erinnerte sich aber gut. Wenn der Russe dabei war, lag Gefahr in der Luft. Dass diese Aktion anders sein würde als alles, was sie bisher mit dem U-Boot auf die Beine gestellt hatten, war ihm klar gewesen, doch mit Juri nahm das Unternehmen eine neue Dimension an. Er kannte seinen alten Zellengenossen und wusste, dass er vor nichts zurückschrecken würde – auch nicht davor jemanden zu töten. Doch das stand im Widerspruch zu der Vereinbarung, die Notar Kuschel mit dem Auftraggeber geschlossen hatte. Niemand sollte verletzt werden und schon gar nicht getötet. Gewalt war nur im absoluten Notfall vorgesehen. Barnsteiner hatte die Befürchtung, dass Juri das etwas anders sah.
„Hey Barney – was machst du denn hier?“, rief Juri erfreut, als sein alter Zellengenosse durch die Tür kam. Brugger und Schmidt drehten sich überrascht um.
„Ich wollte dir nur kurz hallo sagen, alter Freund!“
Barnsteiner studierte Juris Gesicht, dessen ledrige Haut von zahlreichen Falten durchzogen war. Er hatte einiges abgenommen und machte einen durchtrainierten Eindruck. Seine Augen zeigten echte Freude.
„Mit dir hätte ich hier nicht gerechnet. Gehörst du auch zum Team?“
Barnsteiner hob abwehrend die Hände. „Gott bewahre. Das ist nicht meine Welt. Ich war als Einbrecher schon eine Null, für eine Aktion wie diese bin ich nicht der Richtige.“

Juri spürte, dass Barnsteiner nicht mehr erzählen wollte und hakte nicht nach.
„Und du? Immer noch in der Autobranche?"
Juri lachte herzlich. „Das habe ich schon vor langer Zeit aufgegeben. Das läuft heute im großen Stil ab. Da brauche ich nicht mehr mitmischen. Ich bin jetzt im Personenschutz."
Barnsteiner zog die Stirn kraus. Schützt du irgendwen oder sorgst du dafür, dass jemand Schutz braucht? Er konnte sich Juri beim besten Willen nicht als aufopferungsvollen Beschützer vorstellen. Juri sah ihm seine Bedenken an und zog ihn zur Seite.
„Ich bin hier für den Fall, dass etwas schief geht", flüsterte er. „So wie ich dich damals im Knast beschützt habe, werde ich auch dieses Team beschützen. Glaub mir: wenn alles glatt geht, wird niemand verletzt."
Das hörte Barnsteiner gern, ahnte aber, dass er belogen worden war.
„Wer sind die anderen? Seid ihr ein festes Team?"
Juri lächelte schief. „Ich habe niemals ein festes Team. Der Boss hat uns zusammengebracht. Wir kennen uns erst ein halbes Jahr. Seitdem läuft die Planung. Der große da heißt David und der mit dem Schnauzer Jürgen. Sie behaupten, sie hätten zusammen schon über zwanzig Banken überfallen und seien nie erwischt worden. Ehrlich gesagt glaube ich, dass sie ein wenig dick auftragen. Und der dritte ist Werner. Der hat sich auf Betrug spezialisiert und kann dich zu allem überreden. Pass bloß auf, wenn du mit ihm redest, sonst hast du hinterher eine fiktive Finka auf Malle und die teuerste Lebensversicherung, die es gibt."
Barnsteiner fragte sich, wer der Boss im Hintergrund war, wusste aber, dass er das nie erfahren würde. Die anderen drei Teammitglie-

der machten einen vernünftigen Eindruck. Sie hatten Allerweltsgesichter und schienen nicht dumm zu sein. Sie unterhielten sich angeregt mit Brugger und Schmidt und stellten Fragen zum U-Boot. Natürlich wollten sie es sehen und Barnsteiner beantwortete Bruggers fragenden Blick mit einem Nicken. Sollten sie es sich doch anschauen. Dann wussten sie wenigstens, was sie erwartete.

Aus einer Laune heraus hatte er noch einmal Rebecca angerufen. Sie hatten sich gut unterhalten und sich auf eine Weinschorle im „Tagblatt“ in der Konstanzer Innenstadt verabredet. Sven war erstaunt gewesen, wie gut es ihr ging. Nach dem üblichen Smalltalk hatten sie auch über ihre Beziehung gesprochen. Rebecca hatte betont, wie leid es ihr tat und dass sie die Zeit einfach gebraucht hätte. Ihr sei alles über den Kopf gewachsen: die vielen Termine, die Prüfungen, überhaupt das ganze Studium.
Sie war wieder ganz die alte gewesen und sie hatten miteinander gelacht und sich dann sogar geküsst. Eilig hatten sie die Rechnung bezahlt und waren in Svens Wohnung gefahren.
Rebecca schlief noch und Sven bewunderte ihren nackten Körper. Er hatte sie so sehr vermisst, dass es wehgetan hatte und nun lag sie wieder neben ihm. War das ein Neuanfang oder nur ein leidenschaftlicher One-Night-Stand der alten Zeiten wegen? Er seufzte und fuhr sanft mit den Fingern ihren Rücken hinunter. Rebecca schauderte unter seiner Berührung und drehte sich, ohne die Augen zu öffnen, auf den Rücken.
„Wenn du jetzt aufhörst, bist du ein toter Mann“, flüsterte sie und schob ihre Hand zwischen seine Beine.
Als sie eine Stunde später zusammen unter der Dusche standen, war Sven der glücklichste Mensch der Welt.

„Ich liebe dich, Rebecca", flüsterte er in ihr Ohr und überlegte, ob dies die Frau seines Lebens war. Sein Herz pochte wild in seiner Brust und er konnte sich nur mit Mühe zurückhalten. Nein. Nicht jetzt. Aber nach dem Seehasenfest werde ich sie fragen, ob sie mich heiratet.

Beller hatte eine halbe Stunde bis zu seiner Unterkunft gebraucht. Das uralte Navi hatte sein letztes Update zu Gerhard Schröders Amtszeit bekommen und war daher mit den vielen neuen Kreisverkehren überfordert. Er hatte schon öfter dienstlich in Hotels übernachtet, in einer Ferienwohnung war er zum ersten Mal.
„Willkommen im Haus Felicia", hatte der Vermieter gesagt. Mehr hatte Beller nicht verstanden, da der Mann extremes Schwäbisch sprach. Bei einer kurzen Führung hatte er grinsend den kleinen Kühlschrank geöffnet und auf die zwei Flaschen Bier gezeigt.
„A richtig guats Bier. Damit it glei wieder eikaufa musch."
Beller ahnte, was der Mann meinte und lächelte gezwungen.
Die Wohnung war hübsch – schöner als seine eigenen vier Wände in Berlin. Sie hatte sogar einen kleinen Schwedenofen, doch Beller bezweifelte, dass er ihn benötigen würde: aktuell zeigte das Thermometer achtundzwanzig Grad.
Sky gab es in der Wohnung natürlich nicht, aber immerhin Wlan. Also schaute Beller das Spiel der Hertha mit der mobilen Sky-Variante auf seinem Handy. Sein Team fuhr einen sensationellen Sieg gegen Dortmund ein und Beller verfluchte seine Chefin erneut dafür, dass sie ihm diesen Abend im Stadion versaut hatte.
Die zwei Bier waren eine gut gemeinte Geste des Vermieters gewe-

sen, doch schon in der Halbzeitpause war Beller in die Tankstelle im Nachbardorf gefahren, um Nachschub zu holen. So hatte er den Samstagabend gut überstanden, den Sonntag hatte er auf dem Sofa verbracht. Er hatte mit GoogleMaps die Umgebung nach bekannten Orten abgesucht, aber erst mit Ulm und Stuttgart vertraute Namen gefunden. Nur ein weiterer Ort in der Nähe kam ihm bekannt vor – Bad Schussenried – doch er konnte sich nicht erinnern, woher er den Namen kannte. Auf der Suche nach Anhaltspunkten gab er den Ort bei Wikipedia ein und wühlte sich durch die Stadtgeschichte. Plötzlich fiel es ihm wieder ein: in Bad Schussenried gab es ein Zentrum für Psychiatrie. Daher kannte er den Namen. Vor einiger Zeit hatte einer seiner Psychologiedozenten das Handtuch geworfen und hatte sich in psychiatrische Behandlung begeben. In Bad Schussenried. Damals hatte Beller sich gefragt, wo zum Teufel dieser Ort war. Nun wusste er es. Professor Dr. Dr. Wollenweber. Ob er noch dort war? Damals war er für ihn mehr als nur ein Dozent gewesen. Sie hatten sich angefreundet und Wollenweber war sein Mentor geworden. Beller nahm sich vor herauszufinden, ob sein Freund noch in Bad Schussenried war. Vielleicht konnte er ihn ja besuchen. Der Professor war der beste Psychoanalytiker gewesen, den er je gekannt hatte. Von ihm hatte er fast alles gelernt, was er heute über das sogenannte „Profiling" wusste. Seine vier Bücher standen bei ihm zu Hause im Regal. Er würde ihn gern wiedersehen und die Gelegenheit würde so schnell nicht wiederkommen.

Zu der Besprechung am Montag kam Beller fast eine halbe Stunde zu spät. Er hatte den Berufsverkehr auf dem Land unterschätzt. Dank

fehlender Klimaanlage in dem alten Passat hatte er bereits Schweißränder unter den Achseln.
„Entschuldigen Sie die Verspätung", keuchte er und ließ sich auf einen freien Stuhl fallen. „Wusste nicht, dass der Berufsverkehr auf dem Land fast so schlimm ist wie in Berlin."
„Kein Problem, Kollege, wir haben eben erst angefangen. Vielleicht stellen wir uns erst mal kurz vor: ich bin Kriminalhauptkommissar Hoffmann, aber du kannst mich gerne Hoffi nennen ... das machen alle hier."
Beller streckte seine Hand über den Tisch. „Freut mich, Hoffi. Ich bin Beller."
„Einfach nur Beller?"
„Einfach nur Beller!"
Hoffi zeigte auf die anderen Anwesenden. „Das sind die Jungs, die ebenfalls fürs Seehasenfest eingeteilt sind: Ludwig Meier, Axel Rabe, Manuel Neuer und Kevin Klein."
Alle erhoben sich kurz und man schüttelte sich die Hände. Bei Neuer musste Beller grinsen.
„Spielst du Fußball?"
Neuer schüttelte den Kopf und zog eine Grimasse. „Kein bisschen! Ich muss bei den Bayernspielen selber immer lachen, wenn mein Name vorgelesen wird. Ich kann mit Bällen nichts anfangen. Kampfsport ist mein Ding. Tae Kwon Do. Kennst du?"
Beller nickte. Er hatte während seiner Ausbildung mehrere Kampfsportarten ausprobiert. Er hatte Talent gehabt, aber irgendwann die Lust verloren.
„Und unseren Schorschi kennst du ja schon. Er ist sowas wie unsere gute Seele", lobte Kriminalhauptkommissar Hoffmann den überge-

wichtigen Schulz, der mit einem großen Tablett Butterbrezeln hereinkam.
„Und? Zufrieden mit dem Grünen?“, fragte er augenzwinkernd und hielt Beller das Tablett hin.
„Er fährt. Das muss wohl reichen …“
„Dann wollen wir mal“, leitete Hoffi über und rollte an der Wand eine Karte von der Friedrichshafener Innenstadt ab. Die Bereiche, die zum Seehasenfest gehörten, waren farblich markiert, genauso wie die Zufahrtswege. Beller stellte überrascht fest, dass seine neuen Kollegen sehr professionell vorgingen. Die Gefahrenanalyse und die entsprechenden Gegenmaßnahmen hätten aus dem Lehrbuch kommen können. Wobei die Rahmenbedingungen vieles erleichterten. Die Stadt wurde im Süden vom Bodensee begrenzt, wodurch im Vergleich zu anderen Städten schon mal die Hälfte an Zufahrtmöglichkeiten wegfiel. Außerdem spielte sich das Fest selbst fast ausschließlich im Uferbereich ab, auf der sogenannten Uferpromenade, so dass mit kleinem Aufwand nahezu alle Straßen zum Fest gesperrt werden konnten und die Stadt selbst trotzdem noch erreichbar blieb. Der einzige Platz, der ihm etwas Sorgen bereitete, war der Seeparkplatz auf dem die Fahrgeschäfte für die Kinder und Jugendlichen stehen würden. Der Platz lag sehr dicht an einer breiten Straße, die auch während des Festes befahrbar sein würde, doch Hoffi versicherte ihm, dass massive Absperrungen aufgebaut würden.
„Und was ist mit dem Flugplatz?“, warf Beller ein. Seit 9/11 wusste man, dass auch Flugzeuge als Waffe genutzt werden konnten.
„Es gibt über das Fest ganz spezielle Sicherheitsprotokolle für jeden, der in Friedrichshafen startet oder landet“, erklärte Hoffi. „Die Flughafenpolizei dehnt außerdem die Kontrollen aus. Im Normalfall

kann da nichts passieren."
Beller wusste, dass es sich bei terroristischen Anschlägen im Nachhinein nie um Normalfälle handelte. Auch die Terroristen hatten über die Jahre dazugelernt und neue Methoden gefunden, um ans Ziel zu kommen. Deshalb war es wichtig schon im Vorfeld das Unmögliche mit einzubeziehen.
„Wie sieht es mit bewaffneten Schiffen auf dem Bodensee aus?", fragte Beller. Die anderen sahen sich ratlos an. Nur der dicke Schultz räusperte sich und hob die Hand.
„Die Schweizer haben ein paar Militärschiffe vom Typ Patrouillenboot 16. Die sind mit einem Maschinengewehr ausgestattet. Sie sind aber eher klein, damit sie sie leichter über Land transportieren können. Einen Krieg gewinnst du mit denen nicht."
„Und in Österreich?", hakte Beller nach.
Schultz schüttelte den Kopf. „Die haben gar nichts. Nur die übliche Wasserschutzpolizei wie bei uns auch."
Alle staunten über Schorschs Wissen und nickten anerkennend.
„Dann hoffen wir mal, dass die Schweizer zum Seehasenfest keinen Angriff planen", scherzte Beller, doch er erntete nur verständnislose Blicke.
„Hör mal Beller", setzte Hoffi an, „das Seehasenfest ist auch bei den Schweizern sehr beliebt. Die kommen zu Tausenden. Außerdem ist das ein sehr gemütliches Völkchen. Glaub mir: von Seiten der Eidgenossen droht keine Gefahr."
Beller zuckte mit den Schultern. „Du wirst wohl Recht haben. Ich will nur nichts übersehen."
Sie diskutierten noch fast zwei Stunden über verschiedene Zugänge, die eventuell gesperrt werden müssten, doch unterm Strich fragte

Beller sich, warum sie ihn angefordert hatten. Die Kollegen hatten alles im Griff und er konnte nur wenig beisteuern.
Als Hoffi die Sitzung beendete, atmete Schorsch tief durch.
„Ich hasse diese langen Meetings. Dafür bin ich nicht zur Kripo gegangen. Mir ist es lieber, ich habe ein bisschen Action."
Beller sah den Kommissar skeptisch an. Er hatte bestimmt dreißig Kilo zu viel auf den Rippen und schwitzte bei jeder Bewegung. Sehnte Schorsch sich wirklich nach gefährlichen Außeneinsätzen?
„Was für Action meinst du?", hakte Beller nach.
„Naja, jetzt nichts Wildes. Aber ein bisschen rauskommen, wäre schön. Wir könnten doch den Festbereich am Ufer mal ablaufen. Es ist immer etwas anderes, wenn man vor Ort ist."
Beller wollte schon widersprechen, fand die Idee eines Spaziergangs am See aber gar nicht so schlecht.
„Ich kläre das mit Hoffi", sagte er und ging Richtung Tür.
„Warte", hielt in Schorsch ihn zurück. „Frag, ob Kevin auch mit kann. Der war auch noch nicht dort. Glaube ich zumindest."
Beller zuckte mit den Schultern und ging ins Büro des Dienststellenleiters.

„Wie kommt es, dass du auch noch nie hier warst, Kevin", fragte Beller, nachdem sie das Auto auf dem Vorplatz des Graf-Zeppelin-Hauses abgestellt hatten.
„Ich war schon mal hier", widersprach Kevin verlegen. „Aber nur zwei oder drei Mal. Ist auch schon länger her."
Schorsch klopfte dem jungen Mann auf die Schulter. „Den Kevin haben uns die Ravensburger als Unterstützung geschickt. Er ist noch nicht lange dabei, aber wir können beim Fest jeden Mann brauchen. Auch wenn es nur ein Kinder- und Heimatfest ist … irgendwas gibt

es immer zu tun."
Sie liefen den Weg zum See hinunter und Beller kickte mit dem Fuß an einen der rot-weißen Absperrpfosten.
„Das wird nicht reichen. Ein LKW fährt die um wie nichts. Hier müssen zusätzlich Betonpoller hin."
Schorsch nickte und machte sich eine Notiz. Trotz Montagmorgen waren erstaunlich viele Menschen an der Uferpromenade unterwegs. Hauptsächlich Rentner und junge Mütter, die ihre Kinderwagen vor sich herschoben. Die Uferpromenade war breiter als Beller sie sich vorgestellt hatte. Schorsch hatte Recht: es ist etwas anderes, wenn man es sieht.
Sie liefen an einer Minigolfanlage und einem Kinderspielplatz vorbei. Der angrenzende Biergarten war leider noch geschlossen. Er sah gemütlich aus und bot freien Blick auf den See. Beller nahm sich vor, wiederzukommen, wenn er geöffnet hatte. Ein kaltes Weißbier unter den Kastanienbäumen zu trinken, musste herrlich sein. Wenn ihn seine Chefin schon an den Arsch der Welt schickte, konnte er wenigstens auch die guten Seiten genießen. Ein paar Meter weiter führte eine breite Treppe ins Wasser und Beller bemerkte, dass der Bodensee einen ziemlich niedrigen Pegel hatte. An der Treppe zeigten grüne Algenstreifen, wo das Wasser normalerweise gegen den Beton klatschte, doch nun lag selbst die unterste Stufe im Trockenen.
Ein Schiffshorn tutete bei der Einfahrt in den Hafen und Beller versuchte die Größe des Schiffes abzuschätzen. Er hatte einmal einen Fall auf einem Kreuzfahrtschiff gehabt, dessen Rettungsboote ungefähr die Größe dieses Schiffes hatten. Nein. Davon ging wirklich keine Gefahr aus. Selbst mit voller Fahrt würden sie an der massiven Hafenmauer keinen Schaden anrichten. Schon gar nicht bei dem

niedrigen Pegelstand. Beller vermutete, dass die Schiffe außerhalb ihrer Fahrrinne sofort auf Grund laufen würden.
Sie liefen die komplette Festmeile ab bis zum Seeparkplatz, auf dem die Fahrgeschäfte stehen würden, dann machten sie kehrt und schlenderten zurück. Fast wie ein kleiner Familienausflug, dachte Beller. Der dicke Schorsch als gutmütiger Papa, er als … ja – als was eigentlich – egal … und der kleine Kevin als Kinderersatz.
Beller grinste und spendierte Kevin in einer der Eisdielen ein Softeis.

3 Bereit

Barnsteiner hatte die vier Männer regelmäßig bei ihrem Training mit Brugger und Schmidt beobachtet. Zwar war das Herunterklettern einer Leiter nicht wirklich eine Herausforderung, aber es war doch etwas anderes, wenn man durch einen engen Schacht in ein U-Boot einstieg. Auch das gebückte Gehen an Bord war ungewohnt. Man musste höllisch aufpassen, um sich nirgendwo den Kopf zu stoßen. Er erinnerte sich noch gut an das klaustrophobische Gefühl, als er das erste Mal an Bord gegangen war. Noch schlimmer war die erste Fahrt gewesen: zu wissen, dass man in einer Metallröhre viele Meter unter Wasser gefangen war, hatte bei ihm eine Panikattacke ausgelöst. Das durfte den Männern nicht passieren, deshalb trainierten sie den Einstieg genauso wie das Bewegen an Bord und waren in den letzten beiden Nächten zu kurzen Tauchfahrten ausgelaufen.

„Ich denke, die sind soweit", sagte Brugger, als sie am Abend auf der Terrasse vor der Villa Rippchen grillten. „David und Jürgen machen ihre Sache gut. Werner hat noch etwas zu kämpfen, aber dein Freund Juri ist abgebrüht wie ein alter Seebär. Als wäre er schon hundert Mal auf einem U-Boot gefahren."

Barnsteiner nickte. „Juri ist eiskalt. Ich weiß nicht, ob er überhaupt irgendwelche Ängste kennt. Aber genau das ist, was mir ein bisschen Sorgen macht."

„Warum?", fragte Schmidt. „Ist doch gut, wenn einer einen kühlen Kopf bewahrt. Er ist genau der Typ dafür."

„Weil er für das Gelingen der Operation alles tun würde. Er hat mir selber gesagt, dass er dafür da ist, falls nicht alles glatt läuft. Und vergiss nicht: sie werden Waffen dabeihaben."

„Jetzt mach dir mal nicht ins Hemd", winkte Brugger ab. „Ich finde den Plan spitze: niemand kommt zu schaden, es bringt eine Menge Kohle und wenn alles funktioniert, sind wir über alle Berge, bevor die überhaupt wissen, worum es geht."

Barnsteiner sah Brugger direkt an. „Du bist doch nur geil darauf, einen der Torpedos abzufeuern. Und zum Thema „niemand kommt zu Schaden": immerhin versenken wir ein Schiff der weißen Flotte. Das ist schon mehr als ein kleiner Schaden."

„Du weißt, wie ich das gemeint habe", erwiderte Brugger. „So ein Schiff ist doch nur eine Sache. Die kann man ersetzen. Aber es sterben keine Menschen. Das ist für mich das Wichtigste. Mit allem anderen kann ich leben."

Kann ich das auch?, fragte sich Barnsteiner. Mit dieser Operation würden sie die ganze Nation schockieren. Er dachte an die Kinder, die am Ufer auf den Seehas warten würden, der aber diesmal nicht kommen würde.

„Wer sich das ausgedacht hat, ist wirklich ein Genie", sagte Schmidt leise. „Werden wir den großen Boss irgendwann mal kennenlernen?"

Barnsteiner schüttelte den Kopf. „Ich hoffe nicht, denn sonst ist etwas sehr schief gegangen."

Es war anstrengender, als er es sich vorgestellt hatte. In den letzten Tagen war er von Termin zu Termin gehastet. Eine Ablaufplanung hier, ein Fototermin da, ein Treffen mit der Redenschreiberin, Mittagessen mit dem Seehasenfestkomitee und so weiter.

Vor allem die Presse machte ihm zu schaffen. Die Fotografen wollten ihre Bilder schon vor dem Fest im Kasten haben. Zwei Tage lang hatte er an allen möglichen und unmöglichen Orten für die Kameras

posiert und mit seiner pelzigen Hand lächelnd einer nicht vorhandenen Menschenmenge zugewinkt. Einmal sogar in der Schlachthalle einer Metzgerei, was wohl die Verbundenheit des Seehas zu seinen frisch geschlachteten Artgenossen demonstrieren sollte. Doch es war ihm egal. Er bekam seine Termine und arbeitete sie ab.
An diesem Mittwoch stand nur noch ein Interview mit dem regionalen TV-Sender auf dem Programm, das er ausnahmsweise nicht im Kostüm geben musste. Es sollte um den Menschen hinter dem Seehas gehen. Sven überlegte, was er auf die obligatorische Frage nach seinem Beziehungsstatus antworten sollte. Er dachte an Rebecca und ihren letzten Abend in Konstanz. Seitdem hatte er sie nicht mehr gesehen, doch sie schickten sich jeden Tag Nachrichten über Whatsapp. „Ich bin in festen Händen", würde seine Antwort sein. Er lächelte. Oder sollte er ihr vor laufender Kamera einen Antrag machen? Er verwarf den Gedanken. Zu theatralisch. Einmal hatte ein Kandidat bei Wer-wird-Millionär seine Freundin im Fernsehstudio gefragt, ob sie ihn heiraten wolle. Natürlich hatte sie „ja" gesagt – was hätte sie in dem Moment auch sonst sagen sollen – doch Sven fand den Auftritt einfach nur unpassend, wenn nicht sogar peinlich, was durch den mageren Gewinn des zukünftigen Bräutigams von fünfhundert Euro noch unterstrichen wurde. Nein. Wenn das Seehasenfest vorbei war, würde er Rebecca zum Essen in ein romantisches Lokal einladen und ihr dann den Antrag machen. Der Gedanke gefiel ihm, genauso wie die Aussicht auf das gemeinsame Leben mit der Frau, die er liebte.
Er schnappte sich seinen Autoschlüssel und ging nach unten, wo er sich von seinen Eltern verabschiedete. Bevor er ins TV-Studio fuhr, wollte er noch sein Hasenkostüm bei der Kostümbildnerin abgeben.

Eine Naht am rechten Bein war aufgerissen und das Hasenschwänzchen hatte sich beim letzten Fototermin in einer Tür verklemmt und war abgerissen. Der Seehas ohne Schwänzchen – undenkbar.

Beller hatte am Morgen seine Chefin angerufen und darum gebeten, zurückkommen zu dürfen, doch sie hatte seine Bitte kühl abgewiesen. Seine Geschichte war mittlerweile an die Presse durchgesickert und hatte es auf Seite eins der Berliner Zeitung geschafft. Natürlich. Die Story war ja auch ein Knaller. Also würde er sich noch ein paar Tage mehr in Friedrichshafen langweilen. Er musste zugeben, dass die Gegend schön war, doch als eingefleischter Berliner vermisste er das Großstadtleben. Vor allem die Bars. Und die Frauen. Wenigstens würde er heute etwas Abwechslung bekommen: er hatte in der psychiatrischen Klinik in Bad Schussenried angerufen und einen Besuchstermin vereinbart. Herrn Wollenweber ginge es gut, hatte die freundliche Telefonistin versichert, und er würde sich auf seinen Besuch freuen. Beller hatte sich für sechzehn Uhr angemeldet und plante für das Treffen zwei Stunden ein. Für den Abend hatte er sich mit Biggi – der hübschen Lehrerin – verabredet. Sie hatte sich beschwert, warum er sich erst so spät meldete, freute sich aber trotzdem auf ihr Date.
„Was meinst du dazu, Beller?“, riss ihn Hoffi aus seinen Gedanken.
„Sorry, ich war gerade etwas abwesend. Worum geht's?“
Hoffi grinste. „Um den Flashmob beim Einholen des Seehas. Das Seehasenfestkomitee hat das genehmigt. Sie versprechen sich davon eine Menge Publicity.“
Beller zog die Stirn kraus. „Ein Flashmob? Echt jetzt? Was haben die

vor?“
Schorsch setzte seine Lesebrille auf und las die Pressemitteilung vor. „Flashmob Schwarzer Seehas. Beim diesjährigen Einholen des Seehas dürfen sich die Festbesucher auf ein ganz besonderes Highlight freuen: ein Künstler aus der Region hat angekündigt, auf den ausgefahrenen Schiffen einen Flashmob zu veranstalten. Die Aktion wurde vom Seehasenfestkomitee genehmigt. Was genau passieren wird, wollte der Künstler noch nicht verraten, kündigte aber an, dass der Flashmob in einem Livestream übertragen werde. Wer Interesse hat, findet den Link zum Stream unter www.schwarzer-seehas.de.“
„Na prima“, knurrte Beller. „Eine genehmigte Aktion, bei der wir nicht wissen, was passiert. Sollten nicht wenigstens wir informiert werden?“
„Das habe ich auch gesagt“, stimmte Hoffi zu, „aber sie wollten nichts rauslassen. Oder sie wissen es selber nicht. Ist mir auch egal. Nach meiner Einschätzung kann da eigentlich nichts passieren. Der tolle Künstler macht seine Show mitten auf dem See. Alle drei Schiffe sind beteiligt und eine Menge Freiwillige. Das klingt für mich nicht bedrohlich. Was meint ihr?“
„Vielleicht sollte einer von uns mit rausfahren“, schlug Neuer vor und zeigte auf Rabe und Meier.
„Für mich ist das nichts“, stellte Rabe klar. „Ich werde schon auf meiner Luftmatratze im Freibad seekrank.“
„Geht mir ähnlich“, schloss sich Meier an. „Außerdem hasse ich Schiffe. Mir ist einfach nicht wohl, wenn nur Wasser um mich herum ist. Ihr habt doch sicher alle Titanic gesehen … da siehst du, was passieren kann.“
„Du rechnest bei dreißig Grad im Schatten mit einem riesigen Eis-

berg auf dem Bodensee?", grinste Schorsch. „Ganz schön paranoid …"

„Dann fahr du doch mit", giftete Meier. „Du bist doch unser Angler und Seeliebhaber."

„Jetzt beruhigt euch mal", ging Hoffi dazwischen. „Schorschi und Kevin bleiben bei Beller, so wie wir es geplant haben. Wenn sonst keiner Bock auf eine Schifffahrt hat, dann lassen wir es eben. Wir können sowieso nicht überall sein. Da wird schon nichts passieren. Irgendwelche Einwände?"

Hoffi sah in die Runde, doch niemand sagte etwas. „Dann ist es entschieden. Keiner von uns fährt auf den Schiffen mit."

Beller hatte sich nach der Besprechung verabschiedet und war nach Bad Schussenried gefahren. Er freute sich auf das Wiedersehen mit seinem alten Lehrmeister. Er überlegte, wie lange ihr letztes Treffen zurücklag, konnte es aber nicht mit Sicherheit sagen. Vier Jahre? Fünf? Sechs? Beller schüttelte den Kopf und stellte sich an der Rezeption vor. Die Frau hinter dem Tresen griff zum Telefon und kurz darauf führte ihn eine Pflegerin ins Gebäude.

„Das ist das Zimmer von Herrn Wollenweber", sagte sie und zeigte auf die Tür. „Er erwartet Sie."

Beller klopfte kurz an und öffnete die Tür.

„Beller, du Teufelskerl", begrüßte ihn sein Freund. „Du glaubst nicht, wie sehr ich mich freue, dich zu sehen!" Sie umarmten sich herzlich, dann zeigte Wollenweber auf eine kleine Sitzecke. „Setz dich. Möchtest du was trinken?"

Beller bejahte und nahm ein Wasser.

„Du siehst verwundert aus", sagte Wollenweber, der Bellers irritierten Blick bemerkt hatte.
„Ich hatte mir die Klapse anders vorgestellt", gab er zu. „Das ist ja besser als in den meisten Hotels."
Das Zimmer war hell und freundlich, die Möbel zweckmäßig modern. Von der Eingangstür führte ein kurzer Gang in den Wohn-Ess-Bereich. Die kleine Küchenzeile mit Induktionsherd wurde von einem mannshohen Kühlschrank auf der einen und der Wand auf der anderen Seite begrenzt. Licht flutete durch die großen Fenster und eine Glastür führte auf den Balkon. Vor einem der Fenster stand ein kleiner Arbeitstisch auf dem ein Laptop lag. An der linken Wand befanden sich zwei geschlossene Türen, hinter denen sich Bad und Schlafzimmer befanden.
„Hattest du erwartet ich sitze mit einer Zwangsjacke gefesselt in einer düsteren Zelle?"
„So in etwa", gab Beller zu. „Aber jetzt erzähl mal, Markus, – was ist passiert?"
Wollenweber seufzte. „Naja – da gibt's eigentlich nichts Besonderes. Offiziell bin ich hier wegen Burn-Out, aber das trifft es nicht ganz. Du weißt, wie gut ich als Profiler war und ich liebte meine Arbeit. Aber irgendwann schaffte ich es nicht mehr abzuschalten. Ich begann jeden zu analysieren mit dem ich Kontakt hatte. Erst nur im Büro, dann aber auch in der Freizeit: beim Einkaufen, beim Spazierengehen oder im Konzert … einfach überall habe ich jeden sofort abgecheckt. Wie reagiert er? Was sagt die Körperhaltung? Welche Reflexbewegungen macht er unbewusst? Wann zucken die Augen oder die Gesichtsmuskulatur? Das volle Programm. Es wurde immer schlimmer, aber ich konnte nichts dagegen tun."

„Auch bei Marina?“ Marina war Wollenwebers Frau.
„Ja, leider“, sagte er leise. „Sie hat es irgendwann nicht mehr ausgehalten und ist mit Stefan ausgezogen.“
„Wie alt ist er jetzt?“
„Er wird nächsten Monat sechzehn. Ist ein toller Junge geworden, aber ich sehe ihn nicht oft.“
Beller spürte die Traurigkeit seines Freundes und hakte nicht weiter nach.
„Warum bist ausgerechnet nach Bad Schussenried gekommen?“, fragte er stattdessen.
Wollenweber hob den Kopf. „Weil ich von hier komme!“
„Aus Bad Schussenried?“
„Nicht direkt. Ich wurde in Tettnang geboren und bin in Ailingen bei Friedrichshafen aufgewachsen.“ Beller meinte den Namen auf dem Weg zu seiner Ferienwohnung auf einem Ortsschild gelesen zu haben. „Nach Berlin bin ich erst durch mein Studium gekommen. Aber ich vermisse die Großstadt nicht. Hier tickt alles ein bisschen langsamer. Als Marina mich verlassen hatte, suchte ich nach einem Ausweg und stieß auf eine freie Stelle in Ravensburg. Die suchten einen Psychologen für den Strafvollzug. Es erschien mir wie ein Silberstreif am Horizont. Zurück in die Heimat, ein ruhigerer Job, Abstand von meinem alten Leben. Zwei Jahre habe ich durchgehalten, dann wurde mir auch das zu viel.“
Es entstand eine kurze Gesprächspause, jedoch ohne peinlich zu sein. Beller betrachtete seinen alten Freund, der sich kaum verändert hatte: so dürr, dass seine Knie dicker waren als die Oberschenkel, ein etwas zu langer Hals und die wirre Frisur. Sollte jemand einen Film über Albert Einstein drehen wollten, sollte er sich Wollenweber un-

bedingt mal anschauen.
„Und wie läuft die Therapie?"
Wollenweber nickte. „Gut. Sehr gut. Ich darf sogar wieder etwas arbeiten." Er zeigte zu dem kleinen Schreibtisch mit dem Laptop.
„Wieder Psychoanalyse?"
Wollenweber winkte ab. „Nein. Damit bin ich erst mal durch. Die zwei Jahre im Strafvollzug haben mich auf die Idee gebracht, ein neues Buch zu schreiben. Und diesmal kein Fachbuch."
Beller runzelte die Stirn. „Dann ein Kochbuch?"
Wollenweber lachte herzhaft. „Aber nein. Einen Thriller."
„Das ist ja super", knurrte Beller ironisch. „Lass mich raten: irgendwas mit einem Psychopathen?"
Beller war kein Vielleser, wagte sich aber hin und wieder an einen Krimi oder Thriller, wenn sie ihm empfohlen wurden. Leider wurde er meist enttäuscht, da die Handlungen nur selten etwas mit der Realität zu tun hatten.
„Nein, nein", widersprach Wollenweber hastig. „Ich bin auf der Suche nach dem perfekten Verbrechen."
Beller rollte mit den Augen. „Das haben schon viele probiert, aber du weißt, dass es das perfekte Verbrechen nicht gibt. Nicht mal in einem Buch. Zumindest in keinem seriösen."
Wollenweber lehnte sich zurück und verschränkte die Arme.
„Bisher gab es das nicht. Weil sich die meisten Verbrecher einfach nur blöd anstellen. Nimm den Banküberfall bei dem du die Geiselnehmerin gevögelt hast ..."
Beller wollte etwas sagen, doch sein Mentor ließ ihn nicht zu Wort kommen.
„Das hast du perfekt gelöst. Etwas unkonventionell, aber gut. Am

Ende wurde niemand verletzt und ihr habt die Täter geschnappt. Besser geht es nicht. Aber das ging nur, weil die Täter dämlich waren. Was dachten die sich denn? Oh – ich gehe mal mit ner Knarre in eine Bank und werde reich … wenn ich mich beeile, bin ich weg bevor die Polizei kommt, sonst nehme ich halt ein paar Geiseln …"
Wollenweber schüttelte den Kopf. „Das ist so erbärmlich."
„Was würdest du denn anders machen?"
„Das Pferd von hinten aufzäumen. Das Wichtigste ist doch, dass du am Ende davonkommst. Ich würde mich auf die Suche nach der perfekten Fluchtmöglichkeit machen und mich dann umsehen, was ich daraus machen kann. Und wenn es nur eine banale Lösegelderpressung ist."
Beller schaute auf. „Du weißt, dass nicht mal zehn Prozent aller Lösegelderpressungen erfolgreich sind?"
„Ich sag es gerne nochmal: weil die Täter zu dämlich sind. Das geht schon bei der Auswahl der Opfer los: da entführen sie beispielsweise den Sohn eines reichen Großindustriellen und fordern ein total überzogenes Lösegeld und wundern sich dann, dass keiner bezahlen will. Und die Anweisung, die Polizei außen vor zu lassen, ist auch so ein Witz: natürlich ruft in so einem Fall jeder sofort die Polizei … damit musst du einfach rechnen."
„Du würdest also nur ein kleines Lösegeld fordern?"
Wollenweber nickte. „Eines, das bezahlbar ist."
Beller zog skeptisch eine Augenbraue hoch. „Also nach dem Motto: wir haben Ihren Sohn. Bringen Sie heute um Mitternacht fünfhundert Euro in den Stadtpark? Hör auf Markus, das ist doch totaler Blödsinn. Ich fürchte dein Buch wird kein Knaller."
„Wer weiß, wer weiß", lachte Wollenweber. „Aber genug von mir

geredet. Was ist bei dir los? Wie kommst du nach Süddeutschland."
Beller erzählte von dem Banküberfall von dem Wollenweber schon in der Zeitung gelesen hatte und der Anzeige wegen Vergewaltigung, von seiner Beziehung mit seiner Chefin und wie sie ihn mit der Sekretärin erwischt hatte.
„Und jetzt darf ich beim Seehasenfest den Anstands-Wau-Wau für ein paar echt gute Polizisten spielen. Völlig unnötig."
Wollenweber nickte. „Aber deine Chefin schlägt zwei Fliegen mit einer Klappe: erstens nimmt sie dich aus dem Schussfeld der Presse und zweitens kann sie dir eins auswischen."
„Wohl wahr. Aber so schlimm finde ich es gar nicht. Es ist fast wie Urlaub. Und mal ehrlich: was soll bei diesem Fest schon passieren? Ich sitze meine Zeit hier ab und mache gute Miene zum bösen Spiel. Wer weiß: vielleicht hänge ich ja noch eine Woche dran und mache richtig Urlaub."
Das hängt ganz davon ab, wie die Verabredung mit der Lehrerin läuft, dachte Beller. Sie wäre ein guter Grund länger zu bleiben.
Sie redeten noch eine Weile, dann gingen ihnen die Gesprächsthemen aus und Beller verabschiedete sich mit dem Versprechen noch einmal vorbei zu schauen, bevor er abreiste.
Auf dem Heimweg dachte er noch einmal über das Treffen mit seinem ehemaligen Mentor nach. Er empfand eine seltsame Art von Traurigkeit. Markus Wollenweber war der beste Profiler in Deutschland gewesen und wollte nun einen billigen Krimi schreiben. Was für eine Verschwendung. Er nahm sich trotzdem vor, das Buch zu lesen, sollte es jemals auf den Markt kommen.

4 Antrommeln

Als Beller die Augen aufschlug, musste er sich erst orientieren. Ach ja, die Ferienwohnung. Er tastete mit dem linken Arm vorsichtig auf die andere Bettseite und vernahm ein zufriedenes Grunzen. Sie war noch da. Der Abend mit Biggi war perfekt gelaufen. Sie hatten ein paar Bier in einer Kneipe in der Friedrichshafener Fußgängerzone getrunken und waren dann an der Bar eines Hotels in der Nähe des Bahnhofs gelandet. Nach zwei Longdrinks waren sie sich nähergekommen und Biggi hatte ihm zugeflüstert, dass sie in einer WG wohne und deshalb lieber mit zu ihm käme. Noch im Flur waren sie übereinander hergefallen und hatten sich die Kleider vom Leib gerissen. Sie hatten es nicht bis ins Schlafzimmer geschafft und hatten es erst auf der Küchenarbeitsplatte getrieben, dann auf der kleinen Couch. Beller war fasziniert gewesen, wieviel Energie die zierliche Frau in sich hatte und ihren jugendlichen Körper genossen. Biggi war achtundzwanzig, wäre aber auch als jünger durchgegangen. Sie ist nur acht Jahre jünger als ich, überlegte Beller und streichelte zärtlich über eine freiliegende Pobacke. Sofort verspürte er Lust auf eine weitere Runde, doch ein stechender Kopfschmerz ließ ihn zusammenzucken. Die verdammten Longdrinks, ärgerte er sich und rollte zurück auf sein Kissen. Biggi spürte die Bewegung und schlug die Augen auf.

„Guten Morgen, mein Süßer", hauchte sie und gab ihm einen flüchtigen Kuss. „Bleib genau da, wo du bist", befahl sie lächelnd. „Ich muss nur kurz aufs Klo."

Beller ahnte, was gleich kommen würde und seine Vorfreude wuchs unter der Bettdecke, als er Biggi hinterher sah wie sie nackt das Zimmer verließ. Wenn nur diese Kopfschmerzen nicht wären. Irgendwann würde ihn der Alkohol noch umbringen. Oder vielleicht auch ein gehörnter Ehemann. Oder ein besorgter Vater, dachte Beller bei Biggis Anblick, als sie sich kurz darauf auf ihn setzte.

„Schlecht geschlafen?", fragte der dicke Schorsch auf dem Weg ins Besprechungszimmer.
Beller schüttelte den Kopf. „Im Gegenteil. Ich hätte nur die Longdrinks weglassen sollen."
„Bleib beim Bier, dann passiert dir nichts."
„Guten Morgen alle zusammen", grüßte Hoffi in die Runde und kam direkt zur Sache. „Heute geht's los. Am Nachmittag ist das Antrommeln im Gondelhafen mit Bürgergarde, Fanfarenzug Graf-Zeppelin, Seehasen-Fanfarenzug und Seehasen-Spielmannszug. Der Gondelhafen liegt im komplett gesperrten Bereich, so dass wir uns da keine Sorgen machen müssen. Trotzdem hätte ich gerne jemanden dabei. Wie sieht's mit euch aus?" Er nickte zu Meier und Neuer.
„Von mir aus kein Problem", antwortete Neuer. „Ich wäre sowieso hingegangen." Er sah zu Meier, der ebenfalls nickte.
Hoffi war zufrieden. „Dann haben wir das. Anschließend ist der Bieranstich. Das wäre doch was für Kevin und Schorschi …"
Beller hob die Hand. „Ich würde mich da anschließen. Sonst kriege ich vom Fest ja gar nichts mit."
„Wie du möchtest. Dann geht ihr als Dreierteam zum Anstich. Dann bleiben noch Rabe und ich … wir gehen auf den Rummel am Seeparkplatz."

Schorsch, Beller und Kevin waren schon früh an der Uferpromenade und sahen sich das Antrommeln im Gondelhafen an, wo sie Meier und Neuer auf ihrem Posten trafen, bevor sie sich zum Bieranstich durchkämpften. Trotz der Menschenmassen verlief alles ruhig. Lediglich das Gedränge störte Beller.

„Das ist erst der Anfang“, erklärte Schorsch. „Samstagabend zum Feuerwerk kommst du hier nicht mehr durch.“ Beller entschied spontan das Feuerwerk auszulassen.

Beim Bieranstich ging es ruhiger zu. Die Massen verteilten sich an den Tischen und wetteiferten um die Aufmerksamkeit der Bedienungen. Bei Bier und Schweinshaxe war die Welt für die meisten Besucher in Ordnung, so dass Beller, Schorsch und Kevin entspannt dem Treiben zusehen konnten.

„Gleich acht“, freute sich Schorsch nach einem Blick auf seine Armbanduhr. „Das heißt für uns Feierabend. Habt ihr noch Zeit? Da vorne wird gerade ein Tisch frei. Ich lade euch ein.“

Sie schoben die leeren Pappteller und Bierkrüge an den Rand und Schorsch wischte mit einem Stofftaschentuch über den Tisch. Eine keuchende Bedienung brachte drei Maßkrüge und Schorsch bezahlte mit ordentlichem Trinkgeld.

„Das macht man hier so. Die Mädels müssen übers Fest ganz schön schuften. Also: zum Wohl!“

Sie stießen lachend an und stillten ihren Durst, nur Kevin zögerte.

„Was ist los?“, fragte Beller. „Magst du kein Bier?“

Kevin wurde rot. „Also … naja … ich hatte vor kurzem ein kleines Alkoholproblem. Ich weiß nicht, ob das …“

„Ach Quatsch“, unterbrach ihn Schorsch. „Das ist doch nur ein Bier. Für den Durst. Und wir sind nicht mehr im Dienst!“

Kevin überlegte noch kurz, dann griff auch er zum Krug und trank mit großen Schlucken. Beller hatte sein Bier halb leer, als er Hoffi und Rabe in der Menge entdeckte. Sie reagierten auf sein Winken und schlängelten sich zwischen den Bierbänken durch.
„Dachte ich es mir doch“, lachte Hoffi und setzte sich dazu. „Auf unseren Schorschi ist einfach Verlass!“ Als die Bedienung zwei weitere Maßkrüge abstellte, stießen noch einmal an. „Auf ein ruhiges Seehasenfest!“
Beller nickte. „Das läuft bei euch hier schon sehr gesittet ab. Ich frage mich, warum ihr mich überhaupt angefordert habt. Ihr kommt doch ganz gut allein zurecht.“
Hoffi runzelte die Stirn. „Wie kommst du darauf, dass wir dich angefordert haben? Deine Chefin – Frau Dr. Kechlinger – hat dich uns quasi aufgedrängt. Nichts gegen dich, aber wir haben nicht um Hilfe gebeten.“
Dieses Miststück, dachte Beller. „Das hätte ich mir ja denken können“, knurrte er in sein Glas.
Hoffi grinste. „Nachdem, was du bei diesem Banküberfall getrieben hast, habe ich so einen Verdacht, warum du bei uns gelandet bist.“
„Ach ja? Warum denn?“
„Wir sind im Moment die einzige Direktion in Süddeutschland ohne eine Frau!“

Juri saß in seinem Zimmer im Hotel Buchhorner Hof und reinigte seine Pistole. Nicht dass sie dreckig gewesen wäre, aber die monotone Arbeit beruhigte ihn. Er hatte sie zerlegt und polierte jedes Teil einzeln. Als er fertig war, setzte er die Pistole wieder zusammen und

überprüfte ihre Funktion, dann wickelte er sie in ein Mikrofasertuch und verstaute sie in seinem Koffer.
Er schreckte nicht davor zurück zu töten, es war nicht das erste Mal, doch bisher war es immer etwas Persönliches gewesen. Diesmal würde er jemanden erschießen, den er noch nicht einmal kannte. Umso besser. In einem Umschlag neben der Pistole lag der Presseausweis den ihnen das Seehasenkomitee freundlicherweise ausgestellt hatte, damit sie sich ungehindert um den Flashmob kümmern konnten. Was für Idioten. Freier Zugang zum Schiff – sie hatten nicht einmal Fahrscheine kaufen müssen.
Auch David, Jürgen und Werner waren im Buchhorner Hof untergebracht. Sie hatten sich als Repräsentanten eines Pharmaunternehmens ausgegeben, die das Seehasenfest nutzen wollten, um unter den VIPs Kontakte zu knüpfen. Die Frau an der Rezeption hatte nach dem Einchecken viel Erfolg gewünscht und freute sich vermutlich auf ein ordentliches Trinkgeld. Sie würde es nie bekommen.

Sven war am Gondelhafen gewesen und hatte sich unter das Volk gemischt. Er fand es aufregend, dass ihn keiner erkannte, dass niemand wusste, dass er der Seehas war, der am Samstag stolz mit dem Schiff in den Hafen einfahren würde. Tausende würden ihm zujubeln und unzählige Kinder würden mit leuchtenden Augen versuchen, ihm übers Fell zu streicheln. Er konnte es kaum mehr erwarten. Nach den vielen Terminen der letzten Woche hatte er den Freitag tatsächlich frei und hatte spontan Rebecca eine Nachricht geschrieben.
„Komme gerne“, hatte sie über Whatsapp geantwortet. „Nehme den

Katamaran um 11!“
„Hole dich am Hafen ab“, tippte Sven und wählte noch ein Herzchen-Emojy. Der Katamaran war die schnellste Verbindung zwischen Konstanz und Friedrichshafen. In nur fünfzig Minuten fuhr er direkt von Hafen zu Hafen ohne zeitraubende Zwischenstopps, wie sie die Weiße Flotte einlegte.
Als das elegante Schiff in den Hafen einfuhr, stand Rebecca am Bug und winkte ihm euphorisch zu. Sie war unter den ersten Passagieren, die das Schiff verließen und fiel glücklich in seine Arme.
„Du hast mir gefehlt“, hauchte sie in sein Ohr und presste sich an ihn. „Lass uns Spaß haben!“
Händchenhaltend schlenderten sie in die Innenstadt, um irgendwo eine Kleinigkeit zu essen. Sobald der Rummel auf dem Seeparkplatz aufmachte, wollten sie ein paar Fahrgeschäfte ausprobieren und dann im Lammgarten ein Bier trinken. Sven war glücklich: dies war der perfekte Tag.

Sie hatten die Einteilung der Teams beibehalten: Hoffi und Rabe kontrollierten regelmäßig den Bereich bei den Fahrgeschäften, Meier und Neuer hielten die Uferpromenade bis zum Gondelhafen im Auge, um den Rest kümmerten sich Beller, Schorsch und Kevin.
„Heute ist aber nicht viel los“, wunderte sich Beller mit Blick auf die nur mäßig besuchte Uferpromenade.
„Heute passiert ja auch nichts“, erklärte Schorsch. „Gegen später sind die Biergärten zwar wieder voll und auch am Rummel hinten tut sich einiges, aber sonst ist das heute die Ruhe vor dem Sturm.“
Beller fragte sich, ob er hier überhaupt etwas zu tun bekommen

würde. Bisher gab es nur ein paar Betrunkene, die randaliert hatten und zwei Jugendliche, die geschlägert hatten. Pikanter Weise waren die beiden ebenfalls sturzbetrunken gewesen, obwohl sie erst vierzehn Jahre alt waren.
„Warst du schon auf dem Moleturm?“, unterbrach Schorsch Bellers Gedanken.
„Nein. Warum sollte ich?“
„Da hast du eine Superaussicht über den See. Wir haben Föhn, deshalb ist die Sicht besonders gut. Du kannst sogar das Schweizer Ufer sehen.“
Beller wusste nicht, was daran so toll sein sollte, willigte aber ein auf den Turm zu steigen. Langweilen konnte er sich auch dort.
Der Moleturm stand am Ende der vorderen Hafenmauer und erschien Beller wie der Versuch eines Achtjährigen die Spaceneedle in Seattle mit Fischertechnik nachzubauen. Trotzdem passte er ins Bild und bildete einen schönen Abschluss der Hafenanlage.
Die Aussicht beeindruckte ihn dann aber doch. Über dem blauen Wasser des Bodensees erhoben sich auf der Schweizer Seite die Alpen, deren höchste Gipfel sogar noch schneebedeckt waren. Darunter kam ein überwiegend grauer Streifen aus blankem Gestein, bevor sich sattes Grün bis ans Seeufer erstreckte. Tatsächlich konnte man einzelne Häuser und Straßen erkennen. Beller vermied es sich am Geländer festzuhalten, da er an die vielen Menschen denken musste, die vor ihm hier gestanden hatten. Er glaubte nicht, dass das Metall regelmäßig desinfiziert wurde. An den einzelnen Streben des Geländers baumelten unzählige Liebesschlösser, die romantisch verliebte Pärchen dort angeschlossen hatten. „Uli und Lisa“ stand auf einem der Schlösser. „Stefan und Tina“. „Ingrid und Franz“. „Jürgen und

Bernd". Echt jetzt? Beller drehte sich um und schaute auf die Häuser an der Uferpromenade. Obwohl die Gebäude durchweg in gutem Zustand waren, hätte er den Gesamteindruck nicht als „schön" oder gar „sehenswert" eingestuft. Er überlegte, woran das lag, bis ihm auffiel, dass fast kein historisches Gebäude dabei war. Etwas Fachwerk und ein paar Erker hätten dem Bild gutgetan.

Schorsch schien seine Gedanken zu erraten. „Ja – ist nicht sonderlich schön, ich weiß. Die alliierten Bomber haben Ende des zweiten Weltkriegs hier alles platt gemacht. Hitler hatte in Friedrichshafen einiges an Rüstungsindustrie, auf die sie es abgesehen hatten. Danach hat man dann einfach neu gebaut. Für irgendwelchen Schnickschnack fehlte damals das Geld."

Ein leises Brummen irritierte Beller und er versuchte dessen Quelle auszumachen. Erst als er rundherum nichts entdeckte, wandte er seinen Blick zum Himmel, wo ein Zeppelin mit gesenkter Nase auf sie zu kam.

„Was soll das denn", knurrte er und zeigte nach oben. „Darf dieses Ding während des Festes hier rumfliegen?"

„Fahren", korrigierte Schorsch. „Zeppeline fliegen nicht, sie fahren. Und ja: der darf das. Friedrichshafen ist bekannt als die Zeppelinstadt, das ist also eine Art Wahrzeichen. Gerade zum Seehasenfest ist der dauernd in der Luft. Sieht doch schön aus."

Beller schüttelte den Kopf. Die Arbeit seiner Kollegen war in fast allen Belangen vorbildlich, doch dann ließen sie zu, dass eine riesige Zigarre über der Festmeile seine Runden zog. Er hatte von den Bemühungen gehört Zeppeline als Luftfahrzeuge wieder zu etablieren. In Berlin sollte sogar ein riesiger Transportzeppelin gebaut werden, der Cargo-Lifter, doch das Projekt war furios gescheitert. In der rie-

sigen Montagehalle befand sich heute ein tropischer Freizeitpark. Er erinnerte sich an einen amerikanischen Film, in dem Terroristen beim Superbowl mit einem Zeppelin über das Stadion fliegen und eine Atombombe abwerfen. Damals hatte er das Szenario als extrem unrealistisch empfunden, doch nun, als der Zeppelin über ihm schwebte, hatte er ein komisches Gefühl im Magen.
„Soll ich für dich einen Rundflug buchen?“, grinste Schorsch. „Du könntest das Fest aus der Luft anschauen.“
„Lass mal. Ich bin nicht so scharf auf Höhenflüge. Schauen wir lieber, dass am Boden alles glatt geht.“ Tatsächlich hatte Beller etwas Höhenangst. Schon der Aufstieg auf den Moleturm hatte ihn einiges an Überwindung gekostet, doch er hatte sich nichts anmerken lassen. Erleichtert stieg er von der letzten Treppenstufe des Turms, als sein Handy vibrierte. Eine Nachricht von Biggi. Er wusste, dass sie über das Fest viel zu tun hatte. Ihre Klasse erhielt den Hasenklee – er hatte nicht weiter nachgefragt – und lief am Sonntag beim Umzug mit. Bei beiden Anlässen musste sie dabei sein. Er hatte den Gedanken an ein weiteres Treffen verworfen, doch nun frug sie, ob er heute Abend noch Zeit hätte. Beller lächelte und schickte einen „Daumen-hoch“. „Wann? Wo?“, ergänzte er und wartete auf die Antwort, die nicht lange auf sich warten ließ. Der Abend würde wohl doch nicht so langweilig.

Der Mann mit der Baseballmütze und der Sonnenbrille fiel niemandem auf. Er war einer unter vielen. Als er die Plattform des Moleturms erreichte, klammerte er sich schwer atmend ans Geländer. Ich bin ganz schön aus der Übung, überlegte er und wartete bis er wieder Luft bekam. Dann ließ er seinen Blick über den Bodensee schweifen auf dessen flachen Wellen die Sonnenstrahlen glitzerten. Wo würde es stattfinden? Anhand der Berge versuchte er sich zu orientieren und drehte sich etwas weiter nach Westen. Noch ein Stück. Dort. Genau dort. Wenn der Föhn anhielt, würde man von hier aus alles sehen können. Die Sicht war unglaublich gut. Er hatte für sein Schauspiel eine gigantische Bühne gewählt, umso besser, wenn die Zuschauer auch etwas zu sehen bekamen.

„Mama, ist der Seehas noch da unten?“, fragte ein rothaariges Mädchen und zeigte aufs offene Wasser. „Ja, mein Schatz. Aber morgen steigt er von seinen Unterwassermöhrenfeldern hoch und kommt zu uns.“

Das kleine Mädchen hüpfte vor Aufregung und umklammerte strahlend die Beine seiner Mutter.

Der Mann entfernte sich vom Geländer und lächelte das Mädchen mitfühlend an. Schade, dass der Seehas in diesem Jahr nicht kommen würde.

5 Seehas

Beller hatte am Vorabend Schorschs Rat befolgt und war beim Bier geblieben. Trotzdem hatte er Ringe unter den Augen, da Biggi ihm nicht viel Zeit zum Schlafen gelassen hatte. Nach einem kurzen Frühstück hatte sie sich auf den Heimweg gemacht. Ein langer Tag erwartete sie.
Beller ging nackt ins Bad und rasierte sich unter der Dusche. Er drehte das Wasser so heiß, dass die Glasscheiben der Kabine beschlugen. Als er sich abtrocknete, betrachtete er sich im Spiegel. Irgendwie verstand er selbst nicht, warum er bei den Frauen so gut ankam. Zottelige Haare, der Ansatz eines Oberlippenbarts, ein durchaus ansehnlicher Körper, aber weit davon entfernt durchtrainiert zu sein. Bea – seine Chefin – hatte immer gesagt, sie liebe seinen melancholischen Blick. Beller ging näher an den Spiegel und starrte sich in die Augen. Nicht melancholisch, entschied er. Müde, schon eher. Verbraucht und versoffen, rief eine innere Stimme, die er aber ignorierte. Was soll's? Das „Warum“ konnte ihm egal sein, solange das Ergebnis stimmte. Und Biggi zeigte ihm einmal mehr, dass es besser nicht laufen konnte. Sollte er wirklich am Montag abreisen? Bea hätte sicher nichts dagegen, wenn er noch eine Woche länger blieb. Oder für immer. Sie würde natürlich sofort vermuten, dass eine Frau dahintersteckte, doch er hatte sich diesmal wirklich nichts zu Schulden kommen lassen. Gut, Biggi war mit ihren achtundzwanzig Jahren etwas jung, aber durchaus erwachsen genug für die Dinge, die sie taten. Sie war keine Polizistin und auch keine Verdächtige in irgendeinem Fall. Er bewegte sich mit dieser Affäre in einem vollkommen legitimen Bereich, da sollte erst mal einer etwas anderes behaupten. Die Entscheidung war gefallen: er würde eine Woche Urlaub neh-

men. Wenn er sich nicht verrechnet hatte, standen ihm noch neunzehn Tage zu.
„Heute ist Showtime“, begann Hoffi ihr Meeting. „Seehas einholen, Hasenklee und am Abend rund hunderttausend Leute beim Feuerwerk. Wenn wir den heutigen Tag hinter uns haben, ist das meiste geschafft.“
Sie blieben bei der Einteilung der Teams, nur Kevin wurde kurzfristig Rabe zugeteilt, da Hoffi aus privaten Gründen beim Seehas einholen frei hatte. Also würde Beller mit Schorsch allein unterwegs sein. Da bisher alles ruhig abgelaufen war, gab es keine Einwände. Nach einer knappen halben Stunde war die Besprechung zu Ende und Beller nutzte die Gelegenheit, um Bea anzurufen.
„Kommst du klar da unten?“, fragte sie, und ihr Ton war fast versöhnlich.
„Alles Bestens. Die Kollegen sind spitze. Und auch die Gegend ist schön.“
„Ok. Wen hast du diesmal flachgelegt? Die Sekretärin? Oder ist dieser Seehas etwa ein Mädchen?“
Bea kannte ihn einfach zu gut. „Nee, nichts dergleichen“, wiegelte Beller ab. „Ist nur eine lose Bekanntschaft. Lehrerin. Nett. Will mir noch die Gegend zeigen.“
„Ich kann mir vorstellen, was sie dir zeigt, aber das ist deine Privatangelegenheit“, sagte sie spöttisch, und erinnerte sich daran, dass sie bis vor kurzem noch seine Privatangelegenheit gewesen war.
„Ist mir ganz recht, dass du wegbleibst. Die Presse ist immer noch an der Geschichte dran und schreit nach einem Interview. So kann ich wenigstens ruhigen Gewissens sagen, dass du nicht verfügbar bist. Urlaub genehmigt. Und Beller …“

„Hmmm?"
„Bau bloß keinen Scheiß!!!"
Das Gespräch war beendet und Beller steckte sein Handy ein. Er war während des Telefonats den Gang entlanggelaufen und stand nun vor Hoffis offener Bürotür.
„Ärger zu Hause?", fragte er und grinste.
„Eigentlich nicht. Ich habe meine Chefin um eine Woche Urlaub gebeten. Ich würde mir gerne die Gegend noch ein bisschen anschauen."
„Und?"
„Sie ist froh, wenn sie mich nicht sehen muss. Urlaub genehmigt."
Hoffi klappte eine Akte zu und legte sie zur Seite. „Falls du Tipps brauchst, was du dir anschauen kannst, frag mich einfach. Aber jetzt muss ich los."
„Ach ja, deine Familienangelegenheit", erinnerte sich Beller.
Hoffi nickte. „Eher eine Familientradition. Beim Einholen des Seehas ist die ganze Familie immer zusammen am Hafen. Das machen wir schon seit über zwanzig Jahren so."
„Wieviel Kinder hast du?"
„Zwei. Mein Sohn Jakob ist sechsundzwanzig und studiert in Freiburg, kommt aber extra her. Und dann noch meine Tochter Birgit: sie ist zweiundzwanzig und arbeitet seit diesem Jahr als Lehrerin an der Bodenseeschule."
Hoffi nahm ein Foto vom Schreibtisch und reichte es Beller. „Das sind sie … und das neben mir ist natürlich meine Frau."
Beller stockte der Atem. Er starrte auf die glücklich in die Kamera lächelnde Familie. Hoffi, seine attraktive Frau, Sohn Jakob und …

und Tochter Birgit. Seine Biggi. Die erst zweiundzwanzig war. Scheiße.

Werner und Juri liefen direkt auf den Mann zu, der den Zugang zur „Stuttgart“ bewachte. Werner trug eine Gesichtsmaske aus Latex, die ihn vollkommen anders aussehen ließ, aber verblüffend echt aussah, Juri hatte sich einen falschen Bart angeklebt.
„Wir sind vom Flashmob-Team“, sagte Werner herablassend und zeigte seinen Presseausweis. „Wir bringen schon mal die Kostüme.“
Der Mann, der die Uniform der Weißen Flotte trug, öffnete den Karton, den Juri ihm hinhielt. Er hob die obersten drei Hasenfelle an und nickte.
„Geht an Bord. Kapitän Schumacher ist auch schon da und zeigt euch, wo ihr die Sachen hinstellen könnt.“
Juri konnte nicht fassen, wie einfach alles war. Wegen der Aussicht auf ein bisschen Publicity ließen die Organisatoren des Festes alle Vorsichtsmaßnahmen außeracht. Unter den zehn schwarzen Hasenkostümen lagen die Gewehrattrappen, die sie an die Teilnehmer verteilen würden. Auch davon wusste das Festkomitee. Nach einem kurzen Blick auf die Homepage des Künstlers Werner Hegemann hatten sie all seinen Vorschlägen begeistert zugestimmt. Dass die Internetseite nur Lügen enthielt und alle Referenzen des Künstlers frei erfunden waren, bemerkte niemand. „Ein Zeichen setzen gegen den internationalen Waffenhandel“, das war die Absicht des Flashmobs, hatte Werner eloquent erklärt. Die besondere Herausforderung bei der Aktion sei, dass man ausschließlich mit Freiwilligen an Bord der Schiffe arbeiten wolle.
Juri beobachtete Werner, wie er mit dem Kapitän sprach. Er spielte seine Rolle perfekt. Er trug einen cremefarbenen Anzug und einen

eleganten Strohhut, ein hellblauer Seidenschal war um seinen Hals gewickelt, den er immer wieder linkisch über die Schulter warf. Fast schon zu viel Klischee. Doch auch Kapitän Schumacher hatte keine Bedenken und half ihnen freudig ihre Sachen zu verstauen.

„Muss ich denn noch irgendwas wissen?“, fragte der Kapitän. „Ich wüsste gerne, was mich erwartet.“

Werner legte ihm jovial eine Hand auf die Schulter. „Genau darum geht es ja: niemand darf genau wissen, was passiert, sonst ist die ganze Aktion im Eimer. Aber eines kann ich Ihnen verraten: Sie werden den heutigen Tag nie vergessen.“ Er sah dem Kapitän tief in die Augen und wackelte verheißungsvoll mit den Brauen.

„Also gut. Dann lasse ich mich überraschen“, gab Kapitän Schumacher nach. „Falls Sie noch irgendwas brauchen: ich bin auf der Brücke.“

Werner und Juri bedankten sich überschwänglich und verließen die „Stuttgart“. Ein Blick auf die Uhr. David und Jürgen sollten ihre Kartons mittlerweile auf der „Schwaben“ und der „Lindau“ deponiert haben. Wenn alles vorbereitet war, wollten sie sich in einem Restaurant am Hafen treffen und gemeinsam essen. Die nächsten Stunden würden sie dafür keine Zeit mehr haben.

Sven wartete, bis die beiden Männer die Gangway passiert hatten und grüßte freundlich. Der eine der beiden war extravagant gekleidet und entsprach Svens Vorstellung von einem versnobten Künstler. Er grinste, als er den beiden nachschaute und hielt sich am Geländer fest, als er aufs Schiff ging. Sie würden erst in eineinhalb Stunden ablegen, doch er wollte noch einmal seine Sachen kontrollieren. Noch war genug Zeit um zu reagieren, falls etwas fehlte. Er gestand sich ein, dass er nervös war. Die letzten Tage hatte die Vorfreude überwogen, doch nun bekam er schweißnasse Hände, wenn er an seinen Auftritt dachte. Er betrat die kleine Kammer mit seinen Sachen und kontrollierte das Hasenkostüm, das an einem Haken hing. Die Ohren waren frisch gebügelt und das Schwänzchen fest angenäht. An einem weiteren Haken hing ein Kleidersack, in dem er seine Straßenkleidung verstauen konnte. In der hinteren Ecke des Raumes entdeckte er einen Karton mit der Aufschrift „Schwarzer Seehas". Er erinnerte sich an den Flashmob und öffnete neugierig den Deckel. Schwarze Hasenkostüme. Er zählte sie nach unten durch. Zehn Stück. „Lausige Qualität", murmelte er, als er das Kunstfell zwischen den Fingern rieb. Sofort blieben ein paar schwarze Haare an seiner Hand kleben. Die Leute, die diese Dinger anziehen mussten, taten ihm jetzt schon leid. Wenigstens waren sie leicht. Sein eigenes Kostüm bestand aus echtem Fell und wog über neun Kilo. Irgendetwas klapperte unten im Karton, doch es interessierte ihn nicht weiter. Dieser Flashmob war nur eine Randerscheinung – die Hauptattraktion war er.

„Seid ihr bereit?", fragte Barnsteiner den Kapitän und den Maschinisten, die beide nickten.
„Das Boot ist durchgecheckt, die Batterien geladen, die Sauerstoffflaschen sind gefüllt und kontrolliert", bestätigte Brugger.
Man merkte den beiden die Vorfreude auf die bevorstehende Mission an, während Barnsteiner immer unruhiger wurde. Warum haben wir uns nur darauf eingelassen, fragte er sich. Wegen des Geldes? Sicher nicht. Ihre Rücklagen waren unerschöpflich. Wegen des Nervenkitzels? Schon eher. Die langweiligen Fahrten in die Schweiz

hatten Brugger und Schmidt über all die Jahre wohl zermürbt. Sie sehnten sich nach Abwechslung und einer echten Aufgabe. Und dann die Sache mit dem Torpedo. Schmidt hatte in den letzten Tagen von nichts anderem mehr gesprochen.
„Bist du sicher, dass die Dinger noch funktionieren?"
„Ziemlich sicher", antwortete Schmidt selbstsicher. „Klar sind sie über siebzig Jahre alt, aber sie wurden gut gelagert und zeigen keinerlei Beschädigungen. Ich hätte gerne einen Probeschuss gemacht, aber das ging ja nicht."
Sie hatten einen Test in Betracht gezogen, doch wäre eine Torpedodetonation unweigerlich aufgefallen. Barnsteiner drehte nachdenklich seine Bierflasche zwischen den Fingern.
„Was ist Plan B?"
Schmidt grinste. „Nachladen. Nehmen wir mal an, die Torpedos funktionieren nur noch zu fünfzig Prozent, dann sollte der zweite, oder spätestens der dritte hochgehen. Ich habe alle sechs dabei."
Das war ihr gesamter Bestand an Torpedos, aber Barnsteiner zweifelte eh daran, dass sie noch einmal einen einsetzen würden, also war das in Ordnung.

Was war das Schicksal doch für ein Arschloch, dachte Beller verzweifelt. Er hatte nichts falsch gemacht, hatte sich nur etwas Spaß mit einer hübschen jungen Frau gegönnt. Was war schon dabei? Keine Kollegin, keine Kriminelle, einfach nur eine Lehrerin. Hoffis Tochter. Zweiundzwanzig. Vielleicht wäre es anders gekommen, wenn er Biggi erzählt hätte, dass er bei der Kripo arbeitete, doch er war ihren Fragen nach seinem Beruf immer vage ausgewichen. Die Menschen reagierten sehr unterschiedlich, wenn man ihnen sagte, man sei bei der Polizei und er hatte nichts riskieren wollen. Im Nachhinein war

man immer schlauer.
„Hallo? Erde an Beller … träumst du?“, riss ihn Schorsch aus seinen Gedanken.
„Hmmm … sorry, ich war in Gedanken.“
Sie saßen im Besprechungszimmer und hatten den Beamer eingeschaltet. Die Seite „Schwarzer Seehas“ wurde auf die Leinwand projiziert, doch das Videofenster zeigte noch kein Bild, stattdessen zählte ein Countdown die Sekunden herunter.
„Wir hätten auch zum Hafen gehen sollen“, murrte Beller. „Das hier ist so scheißlangweilig.“
Für das Einholen des Seehas hatten sie Meier und Rabe an die Anlegestelle geschickt. Kevin, Schorsch und Beller sollten später dazu stoßen, wenn die Schiffe zurückkamen.
„Jetzt lassen sie die Leute an Bord“, stellte Schorsch mit Blick auf die Uhr fest. „Dann geht es bald los.“

Sven stand auf der Brücke der „Stuttgart“ neben dem Kapitän und beobachtete, wie die Passagiere an Bord kamen. Allein auf diesem Schiff waren es über siebenhundert. Die „Schwaben“ erwartete fünfhundert Fahrgäste und die „Lindau“, das kleinste Schiff, immerhin noch dreihundertfünfzig. Bei seinem großen Auftritt draußen auf dem See, bei dem sich die Schiffe sternförmig gegenüberstehen würden, waren also mehr als fünfzehnhundert Zuschauer dabei. Wieder bekam Sven feuchte Hände.
Die Menschentraube vor der Gangway war riesig, doch alle warteten geduldig, bis sie ihre Fahrkarte vorzeigen und an Bord gehen konnten. Die meisten waren Jugendliche, dazwischen aber auch immer

wieder kleinere Kinder, die von einem Elternteil begleitet wurden. Sven entdeckte den Mann mit Hut, dem er am Vormittag schon begegnet war, der sich am Rand vorbeidrängte und einen Ausweis hochhielt, um schneller an Bord gelassen zu werden.

Juri fühlte sich in dem Gedränge nicht wohl. Er folgte Werner, der sich forsch einen Weg durch die Menge bahnte. Der uniformierte Kontrolleur an der Gangway winkte sie nach einem Blick auf die Ausweise durch. Er trug keinerlei Waffen, stellte Juri zufrieden fest. Nach ihren Recherchen befanden sich außer einer Leuchtpistole überhaupt keine Waffen an Bord. Nur die, die sie selbst dabeihatten. Wie abgesprochen kämpfte sich Werner zur Brücke durch, während Juri auf der untersten Ebene blieb. Der nächste Schritt behagte ihm am wenigsten. Er war von Natur aus eher zurückhaltend und ging nur selten auf Fremde zu, doch nun musste er zehn Freiwillige für den Flashmob finden. Er hatte Flyer dabei, auf denen die Aktion beschrieben wurde. Außerdem hatten sie eine Anleitung erhalten, wie sie die Leute am besten ansprechen sollten.
Juri sah sich auf dem Deck um, das sich mehr und mehr füllte. Etwas abseits entdeckte er eine Gruppe von sechs Jugendlichen, die beieinanderstanden und mit ihren Handys Selfies machten.
„Hey, wollt ihr berühmt werden?“, sprach er sie an. „Ich habe da eine einmalige Chance für euch.“
Die vier Jungen und zwei Mädchen sahen ihn fragend an. „Worum geht's denn, Alter?“, fragte einer der Jungen genervt und nahm zögernd einen der Flyer entgegen.
„Das ist echt der Hammer“, ließ sich Juri auf die Jugendsprache ein,

„das gab es beim Seehasenfest noch nie. Ein echt cooler Flashmob."
Jetzt doch interessiert, drängten die anderen Jugendlichen sich um ihren Freund, der den Flyer in der Hand hielt.
„Der schwarze Seehas", brachte eines der Mädchen skeptisch hervor. „Was soll das sein?"
Juri setzte sein schönstes Lächeln auf und erklärte den groben Ablauf.
Das Mädchen war enttäuscht. „Und das ist alles? Also ich weiß nicht …"
Juri fischte einige Geldscheine aus seiner Jackentasche. „Es würde sich auch lohnen. Jeder der mitmacht bekommt hundert Euro." Er wedelte mit den Scheinen vor ihren Nasen und sah die Gier in ihren Augen aufflammen. Vermutlich war das mehr als ihr monatliches Taschengeld. Die Gruppe zog sich zu einem engen Kreis zusammen und tuschelte angeregt.
„Also gut: wir machen mit! Aber die Kohle wollen wir gleich!", erklärte das Mädchen und hielt die Hand auf. Juri verteilte die Scheine und erklärte noch einmal den Ablauf und wann sie bereit sein mussten. Er betonte, wie wichtig der Zeitplan war, da alles im Internet gestreamt wurde. Die Gruppe versprach pünktlich zu sein.
Das war einfach, freute sich Juri. Noch vier Freiwillige und seine Truppe war komplett. Er hoffte, dass es bei David und Jürgen auf den beiden anderen Schiffen genauso gut lief.

Kapitän Schuhmacher drosselte die Maschinen seiner „Stuttgart" und drehte hart bei, um das Schiff in die richtige Position zu bringen. Die Sternformation sollte so exakt wie möglich ausgerichtet sein. Es

war kein gefährliches Manöver, trotzdem war er hochkonzentriert, als die drei Schiffe ihre Nasen auf ein imaginäres Zentrum richteten und aufeinander zufuhren. Noch ein paar Meter. Noch näher. Noch näher. Und Gegenschub. Stopp. Zufrieden ließ er das Steuerrad los und sah zu seinen Kapitänskollegen auf der „Schwaben" und der „Lindau" hinüber. Beide reckten einen Daumen hoch und er tat es ihnen gleich. Trotzdem mussten sie auf der Hut sein, da der See an dieser Stelle zu tief war, um den Anker zu werfen. Doch das Wasser war so ruhig wie selten, so dass die drei Schiffe friedlich auf der Stelle vor sich hindümpelten.
Er sah auf die Uhr: perfekt. Auch er hatte strenge Anweisungen bekommen sich an den Zeitplan zu halten. Noch fünf Minuten – dann konnte die Show losgehen.

Sven schob den Reißverschluss hoch und ließ sich von der Kostümbildnerin befummeln, bis alles passte. Sofort begann er zu schwitzen. Er wusste, dass das zum Teil an seiner Aufregung lag, aber auch an den Temperaturen, die laut Wetterbericht am Nachmittag bei zweiunddreißig Grad liegen sollten. Er widerstand dem Wunsch noch etwas zu trinken. Ein Toilettengang war bis zur Einfahrt in den Hafen nicht geplant.
Er ging die Treppe zur Brücke hinauf, die für die Zuschauer gesperrt war. Wenigstens hatte das Kostüm keine Fellfüße und seine Turnschuhe fanden sicheren Tritt auf den Stufen. Kapitän Schumacher stand am Steuer, zwei weitere Uniformierte der weißen Flotte lehnten lässig an der Rückwand und beobachteten das Schauspiel. Schon waren hunderte Kinderstimmen zu hören.
„Seehas, Seehas, Seehas …", skandierten sie voller Erwartung und sahen immer wieder zur Brücke hinauf. Auf dem schmalen Vorbau

stand eine Kamera auf einem Stativ, die von einem Mann im schwarzen Hasenkostüm bedient wurde. Anders als bei Svens Kostüm war bei ihm das Gesicht bis zum Mund hinunter bedeckt, so dass man nur noch den Bart des Mannes sah. Das macht es wahrscheinlich noch schlimmer, dachte Sven und reckte einen Daumen hoch, als sich ihre Blicke trafen.

Der Sprecher des Seehasenkomitees bekam von Kapitän Schumacher das Mikrofon für die Bordanlage und begann mit der Zeremonie.

„Seid ihr alle da?"

„Jaaaa!"

„Ich kann euch nicht hören … seid ihr alle da?"

„Jaaaaaaaa!"

„Auf wen wartet ihr denn?"

„Seehas, Seehas, Seehas …"

Vor wenigen Sekunden hatte der Stream begonnen. Beller saß mit Schorsch vor der Videowand, Kevin hatte in einem anderen Büro Telefondienst. Sie hatten sich Wasser aus dem Kühlschrank geholt und betrachteten das Geschehen mit hochgelegten Füßen. Immer wieder forderte der Sprecher die Massen auf, laut nach dem Seehas zur rufen, doch der ließ auf sich warten.

Beller langweilte sich und warf einen Blick auf sein Handy. Keine Nachricht. Er hatte Biggi geschrieben, dass sie sich treffen müssten, doch sie hatte die Nachricht noch nicht einmal gelesen, wie er an den grauen Häkchen unterhalb der Buchstaben erkannte. Natürlich nicht, seufzte er innerlich, sie steht mit Papi am Hafen und wartet auf einen riesigen Hasen. Wo bleibt der denn?

Sven atmete noch einmal tief durch, dann trat er ins Freie und reckte seine pelzigen Arme in die Höhe.
„Und da ist er endlich", schrie der Sprecher in sein Mikrofon. „Unser Seehas ist da! Heraufgestiegen von den Unterwasser-Möhrenfeldern tief im See. Jetzt ist er für euch da!"
Ohrenbetäubender Jubel brandete auf. Auf allen drei Schiffen schrien und klatschten die Zuschauer. Kevin stellte sich ganz vorne an die Reling und winkte ihnen zu.
An der Kamera hinter ihm brannte das rote Lämpchen. Juri schwenkte behutsam die Bewegungen des Seehas mit. Mehr musste er nicht tun, das High-Tech-Gerät stellte alles automatisch scharf. Auch er schwitzte in seinem schwarzen Kostüm. Der Schweiß lief ihm das Rückgrat hinunter und ließ das Fell an ihm kleben. Vor allem der falsche Bart war unangenehm. Am Hals begann ein penetrantes Jucken und er verspürte den Drang sich zu kratzen, doch ab jetzt durfte er die Verkleidung nicht mehr abnehmen. Bei dem was in Kürze passierte, war es wichtig, dass ihre Gesichter nicht mehr auftauchten, sonst konnte der ganze Plan scheitern. Die Anonymität war ein wichtiger Bestandteil der Aktion. Juri zerrte an dem Fell und versuchte etwas Luft darunter zu bekommen. Es juckte höllisch. Er vermutete, dass seine Neurodermitis negativ auf das Plastikfell und den Bartkleber reagierte. Erneut zog er am Ausschnitt, doch das brachte keine Erleichterung. Er sah kurz zum Seehas, der immer noch an der Reling stand und winkte. Scheiß drauf! Juri schob die Hasenkapuze nach hinten und schnappte nach der frischen Luft wie ein Ertrinkender. Als ihn eine leichte Brise umwehte, stöhnte er erleichtert auf. Er wedelte sich noch etwas Luft zu, bevor er die Kapuze wieder aufsetzte.

„Gutes Bild“, lobte Barnsteiner. Er verfolgte den Livestream zusammen mit Brugger und Schmidt auf dem großen Flatscreen im Wohnzimmer. Vierzehn Uhr.
„Zu schade“, raunte Schmidt, „ich würde unseren Part auch gerne live in der Glotze sehen.“
Brugger nickte. „Aber wir zeichnen ja alles auf.“ Er sah auf seine Armbanduhr. In sechs Stunden würden sie auslaufen.

„Gutes Bild“, lobte Beller, was für ihn aber das einzig Gute an der Übertragung war. Im Grunde passierte gar nichts. Der riesige Rammler stand jetzt schon seit ein paar Minuten oben auf diesem kleinen Balkon und winkte.
„Was ist mit diesem Flashmob?“
Schorsch zuckte mit den Schultern. „Wird wohl gleich losgehen. Wir haben ja keine Info, was genau passieren soll. Aber die sollten sich ranhalten. Die Schiffe fahren gleich schon wieder zurück in den Hafen.“
Plötzlich kam etwas Bewegung in die Sache. Der Seehas reckte noch einmal beide Arme in die Höhe und winkte, dann drehte er sich weg und verschwand aus dem Bild. Die Kamera hielt weiter auf die jubelnde Menge, zoomte aber etwas heraus und fixierte den Bug des Schiffes.

Sven bahnte sich einen Weg zwischen den Menschen hindurch. Im Gegensatz zum obersten Deck waren unten die Treppen nicht abge-

sperrt und er musste mehrfach warten, bis er durchgelassen wurde. Hunderte Hände streckten sich nach ihm und versuchten wenigstens einmal kurz über das Hasenfell zu streicheln. Immer wieder spürte er, wie jemand an seinem Schwänzchen zog. Hoffentlich hielt die Naht.
Endlich erreichte er schwitzend das unterste Deck. Obwohl er sich am liebsten das Kostüm vom Leib gerissen hätte, lächelte er den Menschen weiter zu. Strahlende Kinderaugen, wohin er auch sah. Noch ein paar Schritte bis zur Spitze des Bugs. Dort sollte er bleiben bis die Schiffe den Hafen erreichten, wo bereits mehrere Tausend Schaulustige auf seine Ankunft warteten.

Juri hatte den Seehas sofort wieder im Bild, als er sich zum Bug durchschlängelte. Die letzten paar Meter veränderte er den Winkel der Kamera nicht mehr. Alles war gut zu sehen. Er langte in eine Tasche am Oberschenkel und nahm die Pistole heraus. Er hielt sie direkt neben der Kamera. Selbst aus kurzer Entfernung sah es aus, als gehörte die Waffe zum Equipment. Noch immer waren die Jubelrufe so laut, dass niemand den Schuss hören würde, schon gar nicht mit dem Schalldämpfer. Er befand sich schräg über dem Seehas, der jetzt auf Position war. Luftlinie um die zehn Meter entfernt. Zeit für die Hasenjagd. Ein Kinderspiel. Er zielte und legte den Finger langsam an den Abzug. Tief einatmen, ausatmen, einatmen, halb ausatmen und Luftanhalten. Plop.

Fahrt doch endlich los, dachte Sven. Bitte. Ich brauche den Fahrtwind. Er befürchtete, dass ihm der Schweiß bereits aus den Fellbeinen lief. Trotzdem lächelte er und ließ sich nichts anmerken. Rebecca

sollte stolz auf ihn sein. Bestimmt saß sie vor ihrem Laptop und sah sich den Livestream an. Bilder von ihrer letzten gemeinsamen Nacht huschten in sein Gedächtnis. Rebecca, wie sie nackt aus der Dusche kommt und sich zu ihm legt. Was für ein Glück er hatte. Und dazu die perfekten Prüfungen an der Uni. An dieser Stelle war sein Leben perfekt.
Und zu Ende.
Er spürte die Kugel nicht, als sie in seinen Hinterkopf eindrang. Das Hohlmantelgeschoss durchschlug den Schädelknochen und spaltete sich in unzählige Einzelteile auf. Milliarden von Erinnerungen wurden aus ihren Bindungen gerissen. Auswendig gelernte Paragraphen, Bilder von seiner ersten Fahrradfahrt, liebevolle Gedanken an Rebecca. Alles vermischte sich zu einem undefinierbaren Brei. Als endlich die Schmerzreize vom Hinterkopf eintrafen, gab es schon keine Rezeptoren mehr, um sie aufzufassen. Interessanterweise blieben beide Sehnerven unverletzt und die Netzhäute lieferten noch einige Sekunden lang Bilder, die jedoch kein Gehirn mehr fanden, um sie zu verarbeiten. Ohne eine Reaktion sackte Svens Körper nach vorne und krümmte sich über die Reling. Der Oberkörper fiel voraus und zog die erschlafften Beine hinterher. Im Fallen überschlug er sich einmal, bevor er auf der Wasseroberfläche aufschlug. Sein Herz schlug noch dreißig Sekunden, ehe es den Betrieb für immer einstellte.

6 Schwarzer Seehas

„Was war das denn?", rief Beller und verschluckte sich an seinem Wasser. „Ist das normal?"
Schorsch verzog das Gesicht. „Eigentlich nicht. Wird wohl dieser Flashmob sein."
Der Stream lief weiter und sie beobachteten, wie sich schwarze Seehasen am Bug der Schiffe versammelten. Sie standen ordentlich entlang der Reling und hielten eine Maschinenpistole im Arm.
„Herrgott, was soll denn dieser Schwachsinn?", schimpfte Beller. „Wer hat denn Waffen auf den Schiffen genehmigt."
Schorsch blätterte bereits in dem Memo, das sie erhalten hatten. „... eine Aktion gegen den internationalen Waffenhandel", zitierte er. „Laut dem Künstler – diesem Werner Hegemann – handelt es sich bei den Waffen nur um Attrappen."
„Trotzdem. So was hätte man nie genehmigen dürfen!"
Beller war außer sich. Waffen – ob echt oder nur Attrappe – hatten immer eine starke psychologische Wirkung. Nicht auszudenken, wenn auf einem der Schiffe Panik ausbrach. Vor allem um die vielen Kinder, die die Lage mit Sicherheit nicht einschätzen konnten, machte er sich Sorgen.
Gebannt starrten sie weiter auf die Übertragung. Die schwarzen Hasen blieben auf ihren Positionen stehen und rührten sich nicht. Beller zählte zehn Kostümierte auf jedem Schiff. Am Bildrand war der abgestürzte Seehas zu sehen, der mit dem Gesicht nach unten im Wasser trieb.
„Da stimmt doch was nicht", überlegte Schorsch. „Wie kann der so lang die Luft anhalten? Oder ist das nur eine Puppe?"
„Keine Puppe", widersprach Beller. „Wir haben doch gerade noch

gesehen, wie er gewinkt hat."
Plötzlich wurde der Stream unterbrochen und ein schwarzer Seehas blickte direkt in die Kamera.
„Das ist der schwarze Seehas. Und wir sind noch nicht fertig. Bleibt auf unserer Website. Wir melden uns bald wieder."
Dann war der Stream unterbrochen.
„Ich habe ein ganz schlechtes Gefühl bei diesem Flashmob", sagte Beller langsam. „Das am Schluss war eine Aufzeichnung. Im Hintergrund war ein normales Fenster zu erkennen, kein Bullauge oder irgendwas von einem Schiff."
Schorsch hatte das gleiche Gefühl. „Egal, was da noch kommt – ich glaube nicht, dass es uns gefallen wird."

Als der Seehas ins Wasser stürzte, ertönte aus hunderten Kehlen ein überraschtes „Ouuuh!". Danach war Stille. Alle Augen waren auf das schwarz-weiße Fell gerichtet, das leblos auf den Wellen schaukelte. Jeder schien darauf zu warten, dass der Seehas sich umdrehte und nach oben winkte: „Alles gut! Nichts passiert! Bin nur ein bisschen nass geworden!" Doch er bewegte sich nicht. Nach den ersten Schrecksekunden ging ein Raunen durch die Menge. Die Menschen drängten nach vorn, um den Hasen im Wasser besser sehen zu können.
„Achtung! Achtung!", ertönte eine Stimme aus den Lautsprechern.
„Ich bitte um Ihre Aufmerksamkeit!"
Werner stand im schwarzen Hasenkostüm auf der Brücke und hatte Kapitän Schumacher mit vorgehaltener Waffe das Mikrofon für die Bordanlage abgenommen. Juri fesselte den Kapitän und seine beiden

Mitarbeiter mit stabilen Kabelbindern an ein Geländer.
„Was sie gesehen haben, ist der Flashmob „Schwarzer Seehas“, und er ist noch nicht vorbei“, sprach Werner bewusst langsam und deutlich, damit er über die quäkenden Lautsprecher gut zu verstehen war.
„Doch bevor wir fortfahren, muss ich Sie bitten Ruhe zu bewahren und sich hinzusetzen.“
Niemand folgte seiner Aufforderung.
„Bitte setzen Sie sich auf den Boden. Jetzt. Hinsetzen!“, wiederholte er streng.
Die ersten ließen sich widerwillig auf den Boden sinken.
„Na also. Es wird doch. Auch die anderen. Hinsetzen – und zwar sofort! Dann machen wir weiter!“
Werner wartete, bis endlich alle saßen. Nur ein paar wenige widersetzten sich und standen mit verschränkten Armen aufrecht auf dem Deck.
„Ich muss Ihnen leider mitteilen, dass der Seehas in diesem Jahr nicht kommt. Er ist tot. Und unser Flashmob ist nur eine Inszenierung: tatsächlich ist dies eine Geiselnahme! Sie alle sind unsere Geiseln!“
Vereinzelt waren grelle Schreie zu hören, doch Werner reagierte sofort.
„RUHE!“, befahl er. „Wenn Sie wollen, dass niemand zu Schaden kommt, sollten Sie auf mich hören und Ruhe bewahren! Falls das nicht funktioniert sterben Menschen! Und es gibt weitere Regeln: alle bleiben sitzen. Wer aufsteht, stirbt!“
Die letzten Widerspenstigen setzten sich rasch hin.
„Die schwarzen Hasen bleiben am Bug stehen. Wer sich nicht daran

hält, stirbt. Wer das Kostüm oder einen Teil davon ablegt, stirbt. Wer auf die Idee kommt, über Bord zu springen, stirbt. Wer sich an all das hält, überlebt … wahrscheinlich."

Ein einzelner Mann mittleren Alters erhob sich und blickte zornig zur Brücke. „Damit kommen Sie doch nicht durch", schrie er wütend. „Sehen Sie, wie viele wir sind? Und sie sind nur ein paar Mann. Ich werde auf jeden Fall nicht …"

Weiter kam der Mann nicht. Die Kugel aus Juris Pistole erwischte ihn an der linken Schulter und riss ihn um. Schreiend wälzte er sich am Boden. Wieder erklangen einige spitze Schreie.

„Noch jemand mit Sonderwünschen?", rief Werner ins Mikrofon. „Ich bin gerne bereit, sie mir anzuhören." Er wartete einen Augenblick, doch es meldete sich niemand. Einige Kinder weinten und suchten Trost in den Armen ihrer Mütter. „Beruhigen Sie ihre Kinder. Wie gesagt: wenn alle tun, was ich sage, muss niemand mehr verletzt werden. Wer immer noch Zweifel an mir und meinen Freunden hat, darf sich gerne umsehen: wir haben die Kontrolle über alle drei Schiffe." Er zeigte zur Brücke der „Lindau" auf der David seine Maschinenpistole hochhob, dann zur „Schwaben" wo Jürgen das gleiche tat. Die Passagiere sahen ängstlich nach oben zu den maskierten Geiselnehmern und dann wieder zu den schwarzen Hasen die bedrohlich am Bug der Schiffe aufgereiht waren.

„Und nun werde ich Ihnen erklären, was Sie zu tun haben. Wir werden Listen durchreichen, auf denen Sie Ihren Namen und ihre Adresse eintragen werden. Ich weiß, das dauert ein wenig, aber wir haben Zeit." Er räusperte sich. „Die meisten von Ihnen haben sicher ihr Handy dabei. Wer keines hat, leiht sich eins von seinem Nebenmann. Rufen Sie eine Person Ihres Vertrauens an und sagen Sie folgendes ..."

„Ich muss wissen, was da draußen vor sich geht", knurrte Beller. „Wie sieht es mit einem Hubschrauber aus? Wie schnell kann der hier sein?"
„Die Helis sind in Stuttgart stationiert", antwortete Schorsch, „aber in einer guten Stunde sind die hier."
„Gut, ruf an. Wenn sich rausstellt, dass ich überreagiert habe, nehme ich das gerne auf meine Kappe. Los!"
Beller bemerkte, dass sich die Website auf der Videowand verändert hatte. Der Livestream war zwar immer noch unterbrochen, doch nun konnte man das erste Video per Mausklick abrufen. Beller klickte auf „Play" und sah sich die Übertragung noch einmal an. Als der Seehas erneut über Bord ging, stellten sich seine Nackenhaare. Beim ersten Mal hatte er nicht gewusst, worauf er achten musste, doch nun war es deutlich zu sehen: der Seehas ging ohne jegliche Abwehrreaktion über Bord und trudelte ohne Körperspannung nach unten. Beller war sich sicher, dass er in diesem Moment bereits tot war.
„Das ist übel", flüsterte er Schorsch zu, der sich am Telefon um einen Hubschrauber bemühte.
„Ganz übel. Wir brauchen sofort den Hubschrauber!"
Schorsch hielt sich das freie Ohr zu, um besser verstehen zu können, sah aber nicht glücklich aus.
„Das mit dem Hubschrauber können wir erst mal vergessen. Zwei Maschinen sind in der Wartung und die vier anderen sind im Einsatz. Großdemo in Esslingen. Erst in zwei bis drei Stunden könnten

sie einen schicken."
„Das ist doch Scheiße!", schrie Beller und verschreckte damit Kevin, der seinen Kopf zur Tür hereinstreckte.
„Ist schon gut, Kevin", beruhigte er den Jungen, „was gibt's denn so Wichtiges?"
Kevin lief rot an. „Also … äh … ich weiß jetzt nicht, ob es sooooo wichtig ist", begann er zögerlich. „Aber da kommen gerade eine ganze Menge Anrufe rein, mit denen ich nichts anfangen kann. Die Leute sagen, es gab eine Geiselnahme …"
Beller fuhr herum. „Eine Geiselnahme? Wo um Gottes Willen?"
Kevin zeigte auf die Videowand. „Dort. Draußen auf dem See. Beim Einholen des Seehas."

Der Mann saß auf seinem kleinen Balkon und hatte die Füße hochgelegt. Er hatte den Laptop aufgeklappt und bereitete den nächsten Upload vor. Zufrieden nippte er an seiner Weinschorle. Bisher lief alles nach Plan. Gerade war eine Nachricht von Werner eingegangen. „Sie füllen jetzt die Listen aus!"
Sehr gut. Das nahm einige Zeit in Anspruch, war aber wichtig. Er sah auf die Armbanduhr. Noch zu früh, um den nächsten Schritt einzuleiten, also nahm er den Laptop vom Schoß und ging mit seinem Weinglas in die Küche. Einer geht noch. Inzwischen mussten auch die ersten Anrufe bei der Polizei eingehen. „Hilfe! Unser Sohn wurde als Geisel genommen!" Und die Beamten hatten keine Ahnung was passierte. Er lächelte und gab noch einen Eiswürfel in sein Glas.

Die Telefone läuteten Sturm. Alle zehn Leitungen blinkten ohne Pause. Kevin nahm einen Anruf nach dem anderen entgegen, konnte

den besorgten Menschen aber keine befriedigende Antwort geben. Viele beschimpften ihn, bevor er auflegte.
„Stell mir einen durch der vernünftig klingt“, befahl Beller und setzte sich zur Freisprecheinrichtung an den Konferenztisch.
„Eine Frau Magino auf der Eins“, rief Kevin über den Gang.
„Beller, Kriminalpolizei“, meldete er sich. „Was kann ich für Sie tun?“
„Bitte helfen Sie mir“, wimmerte eine Frauenstimme. „Mein Sohn wird als Geisel gehalten.“
„Frau Magino, bitte erzählen Sie mir genau, was passiert ist.“
„Mein Sohn … der Gerd … also mein Sohn, er ist mit rausgefahren, um den Seehas einzuholen. Mit seinen Freunden. Und dann ruft er mich vorher an und sagt er sei eine Geisel und ich müsste ihn freikaufen …“ Sie schluchzte laut und weinte dann leise in den Hörer.
„Hat er irgendetwas über die Geiselnehmer erzählt?“, hakte Beller nach.
„Es sind schwarze Hasen, hat er gesagt. Mindestens zehn auf jedem Schiff. Sie haben Waffen … und sie haben den Seehas umgebracht …“
Das hatte Beller schon vermutet. „Frau Magino: wieviel Lösegeld sollen sie bezahlen?“
„Das weiß ich doch noch nicht“, schluchzte sie. „Mein Sohn sagte, ich müsse ins Internet auf die Seite „schwarzer-seehas.de“ … dort würde ich alles weitere erfahren.“
Beller sah zur Videowand, die immer noch das gleiche Bild zeigte. „Hören Sie, wir kümmern uns darum. Versprochen. Aber im Moment wissen wir auch noch nicht mehr als Sie. Bitte bleiben sie ruhig. Könnten Sie mir die Handynummer ihres Sohnes geben?“ Er notierte

die Zahlenfolge und bedankte sich, mit dem Versprechen, dass sie ihr Möglichstes tun würden. Beller wusste, dass die Frau etwas anderes hatte hören wollen, doch mehr konnte er im Moment nicht anbieten.
„Verdammte Scheiße", fluchte er und drückte den Anruf weg. „Das ist kein Fake. Wir brauchen alle hier." Er schob Schorsch die Freisprecheinrichtung hin. „Versuch Hoffi zu erreichen. Und Meier, Rabe und Neuer natürlich auch."

„Die sind doch total durchgeknallt", schrie Barnsteiner ins Telefon. „Hast du den Stream gesehen? Die haben den Seehas abgeknallt."
Notar Kuschel am anderen Ende der Leitung sagte etwas Beschwichtigendes, doch Barnsteiner wollte es nicht hören.
„Ich habe von Anfang an gesagt: keine unnötige Gewalt! Nur deshalb habe ich zugestimmt."
„Pläne ändern sich manchmal", sagte der Notar kleinlaut. „Vielleicht haben die Umstände es erfordert?"
„Ich scheiße auf die Umstände. Da sind ein paar hundert Kinder auf den Schiffen und die schießen einfach jemand über den Haufen." Er fuhr sich mit der Hand durch die Haare. „Ich hätte gute Lust aus der Aktion auszusteigen. Jetzt und hier."
Notar Kuschel seufzte. „Das können wir nicht machen. Überleg mal, was passiert, wenn das Team auf den Schiffen festsitzt. Dann gibt es noch mehr Tote. Dein Freund Juri machte nicht den Eindruck, als wäre er zimperlich."
Barnsteiner wusste, dass der Notar Recht hatte. Wie konnte das nur passieren. Er hatte von Beginn an kein gutes Gefühl bei diesem Job

gehabt. Sein U-Boot war für die Flucht zuständig, doch es widerstrebte ihm einer Horde Mörder zu helfen.
„Ruf den Kunden an und sag ihm, dass nichts mehr schiefgehen darf. Sonst kann sein Team in die Schweiz schwimmen!"
Mit einem Druck auf den roten Knopf beendete er das Gespräch und pfefferte das Telefon aufs Sofa.

Schorsch hatte keinen der anderen erreicht. Das Mobilfunknetz war wegen der vielen Festbesucher überlastet. Nur eine kurze Whatsapp-Nachricht kam irgendwann durch.
„SOS. Geiselnahme auf den Schiffen. Alle zurück ins Büro!"
„Wenn das ein Streich ist, muss ich irgendjemand den Kopf abreißen", schrie Hoffi. „Ich habe meine Familie einfach am Hafen stehen lassen … meine Frau hasst mich jetzt schon dafür!"
Als er die ernsten Gesichter von Schorsch und Beller sah verstummte er.
„Also kein Streich", stellte er trocken fest und setzte sich. „Was haben wir bisher?"
„Die Lage ist recht undurchsichtig", begann Beller. „Es gingen zahlreiche Anrufe von besorgten Leuten ein, die von Angehörigen angerufen wurden, die sagten, sie würden auf den Schiffen als Geiseln gehalten."
„Die Geiseln dürfen telefonieren?"
„Ja. Offenbar dürfen sie ihre Handys benutzen."
„Ist das nicht komisch? Die Handys sind doch normalerweise das Erste, was man Geiseln wegnimmt."
„Ich sehe da zwei Möglichkeiten", sagte Beller. „Die Erste: die Gei-

selnehmer sind extrem dumm oder Möglichkeit zwei:", er zählte mit den Fingern mit, „sie sind sich ihrer Sache extrem sicher."
„Ich wüsste noch eine dritte Möglichkeit", unterbrach Schorsch, „sie könnten auch dumm und sich ihrer Sache sicher sein."
Hoffi schüttelte den Kopf. „Gibt es schon eine Lösegeldforderung?"
„Negativ. Bei den Anrufen wurde immer nur auf diese Website verwiesen", Beller zeigte auf die Videowand. „Dort würden sie alles Weitere erfahren. Und genau das ist unser Problem."
Beller sah wie Hoffi die Stirn runzelte. „Sie kommunizieren nicht mit uns, also mit der Polizei. Wir haben bisher keine Möglichkeit sie zu kontaktieren, um irgendwelche Verhandlungen zu beginnen. Sie lassen uns außen vor und wenden sich direkt an die Angehörigen der Geiseln."
Hoffi wandte sich an Schorsch. „Von wieviel Geiseln reden wir eigentlich?"
Der Blickte auf den Block mit seinen Notizen.
„Ich konnte jemanden vom Seehasenfestkomitee erreichen, der die Passagierzahlen hatte: auf der „Stuttgart" sind siebenhundertelf Leute, auf der „Schwaben" vierhundertsiebzig und auf der kleinen „Lindau" dreihundertzweiundvierzig."
Hoffi riss die Augen auf. „Das sind insgesamt ja …"
„Eintausendfünfhundertdreiundzwanzig Geiseln", half ihm Schorsch. „Und ich vermute, das Bordpersonal kommt noch hinzu. Da bin ich noch dran."
„Und das meiste sind Kinder und Jugendliche", fügte Beller leise hinzu.
„Wir müssen irgendetwas tun", grübelte Hoffi. „Was schlägst du vor, Beller? Du kennst dich doch mit sowas aus."

„Da wir bisher keinen Kontakt mit den Geiselnehmern haben, sollten wir versuchen, einige der Geiseln zu erreichen. Wir haben die Handynummern notiert. Außerdem sollten wir uns schnellstmöglich selbst ein Bild von der Lage machen."
Schorsch blickte auf. „Du willst da rausfahren?"
Beller schüttelte den Kopf. „Das würde nicht viel bringen. Die sehen jeden, der sich nähert auf mehrere Kilometer Entfernung. Ich habe einen Helikopter angefordert, aber es ist derzeit keiner verfügbar."
„Ich hätte da vielleicht eine Idee", meldete sich Kevin schüchtern zu Wort. „Ich bin ja noch nicht so lange in der Gegend, aber zu meinem letzten Geburtstag habe ich einen Rundflug mit dem Zeppelin geschenkt bekommen. Das war echt toll. Wäre es nicht möglich, dass wir einen ausleihen."
Alle waren sprachlos.
„Du hast dir soeben eine Beförderung verdient", rief Hoffi. „Los, schauen wir, dass wir jemanden von Zeppelin ans Telefon bekommen."
Schorsch hob die Hand. „Eine Frage noch: was machen wir mit dem Seehasenfest? Sollten wir es nicht absagen? Immerhin läuft da draußen eine Geiselnahme."
Hoffi seufzte. „Du hast natürlich Recht. Lasst uns erst das mit dem Zeppelin klären, dann versuche ich jemanden vom Komitee zu erreichen. Und Schorschi: verständige bitte die Kollegen von der Bereitschaftspolizei und der Wasserschutzpolizei. Wir müssen alle Optionen durchgehen."
„Und wir brauchen ein SEK", wandte Beller ein. „Das sind die besten Männer für so einen Fall."
Hoffi schluckte trocken. Er hatte erst ein Mal ein Sondereinsatzkom-

mando angefordert, als es einen Amokalarm am Karl-Maybach-Gymnasium gegeben hatte. Wie sich herausstellte, war es ein Fehlalarm gewesen, doch die mediale Aufmerksamkeit durch den SEK-Einsatz war enorm gewesen. Hoffi hatte fast ein halbes Jahr damit zu tun gehabt. Doch die aktuelle Situation war anders. Alles sprach dafür, dass es sich um eine echte Geiselnahme handelte, daher hatte er keine Wahl. „Du hast natürlich Recht. Ich rufe Göppingen an – kümmert ihr euch erst mal um den Rest." Er sah auf die Uhr. „Wir treffen uns in einer Stunde wieder hier. Wer behält den Stream im Auge?"

Rabe hob die Hand. „Das übernehme ich. Ich sage Bescheid, sobald sich was tut."

Hoffi stand auf. „Gut. Dann packen wir's an!"

„Hier sind die Listen", sagte Juri und gab Werner die vollgekritzelten Blätter.

„Wie sieht es bei David und Jürgen aus?"

„Die sind auch durch. Sie haben gerade eine Nachricht geschickt."

Werner überflog ein paar Seiten. „Schön, schön. Also wie viele sind es?"

„Auf den Listen haben sich eintausendfünfhunderteinundzwanzig eingetragen, aber ich denke, ein paar ganz Schlaue haben sich gedrückt."

Werner lächelte kalt. „Die melden sich auch noch." Er wandte sich an Kapitän Schumacher. „Zeit für den nächsten Schritt, Kapitän. Fahren Sie das Schiff an die „Lindau" heran, so dass wir die Passagiere und die Mannschaft an Bord nehmen können. Schaffen Sie das?"

Kapitän Schumacher zögerte. „Das ist … naja, nicht so einfach. Es ist gegen die Vorschriften auf offener See …“
„Kapitän“, unterbrach Werner, „haben Sie das Gefühl, dass mich Ihre Vorschriften auch nur im mindesten interessieren?“
Der Kapitän sah zu Werner und Juri und auf ihre Waffen. „Natürlich schaffe ich das. Wir gehen längsseits und vertauen die Schiffe. Dann können die Leute rüber.“
„Sehen Sie: genau das wollte ich von Ihnen hören. Fangen Sie an.“ Er befreite den Kapitän von den Kabelbindern und schob ihn mit seiner Maschinenpistole ans Steuerrad. „Und bitte machen Sie keinen Blödsinn. Es täte mir wirklich leid, Sie erschießen zu müssen.“
Kapitän Schumacher zeigte auf das Funkgerät. „Ich muss das mit meinem Kollegen absprechen. Er muss die Maschinen starten, um eventuell gegensteuern zu können.“
„Tun Sie, was immer Sie tun müssen“, sagte Werner freundlich und zeigte auf seine Waffe. „Nur tun Sie nichts Falsches!“
Nach einer kurzen Absprache startete Kapitän Schumacher den Motor und brachte die „Stuttgart“ behutsam an die „Lindau“ heran. Als die Schiffe nebeneinander lagen, gab er kurz Gegenschub. Schnell warfen Besatzungsmitglieder schwere Taue aufs gegenüberliegende Deck und verzurrten sie.
„Liebe Passagiere auf der „Lindau““, erklang Werners Stimme über die Bordlautsprecher. „Es geht nun weiter im Programm. Ich muss Sie bitten, die „Lindau“ zu räumen und auf die „Stuttgart“ zu wechseln. Bitte tun Sie das in aller Ruhe ohne zu drängeln. Es ist für jeden einen Platz da. Auch wenn es immer heißt „Frauen und Kinder zuerst“ spielt das hier keine Rolle. Also kommen Sie bitte alle herüber, zuerst die Passagiere, dann die Mannschaft und zuletzt die schwar-

zen Seehasen. Bitte halten Sie sich daran, dann kommt niemand zu Schaden."
Zögerlich wechselten die ersten das Schiff und suchten sich an Deck einen Platz.
„Jetzt bitte auf die oberen Decks durchgehen", wies Werner an. „Dort haben wir genügend Platz."
Wieder gehorchten die Menschen und verteilten sich über die Etagen. Das Ganze ging schneller als erwartet. Als letzte kamen die Besatzung und die schwarzen Seehasen gefolgt von David, der seine Maschinenpistole im Anschlag hatte.
Zufrieden tippte Werner eine Nachricht in sein Handy: „Lindau geräumt. Fahren gleich los."

Der Mann verzog sich mit seinem Laptop ins Wohnzimmer, da ihn die Sonne blendete. Werners Nachricht entlockte ihm ein Schmunzeln. Ihr kleines Schauspiel hatte funktioniert. Drei Schiffe mit nur vier Mann zu übernehmen, war eigentlich ein Ding der Unmöglichkeit, darum hatten sie sich dieses Tricks bedient. Dabei ging es um Machtprojektion. Der Tod des Seehas hatte allen gezeigt, wozu sie fähig und bereit waren. Jeder hatte mit angesehen, wie er über Bord gegangen war und dann leblos im Wasser trieb, also gingen die Geiseln davon aus, dass die schwarzen Hasen es ernst meinten und waren entsprechend eingeschüchtert. Selbst die, die in den Kostümen steckten, konnten nicht wissen, wer zu den Geiselnehmern gehört und wer nicht. Natürlich hätten sie auch dreißig eigene Leute auf die Schiffe schleusen können, doch bei so vielen Beteiligten war die Wahrscheinlichkeit einfach zu groß, dass im Vorfeld etwas durchsickerte. Außerdem hätte es die Kosten dramatisch in die Höhe getrieben und trotz der enormen Beute mit der sie rechnen durften, war er dazu nicht bereit gewesen. Von all dem abgesehen war dieser Weg viel eleganter. Fast schon ein Kunstwerk. Würde in ferner Zukunft jemals jemand den ganzen Plan durchschauen, würde er in die Verbrechensgeschichtsbücher eingehen. Gab es sowas überhaupt? Der Mann sah auf die Uhr. Sie lagen perfekt im Zeitplan. Es war Zeit für den nächsten Schritt. Er bestätigte den nächsten Upload auf seinem Laptop.

7 Zahltag

Das Besprechungszimmer war bis auf den letzten Platz belegt. Die zwölf Männer des SEK saßen gelangweilt auf ihren Stühlen und starrten auf die Videowand. Sie hatten sich den ersten Stream mehrfach angesehen und kamen zu der gleichen Erkenntnis wie Beller: der Seehas war definitiv tot. Einen schlechten Scherz hielten sie für ausgeschlossen.

„Die Gespräche mit den Verantwortlichen vom Seehasenfestkomitee verliefen leider nicht ganz reibungslos", begann Hoffi ihr erstes gemeinsames Meeting. „Sie waren nicht dazu bereit, das Fest abzusagen und die Festmeile zu räumen. Immerhin haben sie im Hafen über die Lautsprecher verkünden lassen, dass der Seehas aus technischen Gründen nicht mit dem Schiff einfährt und die Leute weggeschickt. Ansonsten läuft das Fest erstmal normal weiter. Wegen des Feuerwerks heute Abend sind sie noch unschlüssig."

„Da draußen haben ein paar Verrückte fünfzehnhundert Geiseln genommen und die feiern fröhlich weiter?", knurrte ein Mann des SEKs.

Hoffi nickte. „Genau das ist der Punkt: die Geiseln sind da draußen! Vom Ufer bis zu den Schiffen sind es fast sechs Kilometer. Wenn wir eine Geiselnahme in einer Stadt haben, sperren wir ja auch nicht die Nachbardörfer. Die vom Komitee sagen, dass sie deshalb nicht auf die Tradition verzichten wollen, aber wir alle wissen, dass es ums Geld geht. Das Fest bringt Millionen ein."

„Das ist doch Schwachsinn", knurrte Beller. „Wenn die ihre Motoren anschmeißen, sind sie in einer halben Stunde im Hafen. Wer sagt uns, dass sie nicht noch mehr vorhaben? Vielleicht haben die Geiselnehmer noch ein paar Mann an Land, die schon auf sie warten …

also ich finde das unverantwortlich."
„Du hast ja Recht, aber was soll ich tun? Warten wir erst mal die Entscheidung wegen des Feuerwerks ab. Kevin – hat sich mit dem Zeppelin etwas ergeben?"
Alle Augen richteten sich auf den jungen Polizisten, der rot anlief.
„Also … da sieht es ganz gut aus. Sie haben zwei Zeppeline für Rundflüge in der Luft, aber sie bereiten gerade einen dritten für einen wissenschaftlichen Einsatz vor. Den könnten wir haben."
„Wie? Kein Hubschrauber?", unterbrach einer der SEK-Männer.
Beller schüttelte den Kopf. „In der Wartung und im Einsatz. Es würde noch Stunden dauern, bis wir hier einen in der Luft hätten."
„Und der Zeppelin hat durchaus seine Vorteile", meldete sich Kevin schüchtern. „Die können stundenlang über einer Stelle schweben. Fast lautlos. Das ist für uns doch ideal."
Der SEK-Mann verzog das Gesicht. „Und wer soll da mit drinsitzen? Das hilft uns alles nichts, wenn wir die Informationen nicht von einem Profi bekommen!"
„Gar niemand wird mitfliegen." Kevin klang jetzt selbstbewusster. „Der Zeppelin wird gerade umgerüstet. Er soll nächsten Monat nach Dubai fliegen und dort Strömungen beobachten. Die haben Probleme mit ihren Palmeninseln. Das Wasser gräbt ihnen ständig den Sand ab. Deshalb ist der Zeppelin mit HD-Kameras ausgestattet, einem speziellen Strömungsradar und einem Infrarotsystem. Alles schon einsatzbereit. Der Techniker von Zeppelin meinte, es sei kein Problem, die Bilder direkt zu uns durchzustreamen."
„Wie schnell kann er in der Luft sein?", wollte Hoffi wissen.
„Ich habe ihnen gesagt, es sei dringend", sagte Kevin entschuldigend. „Und … naja … sie holen ihn gerade aus dem Hangar."

„Perfekt“, lobte Hoffi. „Du bleibst da dran, Kevin, und sorgst dafür, dass wir die Bilder so schnell wie möglich hier auf den Monitoren haben.“ Er holte tief Luft. „Der nächste Punkt: Schorschi, du wolltest versuchen, einige der Geiseln zu erreichen, die zu Hause angerufen haben ...“

„Zwei habe ich erreicht“, bestätigte Schorsch. „Sie schildern die Lage so: auf jedem Schiff sind zehn schwarze Seehasen mit Waffen am Bug postiert, plus einen oder zwei, die die Brücke kontrollieren. In den letzten Stunden haben die Geiselnehmer Listen herumgehen lassen, auf denen sich jeder mit Namen und Adresse eintragen musste. Sie wurden aufgefordert, bei einer Person ihres Vertrauens anzurufen und auf diese Website zu verweisen.“ Schorsch zeigte auf die Videowand. „Der eine Junge, den ich dran hatte, meinte, das hätten die Meisten getan. Ein Mann hat sich widersetzt – er wurde niedergeschossen. Über seinen Zustand wusste der Junge nichts. Geändert hat sich in den letzten Minuten, dass die Geiseln jetzt nur noch auf zwei Schiffe verteilt sind. Die Geiselnehmer haben alle Passagiere und auch die Mannschaft von der „Lindau“ auf die „Stuttgart“ geholt, die dann zusammen mit der „Schwaben“ langsam Fahrt aufgenommen und sich ungefähr einen Kilometer von dem leeren Schiff entfernt hat.“

„Sie konzentrieren die Geiseln auf eine kleinere Fläche, damit sie sie besser kontrollieren können“, folgerte ein anderer Mann vom SEK. „Je länger so eine Geiselnahme dauert, desto schwieriger wird es, die Oberhand zu behalten. Die Geiseln könnten eine Art Meuterei anzetteln.“

„Bei über dreißig bewaffneten Geiselnehmern?“, widersprach Beller. „Ich glaube nicht, dass irgendeiner auf den Schiffen Lust hat, den

Heldentot zu sterben. Ein Exempel haben sie ja schon statuiert … rechnet man diesen Seehas mit, sogar zwei.“
„Und was meinst du, was das dann soll?“, fragte der SEKler provokant. „Du scheinst ja den Durchblick zu haben …“
Beller blieb sachlich. „Bisher habe ich nicht den Hauch einer Ahnung. Aber ich denke, wir müssen auf der Hut sein. Diese Geiselnehmer sind nicht dumm und scheinen einen Plan zu haben. Allein die Tatsache, dass sie mit uns überhaupt nicht kommunizieren, ist ungewöhnlich. Erwartet man nicht, dass sie die Übergabe des Lösegeldes verhandeln oder die Bedingungen ihrer Flucht? Nichts dergleichen! Sie sprechen noch nicht mal mit uns! Geht irgendetwas über den Funk?“
Die Frage war an Schorsch gerichtet, der den Kopf schüttelte.
„Nichts. Nach wie vor keine Antwort. Es scheint fast, als hätten sie die Funkgeräte ausgeschaltet. Das letzte was über den Äther ging, war ein Gespräch zwischen den Kapitänen der „Stuttgart“ und der „Lindau“, als sich die beiden Schiffe angenähert haben. Seitdem Totenstille.“
„Und wir kommen nicht an sie heran“, seufzte der SEKler. „Ihre Position draußen auf dem See ist uneinnehmbar. Sie sehen jeden, der sich nähert schon auf ein paar hundert Meter Entfernung. Bei der Distanz hätten wir nicht mal mit Kampftauchern eine Chance.“
„Aber irgendwann müssen sie sich melden“, sagte Hoffi. „Und wenn es nur über diesen blöden Stream ist. Noch haben sie ihre Forderungen nicht genannt, aber das wird wohl nicht mehr lange auf sich warten lassen.“

„Das ist komisch", sagte Karin und legte den Hörer auf. Sie hatte beim lokalen Radiosender die Abendschicht und bereitete die nächsten Kurznachrichten vor.
„Was denn?", fragte Thomas, der als Reporter gerade vom Seehasenfest zurückgekommen war.
„Das war jetzt schon die zweite Frau, die erzählt hat, es liefe eine Geiselnahme auf den Schiffen, die den Seehas einholen sollten."
„Echt? Ich habe nichts mitbekommen, aber ich war ja auch nur im Hafen. Dort hat man gesagt, dass der Seehas aus technischen Gründen nicht mit den Schiffen reinkommen würde. Ansonsten war auf der Festmeile alles normal."
Karin runzelte die Stirn. „Und beim Hasenklee war der Seehas da?"
„Live und in Farbe ... wenn man das bei einem schwarz-weißen Fell sagen darf", scherzte Thomas. Er konnte nicht wissen, dass das Festkomitee improvisiert und einen Praktikanten aus dem Rathaus in das Ersatzkostüm gesteckt hatte.
„Die Anruferinnen haben mir auch eine Internetadresse gegeben. Warte mal ...", sie schaute auf ihren Notizblock, „... schwarzerseehas.de."
Sie tippte die Adresse in ihren Browser.
„Darüber stand irgendwas in der Pressemitteilung", erinnerte sich Thomas. „Da sollte ein Flashmob stattfinden. Der hieß, glaub ich, so."
Er schaute Karin über die Schulter, als sich das Fenster öffnete. Das Feld, in dem der Stream laufen sollte, war schwarz, doch darunter konnte man ein Video abrufen. Gebannt starrten sie auf die Bilder und sahen mit an, wie der Seehas ins Wasser stürzte.
Thomas schluckte. „Ganz ehrlich – das sah ziemlich echt aus. Der ist

ohne zu zucken über Bord gegangen und in den See gefallen. Schau mal: er bewegt sich immer noch nicht."
Das Video endete mit der Ansage eines Mannes im schwarzen Hasenkostüm: „Das ist der schwarze Seehas. Und wir sind noch nicht fertig. Bleibt auf unserer Website. Wir melden uns bald wieder."
Karin saß unschlüssig vor dem Bildschirm. „Was sagt dein Bauchgefühl?"
„Entweder ist das ein sehr aufwändig inszenierter Flashmob oder da draußen läuft wirklich etwas verdammt schief."
Beide sahen sich ein paar Sekunden an.
„Ich möchte da mal nachhaken", entschied Karin und wählte die Nummer der Kripo in Friedrichshafen. „Wäre es nur die eine Frau am Telefon gewesen, hätte ich es für einen schlechten Scherz gehalten, aber zwei Mal die gleiche Geschichte? Ich bin gespannt, was die sagen."

„Die Geschichte ist raus", rief Hoffi aus seinem Büro heraus Beller zu, der am Kaffeeautomat stand. „Ich habe eine Journalistin am Telefon, die nach einer Geiselnahme auf den Schiffen fragt und nach dem Flashmob … was sagen wir?"
Beller überlegte kurz. Dass die Presse auf die Geschichte aufmerksam wurde, wunderte ihn nicht. Er hatte schon früher damit gerechnet. Der Livestream war für jedermann zugänglich und die Geiseln durften telefonieren. Öffentlicher ging es fast nicht. Doch es war ihre erste Chance, etwas zu tun und nicht immer nur zu reagieren.
„Wir sagen, was wir wissen", entschied Beller. „Über den Stream bekommen die Reporter eh alles mit. Wenn wir da jetzt Mist erzählen

oder sowas wie „kein Kommentar“, stehen wir wie inkompetente Trottel da. Sag ihr, dass im Rahmen des Flashmobs etwas Unerwartetes passiert ist. Dass eine Geiselnahme bisher Spekulation, aber möglich ist. Wir haben ein SEK vor Ort, das uns, wenn nötig unterstützt. Weitere Informationen zu den Vorfällen auf den Schiffen liegen uns derzeit noch nicht vor, wir bemühen uns aber um Aufklärung und versuchen alles, damit niemand zu Schaden kommt.“
Hoffi nickte und holte die Journalistin wieder in die Leitung. Er sprach bewusst ruhig und sachlich und wiederholte Bellers Worte. Die Journalistin stellte noch ein paar Fragen, die er nicht beantworten konnte.
„Wie viele Menschen sind auf den Schiffen?“, wollte sie abschließend wissen.
Hoffi sah Beller fragend an. Beller nickte.
„Etwas über fünfzehnhundert plus die Besatzungen. Ganz genau wissen wir es nicht.“
„Das wird in den kommenden Stunden schlimmer“, sagte Beller, nachdem Hoffi aufgelegt hatte. „Das war nur ein Lokalsender. Die anderen Medien werden da ganz schnell aufspringen. Würde mich nicht wundern, wenn wir es auf die Titelseite der Bildzeitung schaffen.“
Hoffi nickte. „Ich hole unsere Pressesprecherin aus dem Urlaub. Sie wird nicht begeistert sein. Aber sie leistet wirklich gute Arbeit. Wir können uns auf sie verlassen.“

Werner hatte sich einen Stuhl auf die Brücke bringen lassen und hatte die Füße auf das Pult mit den technischen Instrumenten gelegt.

Kapitän Schumacher schenkte ihm ein paar verachtende Blicke, sagte aber nichts. Es wurde langsam dunkel und die Abendsonne tauchte mit ihren letzten Strahlen die Schiffe in ein warmes Licht, bevor sie ganz hinter dem Horizont verschwand. Werner sah auf die Uhr und auf sein Handy. Noch keine Nachricht vom U-Boot, doch bis zum vereinbarten Zeitpunkt verblieben noch ein paar Minuten. Bald würden sie wieder auf Sendung gehen. Diesmal mit einem ganz besonderen Schauspiel. Darauf freute er sich am meisten. Er blickte zum Friedrichshafener Ufer, das noch immer bunt beleuchtet war. Sie ließen das Fest tatsächlich weiterlaufen. Er hatte damit gerechnet. Sie wollten nicht auf die Kohle verzichten, genauso wie er. Der Samstagabend beim Seehasenfest war der Abend mit den meisten Besuchern. Alle wollten das Feuerwerk sehen, dass ein Stück vor der Uferpromenade von Schiffen aus gezündet wurde. Vielleicht würden sie sich über die zusätzliche Einlage freuen.

„Es tut sich was im Stream“, rief Rabe aufgeregt. Alle stürmten in den Besprechungsraum und starrten auf die Videowand. Ein Countdown zählte von einer Stunde im Sekundentakt herunter.
„Für was ist der Countdown?“, fragte ein Mann vom SEK. Die Männer hatten ihre Schutzkleidung abgelegt und lümmelten herum. Sie konnten nichts tun, was sie am meisten hassten.
Hoffi sah auf die Uhr. „Der Countdown endet um viertel vor elf …“
„Das Feuerwerk“, bemerkte Schorsch. „Der Countdown endet mit dem Beginn des Feuerwerks.“
„Die ziehen das wirklich durch?“, rief Hoffi aufgebracht. „Ich dachte, sie überlegen es sich noch.“

„Leider nein", sagte Neuer kleinlaut. „Meier und ich haben unser Bestes gegeben, um sie zu überzeugen, aber nachdem sie schon auf die Einfahrt des Seehas verzichtet haben, bestehen sie auf ihrem Feuerwerk."

„Wir kriegen in Kürze die ersten Bilder. Der Zeppelin ist gerade gestartet", rief Kevin, als er zur Tür hereinstolperte.

„Wurde auch Zeit", knurrte Beller. „Wo können wir sie sehen?"

Kevin machte sich an dem Rechner zu schaffen, der mit dem Beamer verbunden war und startete die erforderlichen Programme. Zunächst geschah nichts, dann blinkten kurz zwei Kontrollkästchen grün, bevor das Bild erschien.

„Der Zeppelin ist noch in der Nähe des Flughafens", erkannte Schorsch. „Ich kenne die Gegend da unten gut. Seht ihr da …", er zeigte auf eine Siedlung, „… das ist die Kitzenwiese … hier die Bundesstraße … gleich müsste der See mit ins Bild kommen."

Alle starrten auf das hochauflösende Video, das langsam seine Perspektive veränderte.

„Er ist noch im Steigflug", erklärte Kevin. „Sobald er die vorgesehene Höhe erreicht hat, kann er schneller fahren."

„Können wir mit dem Zeppelin kommunizieren?", fragte Beller. „Es wäre schön, wenn wir das zu sehen bekämen, was uns interessiert."

Kevin lächelte. „Kein Problem!" Er klickte mit der Maus auf ein Mikrofonsymbol. „Kapitän Leuthold – Kevin hier. Wie lange noch bis zum Zielpunkt?"

„Wir erreichen die Zielkoordinaten in … ca. vier Minuten. Irgendwelche Wünsche?"

„Die Schiffe natürlich", rief einer der SEKler. „Wir wollen die Schiffe sehen!"

„Kein Problem“, antwortete Kapitän Leuthold im freundlichen Ton eines Kapitäns auf Sightseeing-Tour.
Sie hatten mit dem Start des Zeppelins bis zum Sonnenuntergang gewartet. Sie hofften, dass die Geiselnehmer das graue Luftschiff im dämmrigen Licht nicht sofort bemerken würden. Dank Infrarot und Restlichtverstärkern würden sie trotzdem gute Sicht haben. Zudem war der Luftraum über dem Bereich gesperrt, so dass der Zeppelin seine blinkenden Positionslichter ausschalten konnte.
„Das sind die Schiffe“, kommentierte Hoffi kurz darauf. „Die zwei da liegen dicht aneinander … das andere scheint gut einen Kilometer entfernt zu sein. Man – geht das nicht größer?“
Offensichtlich war die Leitung in die Gondel des Zeppelins noch aktiv. „Kleinen Moment … kein Grund unhöflich zur werden“, meldete sich Kapitän Leuthold. Kurz darauf zoomte die Kamera auf die zwei Schiffe, die beieinander lagen, das dritte verschwand aus dem Bild. Sie zoomte immer weiter heran, bis die Schiffe die komplette Videowand einnahmen. Deutlich konnte man die Menschen erkennen, die dicht gedrängt auf den Decks saßen. Über den Bug der Schiffe zog sich eine schwarze Linie, wie ein breiter Kajalstrich.
„Das sind die Geiselnehmer in ihren Hasenkostümen“, vermutete einer der SEK-Männer und alle beugten sich vor um besser sehen zu können. „Blöd – durch ihre schwarzen Kittel sind sie nur schwer auseinander zu halten. Wie viele sind es? Hatte nicht einer der Anrufer gesagt, es wären zehn auf jedem Schiff? Das scheinen mehr zu sein.“
„Die haben aufgefüllt“, erkannte Beller. „Die zehn Hasen vom dritten Schiff sind jetzt auch dabei. Also sind es jetzt wohl fünfzehn auf jedem Schiff.“

Irgendetwas störte Beller an dem Bild. Obwohl sie ein Video sahen, war kaum Bewegung zu erkennen. Warum lagen die Schiffe so dicht beieinander? Er konzentrierte sich auf die Seite an der die Schiffe sich zu berühren schienen.
„Da …", er sprang auf und ging zur Videowand. „Seht ihr das? Hier bewegt sich etwas. Es sieht aus, als würden nun auch die Passagiere von dem anderen Schiff auf das hier vorne rüberwechseln." Er kniff die Augen zusammen, obwohl er wusste, dass die Bildauflösung dadurch nicht besser wurde. „Passen überhaupt fünfzehnhundert Leute auf ein Schiff?"
Schorsch sah kurz in seine Unterlagen. „Auf die „Stuttgart" sicherlich. Die ist im regulären Betrieb schon für tausend Fahrgäste zugelassen. Ich vermute aber, dass locker die doppelte Anzahl Platz hat. Wird halt ein bisschen eng."
„Ich hätte gerne mal ein Infrarotbild", sagte Beller zu Kevin, der mit der Maus den Modus wechselte. In dieser Ansicht war das dritte Schiff noch mit im Bild, das aber keine Wärmesignaturen zeigte. Auf der „Stuttgart" hingegen leuchtete ein Punkt am anderen. Die Menschen schienen das ganze Schiff zu bedecken. Auf der „Schwaben" waren nur noch vereinzelt ein paar Punkte zu sehen, die sich langsam auf das Nachbarschiff zubewegten.
„Die schaffen wirklich alle auf ein Schiff", staunte Beller.
Hoffi nickte. „Die Frage ist nur: wozu?"

Brugger und Schmidt waren in gemütlichem Tempo zu der vereinbarten Stelle gefahren und stoppten die Maschinen, bevor sie das Boot auspendelten. Sie hatten den Schnorchel ausgefahren, über den

das Innere des Bootes mit Frischluft versorgt wurde, an dessen Spitze aber auch mehrere Antennen installiert waren, um den Funk- und Handykontakt aufrecht zu halten.
„Sind am Zielpunkt“, tippte Brugger knapp und drückte auf „Senden“.
„Machen wir die Torpedos klar“, sagte er zu Schmidt und zwinkerte ihm zu. Auch ihm war die Vorfreude anzumerken. Fröhlich pfeifend hob er den ersten Torpedo mit dem Flaschenzug aus seiner Halterung. Er war zweieinhalb Meter lang und wog rund eine halbe Tonne. Vorsichtig ließ er ihn auf den Schlitten sinken, der das Geschoss in das Torpedorohr einführte. Voller Stolz verriegelte Schmidt das Türchen und begann die gleiche Prozedur mit Torpedo Nummer zwei auf der gegenüberliegenden Seite. Außer dem Rasseln der Flaschenzugkette war nichts zu hören, nicht mal ein leises Quietschen oder Scharren. Das Boot war wirklich in einem perfekten Zustand.

Werner beobachtete, wie die letzten Passagiere von der „Schwaben“ herüberwechselten. Noch drei Minuten bis zum Ende des Countdowns. Perfekt. Er griff zum Mikrofon für die Bordsprechanlage.
„Liebe Fahrgäste, liebe Geiseln! Sie alle hatten nun genug Zeit, um zu telefonieren und sich in unsere Listen einzutragen. Ich denke, es ist an der Zeit Ihnen zu erklären, wie es weitergeht. Ihre Angehörigen beobachten jetzt sicher gespannt unsere Website auf der ein Countdown zu sehen ist. In gut zwei Minuten werde ich dort erklären, wie sie Sie freikaufen können. Wir haben uns wirklich Mühe gegeben ein simples Zahlungsverfahren einzurichten mit dem jeder klar kommt. Außerdem sind wir nicht gierig: wir werden nur zehn Bitcoin für

jede Geisel verlangen. Sind aus einer Familie mehrere Personen an Bord gibt es sogar ein Rabattsystem. Wichtig ist jedoch, dass wir die Zahlungen zuordnen können, und das geschieht anhand der Listen. Wer also gedacht hat, es sei besser sich nicht einzutragen, hat nun noch Gelegenheit dazu. Wer nicht auf der Liste ist, kommt nicht von Bord."

Zufrieden sah Werner wie noch ein paar Einzelne nach der Liste riefen und ihre Daten eintrugen.

Juri stand neben ihm auf der Brücke und konnte sich kaum beherrschen. Der Juckreiz war jetzt kaum mehr auszuhalten. Am liebsten hätte er sich das Hasenkostüm vom Leib gerissen und wäre in den See gesprungen. Er hatte keine Ahnung, wie er das noch einen ganzen Tag ertragen sollte. Während Werner sprach, ging er nach draußen und stellte sich an die Rückseite der Brücke. Hier war nur ein kleines Mädchen, das in den Armen seiner Mutter auf einem Handy herumspielte. Juri blickte sich noch einmal um, dann öffnete er den Reißverschluss bis zum Bauch und hielt den Kopf in die frische Abendbrise. Wie gut das tat. „Scheiß auf den Bart", knurrte er und rupfte die falschen Haare ab, in dem Glauben, dass die Maske des Kostüms sein Gesicht ausreichend verdecken würde. Er tastete seinen Hals ab und fühlte die pustelig aufgeworfene Haut. Scheiße. Die Kühle brachte etwas Linderung und er lächelte glücklich zu dem kleinen Mädchen.

Lena war erst fünf, doch wie die meisten ihrer Generation mit der Bedienung eines Handys bestens vertraut. Sie hatte Solitaire gespielt, bis der Mann mit seinem hässlichen Kostüm zu ihnen gekommen war. Anscheinend mochte er es selber nicht, denn er hatte sich die Mütze vom Kopf gerissen und dann auch noch den Bart abgerupft.

Lena fand das lustig. Mit zwei Tipps auf das Display wechselte sie in den Kameramodus des Handys, mit dem dritten Tipp machte sie ein Foto in perfekter Auflösung. Der Mann lächelte sogar. Lena freute sich und schickte das Bild per Whatsapp an ihren Vater, der an diesem Tag leider nicht dabei sein konnte.

10 – 9 – 8 – 7 – 6 – 5 – 4 – 3 – 2 – 1 – 0

„Willkommen zurück zum Schwarzen Seehas", moderierte Werner in die Kamera. „Zuerst möchte ich allen da draußen versichern, dass es den Geiseln gut geht. Leider gab es einen kleinen Zwischenfall bei dem ein Mann verletzt wurde – er befindet sich aber außer Lebensgefahr. Wir werden ihn natürlich freilassen – dazu später mehr." Er machte eine kurze Kunstpause und kam etwas näher an die Kamera. „Bevor wir zum geschäftlichen Teil kommen, möchte ich Ihnen aber noch etwas ganz Besonderes zeigen." Werner trat aus dem Bild und das Objektiv erfasste den Friedrichshafener Uferbereich, gerade als die ersten Raketen des Feuerwerks aufstiegen.

„Das ist doch ein Witz", maulte Beller. „Jetzt zeigen die uns das Feuerwerk." Sie hatten sich vor der Videowand versammelt, als der Countdown unter einer Minute angelangt war. Was sie nun sahen, war eine Enttäuschung.
„Ist es möglich, dass das Ganze am Ende doch nur ein schlechter Scherz ist?", murrte einer der SEK-Männer. „Schwarze Hasenkostüme, das Feuerwerk … was kommt als nächstes? Singen die ein Lied?"

Brugger und Schmidt waren auf Position. Als die ersten Raketen des Feuerwerks gezündet wurden, holten sie den Schnorchel ein und drehten die Pressluftventile der Torpedorohre auf. Brugger richtete das Periskop auf die „Lindau“ aus und fixierte das Fadenkreuz mittig auf dem Schiff. Die Entfernung betrug fünfzehnhundert Meter.

„Torpedo bereit“, meldete Schmidt von unten.

Brugger sah auf seine Instrumente. „Torpedo bereit und Ziel voraus.“

Schmidt hob den Daumen. „Bereit für Abschuss!“

Brugger klappte die Schutzkappe hoch und legte den Finger auf den Knopf.

„Feuer!“

Das ganze Schiff bebte, als der Torpedo herausschoss und sein Ziel anvisierte.

„Fisch im Wasser“, bestätigte Schmidt aufgeregt und kam auf die Brücke, um seinen Weg auf dem Monitor zu verfolgen. Ein grüner Balken stellte die „Lindau“ dar. Der Torpedo bewegte sich als kleiner grüner Punkt schnell darauf zu. Die meisten Torpedos seiner Zeit waren mit einem Suchmodus ausgestattet: nach Überbrückung der Sicherheitsdistanz fuhren sie Schleifen, bis sie auf ein Ziel trafen und detonierten. Die Kleinserie, der er entstammte, war hingegen für den frontalen Abschuss ausgelegt. Einmal auf den Weg gebracht, behielt er dank eines eingebauten Kreisels seine Richtung exakt bei, bis sein Kontaktzünder ausgelöst wurde. Die jahrzehntealte Technik arbeitete anfangs fehlerfrei, doch über die Jahre war durch den winzigen Riss in der Blattdichtung, entstanden durch Judith Cwiertnias Nachlässigkeit, Luft in den Torpedo eingedrungen und mit ihr auch Spuren

von Feuchtigkeit, die einen Kupferspan auf einer der Leiterplatten oxydiert hatte. Durch die Erschütterung beim Abschuss löste er sich und schloss zwei Leitungen kurz, die den Kreisel mit Strom versorgten. Ohne ihn war der Torpedo blind. Verwirrt lenkte er erst scharf nach links und kurz darauf wieder nach rechts.
„Oh oh", kommentierte Schmidt. „Da stimmt was nicht."
Brugger nickte. „Geh wieder runter. Ich denke wir brauchen den zweiten auch noch."
Während Schmidt den zweiten Torpedo vorbereitete, irrte der erste weiter umher. Er änderte ständig die Richtung und entfernte sich immer weiter von seinem eigentlichen Ziel. Dann kollidierte er mit einem Baumstamm. Der Eichenstamm war nach einem Unwetter im Frühjahr mit der Argen in den See gespült worden und trieb seitdem umher. Er hatte schon vorher einige Monate im Fluss gelegen und sich mit Wasser vollgesogen. Nun war er so schwer, dass er nicht mehr an der Wasseroberfläche trieb, sondern in knapp zwei Metern Tiefe mit der Strömung schwamm, weshalb er bei den Aufräumarbeiten übersehen worden war. Der Torpedo traf ihn in einem Winkel von fast fünfundvierzig Grad und wurde im gleichen Winkel abgelenkt. Durch den Aufprall fiel der Kupferspan von den Kabeln und der Kreisel nahm seinen Betrieb wieder auf. Sofort orientierte sich der Torpedo neu und setzte seine Fahrt in gerader Linie fort. Dreißig Sekunden später entschied die antiquierte Technik, dass der Sicherheitsabstand nun erreicht sei und machte den Zünder scharf. Bei seinem nächsten Kontakt würde er detonieren.

„Zweiter Torpedo bereit", rief Schmidt von unten.
Brugger nickte. „Torpedo bereit und Ziel voraus."
„Bereit für Abschuss!"

Brugger legte erneut den Finger auf den Knopf.
„Feuer!“
Wieder bebte das Schiff und Torpedo Nummer zwei machte sich auf den Weg. In gerader Linie steuerte er planmäßig auf die „Lindau“ zu.
„Diesmal passt es“, sagte Brugger zufrieden. „Entfernung zum Ziel … noch eintausend Meter.“
Für die insgesamt anderthalb Kilometer bis zur „Lindau“ benötigte der Torpedo nur knappe drei Minuten. Nachdem er achthundert Meter zurückgelegt hatte, aktivierte sich sein Kontaktzünder. Brugger und Schmidt starrten gebannt auf den kleinen Monitor, auf dem sich die beiden Punkte immer näher kamen.
Schmidt holte tief Luft. „Einschlag in zehn – neun – acht - …“

„Es freut mich, dass Sie nach wie vor in Feierlaune sind und nicht auf das Feuerwerk verzichtet haben“, meldete sich Werner im Stream zurück. Erneut schwenkte die Kamera und hielt nun auf die hell erleuchtete „Lindau“. „Und wir wollen einen kleinen Beitrag dazu leisten.“
Sekundenlang geschah gar nichts. Das Schiff schaukelte sanft auf den Wellen. An Bord war keine Menschenseele zu sehen. Plötzlich blitzte es am Rumpf des Schiffes auf und eine gewaltige Fontäne erhob sich aus dem Wasser. Als würde etwas Gewaltiges von unten gegen die „Lindau“ drücken, hob sich der Mittelteil, während Bug und Heck absackten. Rauch stieg auf, dann erloschen alle Lichter an Bord.

Die Explosion hatte ein riesiges Loch in die Bordwand gerissen und auch den Tank beschädigt. Diesel strömte in den Maschinenraum und umspülte die heißen Trümmer des Torpedoeinschlags. Die Hitze war trotz des einströmenden Wassers so hoch, dass der Treibstoff sofort verdampfte. Als das heiße Diesel-Luft-Gemisch die richtige Sättigung erreicht hatte, folgte die zweite Explosion.

Wortlos starrten die Polizisten auf die Übertragung. Von dem Schiff war in der Dunkelheit nicht mehr viel zu erkennen, nur die aufsteigenden Flammen hoben sich deutlich vor dem schwarzen Hintergrund ab. Sie beobachteten, wie das Schiff absackte und dann Schlagseite bekam. Es neigte sich immer weiter auf die Seite der Explosion, bis es ganz kippte und unterging.

„Haben die gerade wirklich die „Lindau“ versenkt?“, flüsterte Hoffi atemlos. „Wie ist sowas möglich?“

„Das frage ich mich auch“, meldete sich einer der SEK-Männer. „Ich bin Sprengstoffexperte. Für so eine Explosion braucht man eine ganze Menge Sprengstoff. Das passt nicht in eine Einkaufstasche. Wie haben die so eine Bombe an Bord bringen können? Gab es da keine Kontrollen?“

Betretenes Schweigen. Noch bevor jemand etwas sagen konnte, tönte Werners Stimme aus dem Lautsprecher.

„Ich denke, wir haben Sie nun überzeugt, dass wir es ernst meinen. Wir dachten, es könnte nicht schaden, wenn Sie wissen, wozu wir fähig sind. Keine Angst: die „Lindau“ war leer, niemand ist gestorben. Alle Passagiere und Besatzungen sind hier bei uns auf der „Stuttgart“, doch dieses Schiff erwartet das gleiche Schicksal wie die „Lindau“ … in genau …“, er sah auf die Uhr, „… in fünfundzwanzig Stunden und vier Minuten werden wir sie versenken. Dann ist auch die „Stuttgart" Geschichte und mit ihr jeder, der noch an Bord ist. Und damit kommen wir zum geschäftlichen Teil. Wer zu diesem Zeitpunkt noch hier ist, entscheiden Sie zu Hause: bezahlen Sie für Ihre Liebsten, dürfen diese auf die „Schwaben" wechseln und sind in Sicherheit, bezahlen Sie nicht, bleiben sie hier an Bord und gehen mit dem Schiff unter. Es liegt einzig und allein bei Ihnen. Das Ticket für die „Schwaben" kostet pro Person zehn Bitcoin, die Sie bis zum Ablauf der Frist auf unser Konto überweisen müssen. Sollten Sie mehrere Personen an Bord haben, so beträgt der Preis für die zweite Person fünf Bitcoin. Jede weitere Person sowie Kinder unter sechs Jahren sind kostenfrei."

Werner grinste breit unter seiner Hasenmaske. „Sie sehen: wir sind keine Unmenschen! Bezahlen Sie und niemandem passiert etwas. Versprochen! Und keine Angst: wir wissen, dass die meisten von Ihnen noch nie etwas mit Bitcoin zu tun hatten, daher haben wir ein einfaches Zahlungssystem eingerichtet, das Sie nach diesem Stream über unsere Website erreichen. Ich möchte Sie bitten, sich zu beeilen. Die Zeit läuft."

Es schien, als wollte Werner seine Ansprache beenden, doch er wandte sich noch einmal zur Kamera. „Fast hätte ich es vergessen: wir haben einen Verletzten, den wir freilassen werden, doch er braucht Hilfe, da eine Kugel in seiner Schulter steckt. An dieser Stelle gehen liebe Grüße an die Polizei in Friedrichshafen, die unseren kleinen Stream sicher mitverfolgt. Folgendes erwarten wir von Ihnen: schicken Sie uns einen Arzt … wir haben uns für Dr. Abramov vom Städtischen Krankenhaus in Friedrichshafen entschieden. Wir wissen, wie der Mann aussieht - also bitte keine Tricks. Er darf so viel Material mitbringen, wie er tragen kann. Er wird mit dem Katamaran

„Fridolin" zu uns rausfahren. An Bord des Katamarans darf nur der Kapitän sein, den wir ebenfalls kennen, und der Arzt. Wir versprechen, dass beiden nichts passiert und sie auch kein Lösegeld bezahlen müssen. Wir erwarten den Katamaran am Vormittag um zehn Uhr. So haben Sie genug Zeit, um alles zu organisieren. Nun denn: das war's von meiner Seite … und ganz ehrlich … Ihre Seite interessiert mich nicht."

Das Videofenster wurde schwarz. An seiner Stelle zählte nun ein neuer Countdown herunter. 24:58:41.

Hoffi war leichenblass. „Das Fest räumen! Sofort!", zischte er. „Meier – Rabe … ihr klärt das mit dem Festkomitee. Wenn irgendjemand was dagegen hat, nehmt ihn fest." Er wandte sich an das Sondereinsatzkommando. „Ihr geht runter an die Uferpromenade und schickt die Leute heim. Nutzt die Lautsprecher für entsprechende Durchsagen. Ein paar Besoffene werden nicht so begeistert sein, aber schickt sie trotzdem weg. Wer Widerstand leistet, wird festgenommen."

„Soll ich die Bereitschaftspolizei informieren?", meldete sich Schorsch. „Ich denke, wir können jetzt jeden Mann brauchen."

Hoffi nickte bestimmt. „Mach das. Und: du sagtest, die Schweizer hätten Militärboote im See? Erkundige dich, wie viele und bitte um Amtshilfe. Ich hätte die Boote gerne hier. Wo steckt Kevin?"

„Hier", meldete sich der junge Polizist, der während des Streams die Bilder vom Zeppelin auf einem Rechner im Nachbarbüro beobachtet hatte. „Wir haben die Explosion leider nur ganz am Bildrand drauf. Die Kameras waren auf die Schiffe mit den Passagieren ausgerichtet. Mehr als den Stream werden wir nicht kriegen."

Hoffi nickte. „Und dann hätte ich noch gerne gewusst, was es mit dem Lösegeld auf sich hat. Zehn Bitcoin?"
„Das ist eine dieser neuen Kryptowährungen", erklärte Neuer. „Das ist für uns leider nicht gut, denn da ist keine Bank im Spiel. Alles schwierig nachzuverfolgen. Vielleicht auch gar nicht."
„Und über was für eine Summe reden wir?", fragte Hoffi in die Runde. „Zehn Bitcoin klingt nach wenig … was ist das in Euro?"
Kevin tippte wild auf sein Handy ein und hielt es dann hoch. „Der Kurs ändert sich ständig. Aktuell beträgt der Preis für ein Bitcoin knapp neuntausendachthundert Euro …"
Beller rundete auf zehntausend auf um leichter rechnen zu können. „Dann beträgt das Lösegeld pro Geisel fast hunderttausend Euro …"
Hoffi hatte schon weiter gerechnet. „…und bei fünfzehnhundert Geiseln kommen einhundertfünfzig Millionen zusammen."
„Das ist Wahnsinn", stammelte Beller. Eine solche Lösegeldsumme hatte es seines Wissens noch nie gegeben. Einhundertfünfzig Millionen, vielleicht etwas weniger, wenn nicht alle bezahlten. Und trotzdem konnte das funktionieren, da die Summe für jeden Einzelnen mit rund hunderttausend erschwinglich war.
„Okay. Dann alle los", befahl Hoffi. „Kevin, du bleibst hier und beobachtest, was sich auf der Website tut. Beller – zu mir ins Büro."

Der Torpedo hielt seinen Kurs. Jetzt da sein Kreisel wieder funktionierte fuhr er stur geradeaus, doch er fand einfach kein Ziel. Er war nun schon vier Kilometer weit gekommen und noch immer drehte sich seine kleine Messingschraube mit Maximalgeschwindigkeit. Nach dem Zusammenstoß mit dem Baumstamm hatte er den Ostkurs beibehalten und steuerte auf das Langenargener Ufer zu. Er legte weitere fünfhundert Meter zurück, bevor die Spannung seiner Akkus allmählich absackte. Ihre Kapazität war erschöpft. Der Torpedo wurde langsamer, doch dadurch nicht ungefährlicher: sein Kontaktzünder war immer noch scharf und benötigte keinen Strom, um ausgelöst zu werden. Wegen der niedrigen Geschwindigkeit trieb er etwas auf und glitt nun nur fünfzig Zentimeter unter der Wasseroberfläche dahin. Als seine Schraube fast zum Stillstand kam, fand er endlich ein Ziel. Der Kontakt löste sofort die Explosion aus.

„Es gab eine weitere Explosion", rief Kevin über den Flur hinweg.
„Was?", kreischte Hoffi. „Noch ein Schiff?"
„Negativ. Und es war auch nicht in Friedrichshafen. Warte kurz – ich habe den Kollegen noch am Apparat."
Zwei Minuten später hatte Kevin das Gespräch beendet und kam mit seinen Notizen in Hoffis Büro.
„Die zweite Bombe ist in Langenargen hochgegangen. Sie ist direkt vor dem Schloss Montfort explodiert und hat einen Teil der Uferpromenade weggesprengt. Wie durch ein Wunder wurde niemand verletzt, obwohl viele Menschen da waren."
Hoffi war blass geworden. Noch blasser. „Kann das zusammenhängen?"
Kevin zuckte mit den Schultern. „Der Kollege meinte, es wäre sonst alles wie immer. Also niemand mit Waffen oder schwarzen Hasenkostümen. Ich habe extra nachgefragt. Nur dass jetzt halt ein drei Meter breites Loch in der Ufermauer ist."
„Wir sollten uns das trotzdem ansehen." Hoffi ging in den Bespre-

chungsraum, wo sich das SEK gerade besprach.
„Es gab eine weitere Explosion. In Langenargen. Es scheint keinen Zusammenhang zu geben, aber ich möchte trotzdem, dass sich das jemand von uns anschaut. Wer war der Sprengstoffexperte?“ Der junge Mann hob die Hand. „Nehmen Sie zwei Kollegen mit und schauen sie sich die Stelle an. Versuchen Sie herauszufinden, was die Explosion ausgelöst hat und ob das irgendwas mit unserer Geiselnahme zu tun hat.“
Der junge Mann nickte nur und sprach zwei seiner Kollegen an, mit denen er kurz darauf das Zimmer verließ.

„War wirklich niemand mehr auf dem Schiff“, fragte Barnsteiner, erntete jedoch nur ein Schulterzucken. Brugger und Schmidt waren nach dem Abschuss sofort zurückgefahren und saßen nun erschöpft mit einem Bier auf dem Sofa.
„Durch das Periskop habe ich niemand gesehen und das Schiff war hell beleuchtet. Die gesamte Bordbeleuchtung war an. Wäre jemand da gewesen, hätte ich es bemerkt.“
„Wenigstens das“, grummelte Barnsteiner. Er hatte auf einen Nachrichtensender gewechselt, aber den Ton abgestellt. Auf dem riesigen Fernseher lief immer wieder der Moment der Explosion. „Explosion bei Seehasenfest in Friedrichshafen“, wurde in einem roten Balken untertitelt. „Terroranschlag oder Unfall?“
„Keins von beidem“, lächelte Schmidt. „Schiffeversenken für Erwachsene.“ Er hatte immer noch Adrenalin im Blut und fühlte sich unbesiegbar. Es war ein unbeschreiblicher Moment gewesen, als sie den Torpedo abgefeuert hatten. Die Druckwelle der anschließenden

Detonation hatten sie selbst auf die große Distanz noch gespürt.
„Was wird eigentlich aus dem ersten Torpedo?“, wollte Barnsteiner wissen. „Ist er noch scharf?“
Brugger machte eine Grimasse. „Denke schon, dass er noch scharf ist, aber mit ein bisschen Glück geht ihm der Saft aus, bevor er ein Ziel findet und sinkt einfach auf den Grund ab.“
„Und ohne Glück?“
„… findet er etwas, das er in die Luft sprengt. Aber ich denke die Chancen dafür stehen nicht gut“, irrte sich Brugger und wandte sich wieder dem Fernseher zu.
„Ich will es nochmal sehen“, bat er und Barnsteiner schaltete den Fernseher zurück auf die Website, wo er den Stream anklickte, der immer noch auf Abruf zur Verfügung stand.

„Wir können doch nicht nur rumsitzen“, schimpfte Hoffi und fuhr sich durch die Haare. „Die versenken ein Schiff, haben tausendfünfhundert Geiseln … und wir tun nichts.“
Diese Situation war auch für Beller neu. In all seinen bisherigen Fällen hatten die Geiselnehmer früher oder später mit der Polizei Kontakt aufgenommen. Es ging entweder ums Lösegeld oder die Flucht. Meist um beides. In diesem Fall wurde das Lösegeld von den Verwandten direkt an die Geiselnehmer bezahlt, diesbezüglich würden sie sich also nicht melden.
„Ich frage mich, wie sie von dem Schiff verschwinden wollen …“, sinnierte Beller. „Egal mit was sie fliehen … Hubschrauber, Schnellboot … von mir aus auch mit einem Heißluftballon … wir erwischen sie. So wie ihr Standort draußen auf dem See im Moment ihr Vorteil

ist, weil wir nicht an sie herankommen, ist er für die Flucht von Nachteil, weil auch wir alles sehen können."
„Und wenn sie ein paar Geiseln mitnehmen und sich dann irgendwie durchschlagen?", überlegte Hoffi. Düstere Bilder eines blutigen Showdowns liefen in seinem Kopf ab.
„Das glaube ich nicht. Obwohl ich die ganze Geiselnahme für absolut wahnwitzig halte, bin ich mir sicher, dass wir es mit einer extrem cleveren Gruppe zu tun haben, die alles bis ins Detail geplant hat. Allein die Vorbereitungen für den Flashmob, die falsche Website des Künstlers, die Bomben an Bord der Schiffe, müssen Monate, wenn nicht Jahre gedauert haben. Deshalb bin ich überzeugt, dass sie auch die Flucht perfekt durchdacht haben. Wir haben nur noch keine Ahnung, wie sie es anstellen werden."
Die Tür wurde aufgerissen. „Das müsst ihr euch ansehen", rief Kevin atemlos. „Das Zahlungsportal ist online."

Der Mann rieb sich die Hände und verfolgte die Zahlungseingänge. Noch waren es erst siebzehn, doch ständig kamen neue hinzu. Das Bezahlsystem war das Herzstück ihrer Aktion. Unter dem Vorwand einen Onlinestore einrichten zu wollen, hatte er die Programmierung an eine Firma in Indien vergeben. Ohne weitere Fragen hatte das junge Unternehmen in nur drei Monaten die komplette Plattform nach seinen Vorgaben erstellt. Es war so einfach wie eine Bestellung bei Amazon. Wer auf den Butten „Jetzt bezahlen" klickte, gelangte auf das Portal eines Bitcoin-Händlers. Name, Kontonummer und Betreff wurden abgefragt und auch der Betrag, der nach einer weiteren Bestätigung sofort auf ihrem Konto gutgeschrieben wurde. Das

Konto befand sich bei einer Bank auf den Cayman Islands und gehörte einer Firma, die nichts weiter als eine Postadresse auf den Inseln hatte und eben ein Bankkonto. Wer wirklich dahintersteckte, war nur schwer herauszufinden, vor allem nicht in so kurzer Zeit. Bis die Polizei den Weg des Geldes nachvollziehen konnte, wären sie damit schon längst über alle Berge.
Dreiundvierzig Überweisungen. Das System listete die Namen der Geiseln, die in der Betreffzeile angegeben waren, für alle sichtbar auf der Website auf.

„Die bezahlen", staunte Hoffi und sah wie die Liste immer länger wurde. Gerade kam die dreiundneunzigste Überweisung hinzu: „10 Bitcoin für Gerd Magino – vielen Dank für Ihre Überweisung!"
„Das klingt ja als hätte man ein paar Schuhe bezahlt", knurrte Beller. In der Liste erschien die Bestätigung für die fünfzigste Überweisungen.
„Tun wir doch mal so, als wollten wir auch bezahlen. Ich will wissen, wie das funktioniert. Klick mal auf „Jetzt bezahlen"", forderte er Kevin auf.
Kevin tat wie ihm geheißen. Sofort öffnete sich das Fenster einer Bitcoin-Trading-Plattform und forderte zur Eingabe der Kontonummer auf. Darunter musste man angeben, wieviel Bitcoin man kaufen wollte und den Betreff eingeben. Der Empfänger war mit „Schwarzer Seehas" schon vorgegeben und grau hinterlegt. Er ließ sich nicht anklicken.
„Ist das wirklich so einfach?", staunte Beller. „Jetzt sind es siebenundfünfzig Überweisungen … wer hat denn hunderttausend

Euro rumliegen?“

„Anscheinend mehr Leute, als wir uns vorstellen können“, sagte Hoffi resigniert. „Und sie bezahlen lieber, da sie von uns nichts hören und sehen. Wir müssen unbedingt eine Pressekonferenz einberufen. Ist Conny schon da?“, fragte er in Schorschs Richtung und meinte damit ihre Pressesprecherin.

„Ist vor fünf Minuten gekommen“, bestätigte Schorsch. Er zog etwas den Hals ein und sprach leise weiter. „Sie ist gar nicht glücklich darüber, dass du sie aus dem Urlaub herbeordert hast. Ich würde ihr lieber aus dem Weg gehen.“

„Das mache ich“, versprach Hoffi, „denn du übernimmst das Briefing. Bring sie auf den aktuellen Stand.“

Nur durch Zufall hatte der Mann am Abend die Meldung im Lokalradio gehört. Er war etwas enttäuscht, dass die Medien ihrer Aktion bisher so wenig Aufmerksamkeit schenkten, doch das hatte sich mit der Explosion auf der „Lindau“ geändert. Er hatte N-TV eingeschaltet und verfolgte die Berichterstattung. Ein roter Balken lief am unteren Bildrand durch: „Explosion bei Seehasenfest in Friedrichshafen – Terroranschlag oder Unfall?“

Der Mann grinste. „Ihr habt ja keine Ahnung.“ Er wusste, dass auch die Polizei im Dunkeln tappte, daher freute er sich auf die Pressekonferenz, die vor wenigen Minuten angekündigt worden war. Er ging davon aus, dass mittlerweile ein Sondereinsatzkommando vor Ort war, allerdings vermisste er die Luftaufklärung. Keiner seiner Leute hatte bisher einen Hubschrauber gemeldet. Brachte die Polizei nicht mal das auf die Reihe?

Zwei Uhr fünfzig. Der Moderator schaltete live nach Friedrichshafen zur Pressekonferenz. Eine blonde Frau mittleren Alters trat ans Rednerpult und legte ihre Notizen ab.

„Guten Abend, meine Damen und Herren. Es sind traurige Umstände, trotzdem begrüße ich Sie herzlich zu dieser Pressekonferenz. Es freut mich, dass so viele von Ihnen erschienen sind, vor allem zu dieser ungewöhnlichen Uhrzeit, doch wir wollten Sie so schnell wie möglich auf den aktuellen Stand bringen."

Da bin ich ja mal gespannt, dachte der Mann grinsend. Was erzählt man, wenn man keine Ahnung hat? Im Grunde konnte die Frau nur erzählen, was im Stream gelaufen war. Andere Informationen hatte sie nicht.

„Am frühen Samstagnachmittag hat eine Gruppe bewaffneter Geiselnehmer die drei Schiffe, die den Seehas einholen sollten, in ihre Gewalt gebracht. Nach unserem Erkenntnisstand gelangten die Täter an Bord, indem sie vortäuschten, einen Flashmob mit Namen „Schwarzer Seehas" zu veranstalten. Dieser Flashmob war im Vorfeld vom Festkomitee genehmigt worden. Wir gehen davon aus, dass es über dreißig bewaffnete Geiselnehmer sind. In den darauffolgenden Stunden haben sie alle Passagiere der drei Schiffe auf die „Stuttgart" verbracht. An Bord befinden sich nun ungefähr tausendfünfhundert Personen. Kurz vor dreiundzwanzig Uhr zündeten die Geiselnehmer an Bord der „Lindau" eine Bombe und versenkten das Schiff, auf dem sich zu diesem Zeitpunkt niemand mehr befand. Sie drohen nun damit, auch die „Stuttgart" zu versenken mit allen an Bord, für die kein Lösegeld bezahlt wird. In ihrem Livestream haben die Geiselnehmer zehn Bitcoin für jede Geisel gefordert. Das ent-

spricht rund einhunderttausend Euro."
Ein Raunen ging durch die Reihen der Reporter, während die Pressesprecherin an ihrem Wasserglas nippte.
„Im Zuge der Geiselnahme kam es bisher zu einem Toten und einem Verletzten. Bedauerlicherweise haben die Täter den Seehas erschossen. Später haben sie, nach eigenen Angaben, einen weiteren Mann angeschossen. Unseres Wissens nach gibt es keine weiteren Verletzten. Ansonsten verhalten sich die Geiselnehmer ruhig. Die schwarzen Seehasen blieben bislang auf ihrer Position am Bug der Schiffe und lassen die Geiseln in Ruhe. Nun ihre Fragen bitte!"
Ein junger Mann mit Notizblock und Kamera meldete sich. „Harald Ruppert von der Schwäbischen Zeitung – Habe ich richtig gerechnet: wir reden hier über ein Lösegeld von insgesamt einhundertfünfzig Millionen Euro?"
Die Pressesprecherin nickte. „Wenn für alle Geiseln bezahlt wird, ist das die Gesamtsumme."
„Bernhard Vetter, Deutsche Presseagentur", meldete sich der nächste Reporter. „Haben Sie Kontakt zu den Geiselnehmern?"
„Bisher haben die Täter noch keinen Kontakt mit der Polizei aufgenommen. Alle Informationen stammen aus deren Lifestream."
„Aber wie wollen sie dann mit den Geiselnehmern verhandeln?", hakte der Reporter nach.
„Das ist einer der Punkte, die an oberster Stelle stehen. Wir arbeiten daran. Die örtliche Polizei wird dabei durch ein Sondereinsatzkommando verstärkt, das für solche Fälle ausgebildet ist."
„Sara Brendle für die Bildzeitung – sehen Sie eine Möglichkeit die Geiseln zu befreien?"
Die Pressesprecherin nippte erneut an ihrem Glas, diesmal um Zeit

zu gewinnen.
„Natürlich prüfen wir alle Möglichkeiten, aber ich bitte um Ihr Verständnis, dass wir über die Planungen zu diesem Zeitpunkt keine Auskunft geben können.“
Der Reporter der DPA meldete sich noch einmal. „Stimmt es, dass es eine zweite Explosion am Seeufer gab?“
Conny nickte. „Ja. In Langenargen wurde ein Teil der Uferanlage weggesprengt. Ob und wie das mit unserer Geiselnahme zusammenhängt, können wir aber nicht sagen. Ein Sprengstoffexperte vom Sondereinsatzkommando ist vor Ort und kümmert sich darum. Sobald wir mehr wissen, erfahren Sie es.“

Es folgten noch einige Fragen, die von der Pressesprecherin wie erwartet ausweichend beantwortet wurden. Der Mann machte den Ton leiser und lehnte sich zufrieden zurück. Die Polizei wusste genau das, was sie wissen sollte. Für zusätzliche Verwirrung sorgte die zweite Explosion des abtrünnigen Torpedos. Besser hätte es gar nicht laufen können. Die Polizei hatte nun noch eine zweite Baustelle zu beackern. Herrlich. Nur eins irritierte ihn: woher wussten sie, dass die Schwarzen Hasen am Bug geblieben waren? Der Stream war längst abgeschaltet. Das war kein Problem, doch er fragte sich, woher sie diese Information hatten. Natürlich hätten einige der Geiseln bei ihren Telefonaten davon erzählen können, doch er vermutete etwas anderes. Bisher war kein Hubschrauber aufgetaucht, aber vielleicht hatte die Polizei eine andere Art von Luftüberwachung. Eine Drohne?

Er holte sein Handy aus der Tasche und tippte: „Es gibt Luftüberwachung. Halt die Augen offen!“

Werner hatte mit Juri die erste Wache übernommen. David und Jürgen hatten sich in dem kleinen Raum, in dem sie die Kostüme gelagert hatten, eingeschlossen und versuchten etwas zu schlafen. Auch Werner war müde. Seine Augen brannten und es fiel ihm schwer sich zu konzentrieren. Das Brummen seines Handys ließ ihn zusammenzucken.

„Es gibt Luftüberwachung. Halt die Augen offen!“

Keine überraschende Neuigkeit. Er hatte immer wieder den Himmel nach Hubschraubern abgesucht, aber nichts entdeckt.

„Halt mal kurz die Stellung“, befahl er Juri und verließ die Brücke. Eine laue Brise wehte ihm entgegen. Er schätzte die Temperatur auf immer noch gut über zwanzig Grad. Das schwarze Hasenkostüm war inzwischen schweißdurchtränkt und müffelte unangenehm. Was hätte er jetzt für eine kalte Dusche gegeben.

Er hob den Blick und betrachtete den wolkenlosen Himmel. Die Sterne leuchteten extrem hell, da sie nicht vom Mond überstrahlt wurden, der als hauchdünne Sichel am östlichen Horizont stand. Seine astronomischen Kenntnisse hielten sich in Grenzen, trotzdem versuchte er die wenigen Sternbilder zu identifizieren, die er kannte. Der große Wagen war einer davon. Werner fragte sich, woher die Sternbilder ihre Namen hatten. Wie ein Wagen sahen die leicht flackernden Lichter nun wirklich nicht aus. Nur mit viel Fantasie konnte man eine Deichsel und vier Räder erkennen. Und jetzt war auch noch ein Rad plötzlich ausgegangen.

Werner schüttelte den Kopf und schaute genauer hin. Tatsächlich: einer der Sterne war verschwunden. Er ging zurück auf die Brücke und holte ein Fernglas. Durch die starke Vergrößerung war es schwierig das Sternbild auszumachen. Als er es endlich fand, drehte er ein wenig an dem kleinen Rädchen in der Mitte des Fernglases um die Schärfe zu verbessern. Das vierte Rad des großen Wagens fehlte immer noch, doch nun erkannte er, dass es verdeckt wurde. Wieder korrigierte er die Schärfe bis er ein Objekt wahrnahm, das sich ganz schwach vom Hintergrund abhob. Die klaren Ränder sprachen gegen eine verirrte Wolke und auch die Form war nicht auf ein Wetterphänomen zurückzuführen. Er brauchte ein paar Sekunden bis er erkannte, was da oben über ihnen schwebte. Er entsperrte sein Handy und tippte nur ein Wort: „Zeppelin“

Die Liste der Zahlungseingänge wurde immer länger. Gerade war Nummer siebenhundertvierzehn auf dem Bildschirm erschienen: „10 Bitcoin für Andy Fehrmann – vielen Dank für Ihre Überweisung!“. Doch die Überweisungen kamen nun schleppender.
„Das war zu erwarten“, sagte Beller. „Die ersten waren die, die schnell an hunderttausend Euro herankommen konnten. Jetzt kommen die, die das Geld erst auftreiben mussten. Wahrscheinlich wurden heute Nacht einige Banker aus dem Bett geklingelt.“
Hoffi nickte. „Und am Ende bleiben ein paar übrig, die das Geld nicht zusammenbekommen haben. Meinst du die sprengen die „Stuttgart“ und die übrigen Geiseln wirklich in die Luft?“
Beller zuckte mit den Schultern. „Zutrauen würde ich es ihnen. Die haben den Hasen erschossen, einen Mann angeschossen und ein

Schiff in die Luft gesprengt. Ich glaube, die sind zu allem bereit."
Hoffi wurde schlecht bei dem Gedanken. Er sah auf die Uhr. „Kurz vor vier. Wir sollten mal eine Pause machen. Im Moment tut sich eh nicht viel."
Er sah sich im Konferenzraum um, dessen Boden mit den schlafenden SEKlern bedeckt war. Einige schnarchten lautstark. Schorsch, Meier und Rabe hatte er schon vor einer Stunde nach Hause geschickt, Kevin und Neuer beobachteten weiterhin die Website und die Bilder, die der Zeppelin schickte.
Hoffi legte Kevin eine Hand auf die Schulter. „Wie sieht's aus?"
Der junge Mann streckte sich und rieb die Augen. „Alles ruhig im Moment. Wenn sie wirklich die Geiseln gehen lassen wollen, für die bezahlt wurde, haben sie noch nicht damit angefangen."
Hoffi betrachtete das Infrarotbild auf dem die hellen Punkte ruhig nebeneinander lagen. Wahrscheinlich schlafen die meisten, überlegte er. „Du solltest auch mal ne Pause machen."
Kevin schüttelte den Kopf. „Ich halte die Stellung." Er zeigte auf ein paar Dosen Energydrink. „Damit halte ich noch eine Weile durch."
„Okay. Aber du verschwindest jetzt ins Bett", befahl er Meier. „Wir treffen uns um neun Uhr wieder hier. Schau, dass du etwas Schlaf abbekommst."
Meier nickte müde und verließ ohne ein Wort den Raum.
„Kevin, wenn sich irgendwas tut, rufst du mich an. Du hast meine Handynummer. Ich verschwinde auch."
Kevin reckte einen Daumen hoch und widmete sich wieder seinem Monitor.
„Und du gehst ebenfalls ins Bett", sagte er zu Beller. „Das ist ein Befehl!"

Beller grinste schwach. „Du weißt schon, dass ich im Rang über dir stehe?“
Hoffi grinste zurück. „Dann nimm es einfach als freundschaftlichen Rat. Ich kann keinen total übermüdeten Profiler brauchen. Sei um neun wieder hier.“
Hoffis Handy brummte. Er sah kurz auf das Display und seufzte.
„Probleme?“, fragte Beller.
„Ich hoffe nicht. Meine Frau fragt, wann ich heimkomme. Sie liegt nicht gern allein im Bett. Und ...“. Er beschloss nicht weiterzusprechen.
„Und was?“, hakte Beller nach.
„Ach – es geht um Biggi. Kurz bevor ich sie gestern am Hafen stehen gelassen habe, hat sie mir erzählt, dass sie wieder jemanden kennengelernt hat.“
Beller wurde übel. „Und? Wo ist das Problem?“, fragte er vorsichtig.
„Ich mache mir einfach Sorgen. Das Problem ist Biggis Männergeschmack. Sie steht irgendwie auf reifere Typen. Stell dir vor: ihr letzter Freund war schon dreißig. Sie war da gerade neunzehn. Ich bin gespannt, was für einen alten Sack sie diesmal anschleppt.“ Er lachte, als hätte er einen Scherz gemacht, doch Beller spürte, dass es ihm ernst war.
„Wird schon nicht so schlimm sein“, sagte er halbherzig. „Ich drück dir die Daumen. Aber jetzt mach ich mich auf den Weg. Bis später!“

Im Auto nahm Beller sein Handy heraus. „3 neue Nachrichten“. Alle drei waren von Biggi.
„Na super“, seufzte er und las die Erste.

„Fest ist abgesagt! Hätte Zeit und Lust. Vor allem Lust … du auch?"
Die zweite Nachricht.
„Hey – melde dich mal! Oder hast du was Besseres zu tun?"
Die dritte Nachricht war vor einer guten Stunde eingegangen: „Vermisse dich. Melde dich, wenn du Zeit hast."
Er verzichtete auf eine Antwort und startete den Wagen. Im Navy wählte er den Punkt „Letzte Fahrziele" und tippte auf die Adresse seiner Ferienwohnung. Im Dunkeln hätte er nie dorthin gefunden.

Er parkte direkt vor der Tür und sah zu seiner Wohnung hinauf. Mist. Er hatte wohl vergessen, das Licht im Wohnzimmer auszuschalten.
„Schönen guten Morgen", sagte eine Stimme aus dem Dunkeln.
Beller erschrak zu Tode und wirbelte herum. Vor ihm stand ein Mann mit einem seltsamen Handkarren und einem wuscheligen Hund an seiner Seite.
„Entschuldigung, ich wollte sie nicht erschrecken", sagte der Mann freundlich.
Bellers Puls beruhigte sich langsam wieder und er versuchte sich nichts anmerken zu lassen. „Was machen Sie denn hier um diese Uhrzeit??"
„Meinen Job. Ich trage die Zeitungen in dieser Gegend aus. Ich bin Walter." Sie schüttelten sich kurz die Hand. „Ich bin Beller."
„Einfach Beller?"
„Einfach Beller!"
„Na dann – einfach Beller – was machst du denn um diese Zeit noch?"
Beller überlegte kurz, ob er dem Mann irgendeine Lügengeschichte erzählen sollte, war aber zu müde dafür. „Ich bin bei der Kripo in

Friedrichshafen. War ein stressiger Tag."
„Verstehe", antwortete der Zeitungsausträger und hielt ihm eine aktuelle Ausgabe hin. Auf der Titelseite prangte ein Farbfoto der Explosion. „Ist es wirklich so schlimm?"
„Hmm. Ist es wohl. Aber ich muss jetzt ins Bett. Der nächste Tag wird sicher auch nicht besser. Also gute Nacht, Walter und … wie heißt er denn?" Beller zeigte auf den Hund.
„Das ist Balu. Mein Wolfsspitz. Er passt auf mich auf."
„Das ist gut so. Gute Nacht, Walter – gute Nacht, Balu." Beller wuschelte dem Tier zum Abschied einmal durchs Fell und ging ins Haus.
Er bemerkte sofort, dass nicht *er* das Licht angelassen hatte. Von der Eingangstür zog sich eine Spur von Kleidungsstücken durch die Wohnung bis hin zum Schlafzimmer, dessen Tür offenstand. Zwei Cowboystiefel, dünne Socken, Jeans, T-Shirt, String-Tanga, BH. Er folgte der Spur wie bei einer Schnitzeljagd und fand Biggi nackt auf seinem Bett liegend. Wegen der Hitze hatte sie die Decke nach unten geschoben und lag mit ausgestreckten Armen quer auf der Matratze. Beller konnte nicht anders, als sie anzustarren. Er sehnte sich danach, sie zu berühren. Leise zog er sich aus und setzte sich neben sie aufs Bett.
„Was mache ich hier nur?", fragte er sich leise und strich mit einer Hand über Biggis Rücken bis hinunter zum Po. Sie ist die Tochter eines Kollegen – eines sehr netten Kollegen. Und: sie ist erst zweiundzwanzig. Oh mein Gott! Er hatte ihr sein Alter nicht verheimlicht, was für sie kein Problem gewesen war. Hatte *er* ein Problem mit *ihrem* Alter? Zweiundzwanzig. Fast noch ein Kind! Aber: ein sehr hübsches Kind - er dachte an ihre gemeinsame Nacht - und ein Kind,

das sehr genau wusste, was es wollte.
„Mach weiter“, flüsterte Biggi verschlafen. Unbewusst hatte Beller begonnen ihren Po zu kneten, der sich stramm in seine Hand schmiegte. Er zuckte zurück.
„Was machst du denn hier?“, fragte er leise.
„Ich habe auf dich gewartet“, antwortete sie lächelnd und drehte sich auf den Rücken.
Bellers Blick verweilte auf ihren Brüsten und wanderte dann langsam abwärts zwischen ihre Beine.
„Aber warum?“, fragte er.
„Na – du hast geschrieben, wir müssten reden … also: wenn du möchtest, reden wir.“
Beller legte sich neben sie und nahm sie in den Arm. „Hmm … weißt du … also … ich denke, wir dürfen das nicht tun.“
„Was nicht tun?“
„Na – zusammensein!“
Biggi sah ihn traurig an. „Und wie kommst du darauf? Gefalle ich dir nicht?“
Beller wusste nicht, was er sagen sollte. „Oh doch … natürlich … ich finde dich toll … es ist … naja … weil …“
„… weil du mit meinem Dad zusammenarbeitest?“, unterbrach sie ihn und sah ihn herausfordernd an.
„Du weißt, wer ich bin?“ Beller war geschockt.
„Natürlich. Mein Dad hat mir von einem Kollegen aus Berlin erzählt. Ein gewisser Beller. Wieviele Bellers gibt es wohl in der Stadt? Außerdem habe ich einen Riecher für Polizisten: wenn dein eigener Vater einer ist, witterst du das auf hundert Meter.“
„Aber du bist erst zweiundzwanzig … das hättest du mir sagen müs-

sen."
Biggi küsste ihn auf den Hals. „Hat es dir denn neulich nicht gefallen?"
Beller zog sich etwas zurück. „Doch schon … aber da dachte ich auch noch, du bist älter."
„Was macht das schon? Ich bin immer noch die Gleiche und ich glaube, du stehst auch noch auf mich!" Sie griff sachte in seinen Schritt und spürte seine Erregung.
„Verdammt Biggi …", setzte Beller an, doch sie ließ ihn nicht ausreden.
„Pscht …, lass uns das ein andermal klären", bat sie und kletterte auf ihn.
Sie liebten sich stürmisch und kamen schnell zu einem gemeinsamen Ende. Danach verließ Biggi das Schlafzimmer um ein Glas Wasser zu trinken, als sie zurückkam, schlief Beller tief und fest.

Als Beller wach geworden war, war Biggi nicht mehr da gewesen. Er hatte schnell geduscht und auf das Frühstück verzichtet. Sicher würde Schorsch etwas mitbringen. Selbstbewusst hatte er auf das antike Navi verzichtet und war bis nach Friedrichshafen gekommen. Dort hatte er an einem Kreisverkehr zielsicher die falsche Ausfahrt erwischt und war auf einer langen Geraden Richtung Lindau gefahren. Als er während der Fahrt endlich das Navi mit der richtigen Adresse versorgt hatte, beschwerte sich die monotone Frauenstimme: „Wenn möglich, bitte wenden!" Erst drei Kilometer weiter hatte er eine Gelegenheit gefunden umzudrehen und erschien mit einer Viertelstunde Verspätung im Besprechungsraum.

„Schön, dass du es einrichten konntest", begrüßte ihn Hoffi sarkastisch. Offensichtlich hatte er auf ihn gewartet. Alle anderen saßen schon auf ihren Stühlen und warfen ihm vereinzelt genervte Blicke zu.
„In der Nacht hat sich nicht viel getan", begann Hoffi die Lagebesprechung. „Nach wie vor gehen Zahlungen ein, aber es läuft jetzt wesentlich langsamer."
Beller sah zur Videowand: eintausenddreiundvierzig.
„Es gibt keine neuen Nachrichten oder Videos von den Geiselnehmern, auch die Aufnahmen vom Zeppelin zeigen keine Veränderungen." Er nickte Kevin zu, der mit geröteten Augen aufstand.
„In der Nacht war alles ruhig. Trotz der Zahlungen, die eingegangen sind, wurden noch keine Geiseln auf das andere Schiff gelassen. Es befinden sich immer noch alle auf der „Stuttgart""
Hoffi nickte. „Danke Kevin. Schorschi – wie sieht es mit den Schweizern aus?"
„Ich hatte noch heute Nacht um Amtshilfe gebeten", erklärte Schorsch, blieb aber sitzen. „Tatsächlich haben sie im Moment zwei ihrer Patrouillenboote hier im Bodensee. Sie sind schon auf dem Weg zu uns. Ich habe sie gebeten, im Yachthafen anzulegen. Da der Rummel jetzt gesperrt ist, sollten dort nicht allzu viele Neugierige auftauchen. Aber die Presse wird es wohl mitbekommen."
„Natürlich", kommentierte Hoffi. Dabei war es ihm gar nicht so unrecht, dass die Presse die bewaffneten Schweizer Boote zu sehen bekam. So würden auch die Geiselnehmer davon erfahren. Die sollten ruhig merken, dass auch sie es ernst meinten.
„Was ist mit dem Katamaran und dem Arzt?", fragte er in die Runde, da er nicht sicher war, wer sich darum gekümmert hatte.

„Läuft“, meldete sich Neuer einsilbig. „Es wird so ablaufen, wie die Geiselnehmer es gefordert haben. Das Stadtwerk am See – denen gehört der Katamaran– war sehr kooperativ. Nur der Arzt wollte nicht so recht. Am Ende hat er aber zugestimmt und …“, Neuer sah auf seine Uhr, „… müsste genau jetzt auf „Fridolin“ den Hafen verlassen.“
„Was machen wir, wenn die Geiselnehmer sich nicht an ihr Versprechen halten und den Kapitän und den Arzt nicht gehen lassen?“, warf ein SEKler ein.
„Haben wir eine Wahl?“, fragte Hoffi resigniert zurück. „Wir halten uns erstmal an ihre Vorgaben. Ich will nichts riskieren.“
„Warum wollten die genau *diesen* Katamaran haben?“, fragte Beller leise.
Hoffi war irritiert. „Was meinst du?“
„Naja, die sagten nicht „schickt uns *einen* Katamaran“ … sie sagten: „schickt uns „Fridolin““
„In der Größe ist der Katamaran das schnellste Boot auf dem See“, versuchte Schorsch eine Erklärung. „Aber warum gerade „Fridolin“ … nee, ich habe keine Ahnung.“
Beller überlegte weiter. „Ist es denkbar, dass sie den Katamaran für ihre Flucht verwenden wollen? Hätten sie damit eine reelle Chance davonzukommen?“
„Die könnten es versuchen“, meldete sich einer der SEKler, „aber ganz egal, wie schnell das Ding ist, wir können sie verfolgen. Natürlich können sie eine Weile lang flott auf dem See rumfahren, aber irgendwann müssen sie ja an Land. Wenn wir sie nicht schon auf dem Wasser stellen, spätestens dort erwischen wir sie.“
Beller hatte das beunruhigende Gefühl etwas zu übersehen. Er erin-

nerte sich an die Worte seines Mentors: Die Flucht – das war der Knackpunkt. Bisher hatten die Geiselnehmer sie immer wieder überrascht. Die Lösegeldzahlung war das Ausgeklügeltste, was er je erlebt hatte. Würden die am Ende einfach mit „Fridolin" losbrettern, in der Hoffnung irgendwo an Land zu kommen und zu verschwinden? Da musste mehr dahinterstecken. Etwas, womit sie nicht im Entferntesten rechneten. Warum gerade Fridolin?
„Neuer – kannst du beim Stadtwerk nochmal nachhaken, ob an dem Katamaran irgendwas besonders ist? Anderer Motor, andere Technik, andere Konstruktion … irgendwas?"
Neuer sah nicht begeistert aus. „Kann ich machen, aber ich glaube nicht, dass dabei viel rauskommt." Als er still sitzen blieb, warf Beller ihm einen auffordernden Blick zu.
„Bin ja schon unterwegs", maulte Neuer und verließ das Besprechungszimmer.
„Ich gehe mit meinen Männern runter an den Yachthafen", teilte einer der SEKler Hoffi mit. „Wir begrüßen die Schweizer mit ihren Booten. Mal sehen, was wir damit anfangen können. Nur den Jauch lassen wir hier." Er zeigte auf einen jungen Mann mit Nerd-Brille, der mit der Nase an einem der Monitore klebte und den Hoffi als den Sprengstoffexperten wiedererkannte. „Er meinte, er findet vielleicht noch was in dem Video von der Explosion. Wir anderen bleiben dann am Hafen. Wir müssen endlich hier raus. Nichts tun ist das Schlimmste."
Hoffi verstand den Mann nur zu gut. Es ging ihm selbst nicht anders. Diese Untätigkeit, zu der sie im Moment verdammt waren, ging ihm ans Gemüt.
„Bleiben Sie erreichbar", rief er dem Mann hinterher. „Ich informiere

Sie, sobald sich was tut."

„Was kam denn in Langenargen heraus?", fragte er den Sprengstoffexperten, der zusammenzuckte, als Hoffi ihn ansprach.

„Entschuldigung … ich war gerade so auf das Video konzentriert. Das in Langenargen sieht mir nicht nach einem Angriff oder Anschlag aus. Irgendwas mit großer Sprengkraft ist explodiert und hat ein schönes Loch in die Hafenmauer gerissen. Macht eigentlich keinen Sinn, deshalb tippe ich auf einen Blindgänger aus dem Zweiten Weltkrieg. Die habt ihr ja öfter hier im Bodensee."

Hoffi runzelte die Stirn. „Schorschi – komm mal rüber", rief er laut nach seinem Kollegen, der kurz darauf neben ihm Platz nahm.

„Schorschi – du kennst dich von uns allen am besten mit dem See aus … wie sieht's da aus mit Blindgängern?"

„Weltkriegsblindgänger?", fragte Schorsch und Hoffi nickte.

„Die gibt es haufenweise, vor allem am Friedrichshafener Ufer und noch ein Stück westwärts … halt da, wo früher die Fabriken standen, die bombardiert wurden."

„In Langenargen hat man noch keinen gefunden?"

„Nicht, dass ich wüsste. Aber ich weiß ja auch nicht alles …"

Hoffi machte eine wischende Handbewegung. „Na egal. Sag mal: ist denn von denen jemals einer hochgegangen?"

Schorsch überlegte ein paar Sekunden und schüttelte dann den Kopf.

„Ich weiß von einem, der absichtlich gesprengt wurde, aber sonst … nee … die hat man alle entschärft und abtransportiert."

„Dann wäre das wohl ein wahnsinniger Zufall", sagte Hoffi mehr zu sich selbst. Doch er war zulange bei der Polizei, um an Zufälle zu glauben.

Beller stand zum gefühlt hundertsten Mal an diesem Tag am Kaffeeautomat, als sein Handy brummte. Als er es entsperrte, war er überrascht: es war eine Nachricht von Wollenweber. Er konnte sich nicht daran erinnern, ihm seine Handynummer gegeben zu haben, trotzdem tippte er die Nachricht an.
„Habe im TV gesehen, was bei euch los ist. Melde dich mal, wenn du Zeit hast!"
Dahinter war noch ein vertrauenerweckender Zwinker-Emojy und eine Festnetznummer. Beller tippte auf die Nummer und wartete auf den Rufton.
„Markus hier", meldete sich Dr. Dr. Wollenweber nach zweimal klingeln. „Bei euch am See ist ja ganz schön was los ..."
Beller schnaufte tief durch und legte den Kopf in den Nacken. Es tat gut die Stimme des alten Freundes zu hören.
„Es ist ein Alptraum", seufzte er. „Das ist die größte Geiselnahme, die es in Deutschland je gegeben hat und wir können bisher nichts unternehmen. Wir sind nur Zuschauer."
„Jetzt lass dich doch nicht so hängen", beruhigte ihn Wollenweber. „Du bist der beste Profiler Deutschlands – also nach mir selbstverständlich!" Er lachte über seinen Scherz. „Dir wird schon etwas einfallen."
„Bisher nicht. Das Problem ist: die Geiselnehmer kommunizieren nicht mit uns. Sie haben die Lösegeldübergabe so organisiert, dass wir überhaupt nicht eingreifen können. Wir versuchen ständig, sie über Funk zu erreichen, aber sie reagieren nicht. "
„Ich verstehe. Das macht euch wahrscheinlich fast wahnsinnig ... aber das mit dem Zeppelin war eine gute Idee. So habt ihr wenigstens einen guten Überblick."

„Und was nützt uns das?", rief Beller etwas zu laut in sein Handy.
„Gar nichts. Wir können nur zugucken, während die ein Schiff versenken und jetzt gerade dabei sind die Millionen zu scheffeln."
„Klingt, als steckte ein guter Plan hinter der ganzen Sache."
Beller hielt kurz inne und sah zur Decke. „Das zeigt sich erst am Ende. Wie du gesagt hast: das Wichtigste ist die Flucht. Und wir haben noch nicht die geringste Ahnung, was sie vorhaben. Jetzt haben sie sich einen Katamaran bestellt, angeblich wegen eines Verletzten. Vielleicht versuchen sie ja mit dem zu fliehen, aber hey: das wäre im Vergleich zu dem, was sie bisher ausgetüftelt haben, erbärmlich. Mit dem Ding erwischen wir sie … spätestens, wenn sie an Land gehen."
„Ja – es bleibt wohl spannend …", sinnierte Wollenweber.
„Ich wünschte, du wärst hier, Markus. Vielleicht könnten wir zusammen …"
„Vergiss es", unterbrach ihn Wollenweber lachend. „Ich bin raus aus dem Job, schon vergessen? Ich schreibe jetzt Krimis … bald jedenfalls. Dieses Ding musst du allein durchziehen."
Beller war etwas enttäuscht, hatte aber keine andere Antwort erwartet. Dann hatte er eine Idee.
„Mal nur so hypothetisch: wenn dies dein neuer Krimi wäre … wenn du dir diese Geschichte ausgedacht hättest, … wie würdest du die Flucht planen?"
Stille am anderen Ende. Offenbar musste Wollenweber erst darüber nachdenken.
„Ich kann es dir nicht sagen", meldete er sich endlich. „Nur soviel: es müsste etwas noch nie Dagewesenes sein … die totale Überraschung. Etwas, auf das nie im Leben jemand kommen würde. Das würde ich

mir für meinen Krimi wünschen. Vielleicht fällt mir ja etwas ein – dann melde ich mich bei dir." Wollenweber lachte vergnügt.
„Du – ich hab ja versprochen, ich schaue noch mal bei dir vorbei … also im Moment …"
„Mach dir darüber keinen Kopf, Beller", unterbrach Wollenweber. „Wenn das Ganze vorbei ist, haben wir sicher noch genug Zeit für ein Treffen."
Beller nickte bis ihm einfiel, dass Markus ihn nicht sehen konnte. „So machen wir's. Ich muss dann auch wieder …"
„Lass dich nicht aufhalten. Und meld dich einfach mal wieder. Vielleicht kannst du mir ja den Schluss für meinen Krimi liefern."
„Bis bald", sagte Beller und drückte das Gespräch weg. Sein alter Mentor hatte allem Anschein nach nicht mehr den Biss, um an einem Fall mitzuarbeiten. Früher wäre er sofort eingestiegen, das wusste er. Trotzdem läuteten in seinem Hinterkopf die Alarmglocken: irgendetwas das Markus gesagt hatte, machte ihn unruhig, doch er kam nicht darauf.

„Hören Sie: ich weiß, dass der Wagen gute dreißigtausend wert ist", sagte der Mann aufgebracht, doch der Autohändler lächelte nur trocken. Sein Erfolg gründete auf seiner Menschenkenntnis, die er sich über die Jahre angeeignet hatte. Er wusste auf den ersten Blick, aus welchem Grund ihm jemand ein Auto verkaufen wollte. Dieser Mann brauchte dringend Geld. Schlecht für ihn.
„Das mag schon sein – aber da musst du erst mal jemand finden, der das bezahlt. Die Kiste ist für mich ein Risiko. Keine Ahnung, ob ich die überhaupt vom Hof kriege."

Er hatte für den perfekt restaurierten Alfa Spider neunzehntausend Euro angeboten. Ihm fielen auf Anhieb drei Käufer ein, die sich für den Wagen gegenseitig überbieten würden. Wahrscheinlich würde er am Ende fünfunddreißig- wenn nicht sogar vierzigtausend Euro bekommen.
„Hör zu, es ist ganz einfach: die Neunzehn habe ich hier." Er klopfte sich auf die Gesäßtasche, in der sein Geldbeutel steckte. „Du kannst sie nehmen oder es bleiben lassen. Die Entscheidung liegt bei dir."
Der Mann wirkte unschlüssig und schaute immer wieder zu seinem Wagen. Er hatte Tränen in den Augen. Mit diesem Fahrzeug hatte er sich einen Jugendtraum erfüllt. Er konnte die Stunden gar nicht zählen, die er mit der Arbeit an dem Alfa verbracht hatte. Und dann das viele Geld, das er investiert hatte. Doch was bedeutete das schon – es ging um das Leben seiner Frau und seiner Tochter. Noch am Morgen hatte er sie in den Arm genommen und zum Abschied geküsst, ihnen einen schönen Tag auf dem Seehasenfest gewünscht. Durch gute Beziehungen hatte er zwei der begehrten Karten für die „Stuttgart" ergattert und sie Lena zu ihrem fünften Geburtstag geschenkt. Sie hatte gestrahlt, als er ihr erklärt hatte, dass sie mit dem Schiff hinausfahren durfte, um den Seehas zu holen. Lena hatte nächtelang nicht geschlafen vor Aufregung. Und nun befanden sie und seine Frau sich in den Händen dieser Geisteskranken. Er hatte gesehen wie sie die „Lindau" versenkt hatten und auch die Ansprache des schwarzen Hasen gehört. Zynisch, berechnend, krank. Er zweifelte nicht daran, dass diese Leute ihre Drohungen wahrmachen würden. Vor seinem inneren Auge sah er seine Frau und Lena an der Reling des Schiffes stehen, ihre Gesichter verheult und laut um Hilfe schreiend, bevor sich das Schiff in einem riesigen Feuerball auflöst. Und dann noch

dieses Bild, das sie ihm geschickt hatten. Es zeigte einen der schwarzen Hasen, der seine Kapuzenmaske abgenommen hatte und in die Kamera grinste. Zwar lächelte der Mann auf dem Foto, doch seine Augen waren kalt. Ihm wurde schlecht, wenn er daran dachte, wie nah dieses Monster seiner Familie war. Er schüttelte sich und wischte seine Tränen weg. Er brauchte diese hunderttausend Euro. Mit seinen Rücklagen und den Neunzehntausend fehlten ihm aber immer noch elftausend Euro, dabei hatte er geglaubt, dass der Erlös aus dem Autoverkauf reichen würde. Hätte er auch, fluchte er innerlich, würde dieser verfickte Autohändler seine Situation nicht dermaßen ausnutzen. Doch er hatte keine Wahl. Zähneknirschend streckte er dem Händler die Hand hin. „Also gut. Neunzehntausend. Sofort. Dann gehört der Wagen Ihnen."
Irgendwie musste er das restliche Geld auftreiben. Er war verzweifelt, doch Verzweiflung war noch nie ein guter Ratgeber.

Nach dem Gespräch mit Wollenweber war Beller noch die Liste verpasster Anrufe durchgegangen. Seine Chefin hatte zwei Mal versucht, ihn zu erreichen. Er verzichtete auf einen Rückruf und schickte stattdessen eine kurze Nachricht:
„Haben alles im Griff … noch keinen Geiselnehmer gevögelt!"
Dieser kleine Seitenhieb musste sein und er drückte grinsend auf „Senden".
Er war mit Hoffi zum Yachthafen gefahren, um die Kollegen aus der Schweiz zu begrüßen. Die beiden Patrouillenboote lagen etwas abseits an einem schwimmenden Steg und wurden von zwei Soldaten bewacht. Beller war etwas enttäuscht von der Schweizer Marine. Er

schätzte die Boote auf ungefähr vierzehn Meter Länge und knapp vier Meter Breite. Immerhin war auf jedem ein Maschinengewehr montiert, doch angesichts der über dreißig Geiselnehmer war das recht mager.
Sie zeigten dem Wachposten ihre Ausweise und gingen zu einem Armeezelt, das als provisorisches Lagezentrum diente. Mehrere Klapptische waren zu einer großen Tafel zusammengestellt worden, darum verteilt saßen die SEKler und die Bootsbesatzungen der Eidgenossen. Beller und Hoffi setzten sich dazu. Nach einer kurzen Vorstellungsrunde stand Hoffi auf.
„Zuerst möchte ich mich offiziell bei der Schweizer Armee für die Unterstützung bedanken. Ich weiß, dass das nicht selbstverständlich ist und angesichts der aktuellen Lage umso erfreulicher."
Er erntete reihum wohlwollendes Nicken.
„Zuerst möchte ich denen, die neu dazugekommen sind, einen Überblick über die Lage geben."
Hoffi fasste die Ereignisse der letzten vierundzwanzig Stunden in aller Kürze zusammen und erläuterte dann die aktuelle Situation.
„Die Leute bezahlen für ihre Angehörigen. Die Frist dafür läuft heute um Mitternacht ab. Wer dann noch auf der „Stuttgart" ist fliegt mit dem Schiff in die Luft – so haben es die Geiselnehmer angekündigt. Und das ist auch, was mir am meisten Bauchschmerzen bereitet: selbst wenn sich die Geiselnehmer an ihr Versprechen halten und alle gehen lassen, für die bezahlt wurde, werden doch einige übrig bleiben. Ich kann nicht sagen wie viele, aber selbst wenn es nur einer ist, können wir nicht untätig zusehen, wie er mit dem Schiff gesprengt wird."
Ein Raunen ging durch den Raum, einige der Männer tuschelten mit

ihren Nebensitzern.
„Was schlagen Sie vor?", fragte ein Schweizer mit unterdrücktem Dialekt.
„Wir brauchen einen Plan, wie wir die verbliebenen Geiseln von der „Stuttgart" kriegen, noch bevor sie versenkt wird, und: wir müssen uns überlegen, was wir tun, falls die Täter nicht Worthalten … bisher haben sie noch keine Geisel auf die „Schwaben" gelassen, obwohl für über tausend schon bezahlt wurde."
„Wie sieht es mit Luftunterstützung aus?", fragte der Schweizer.
„Wir haben einen Zeppelin in großer Höhe, der uns ständig Bilder liefert. Nachts bekommen wir Infrarotbilder. Außerdem stehen jetzt zwei Polizeihubschrauber für uns bereit. Einen bewaffneten Angriff auf die Schiffe können wir aber wegen der vielen Geiseln vergessen. Die Decks sind voll belegt und die Wahrscheinlichkeit Zivilisten zu treffen ist extrem hoch."
Hoffi sah erwartungsvoll in die Runde.
Ein anderer Schweizer hob die Hand. „Wie kommt es, dass es mit den Geiselnehmern keinerlei Verhandlungen gibt?"
Beller sah kurz zu Hoffi, der ihm zunickte. „Die Geiselnehmer verweigern jeglichen Kontakt mit uns. Wir haben sogar versucht, sie über die Handys der Geiseln zu erreichen, doch sie gehen nicht darauf ein. Sie sprechen nur über diesen Livestream zu uns, also ist das alles, was wir haben. Die Geiselnehmer hatten um einen Arzt gebeten, der mittlerweile an Bord ist. Er hat sich nach seiner Ankunft wie vereinbart bei uns gemeldet, doch auch da konnten wir keinen Kontakt herstellen."
„Sie sind …?", setzte der Schweizer an.
„Beller. Psychologe und Terrorspezialist."

„Einfach nur Beller?"
„Einfach nur Beller!"
„Okay, Beller. Sie als Psychologe: wie hoch schätzen Sie die Wahrscheinlichkeit ein, dass die Geiselnehmer bis zum Äußersten gehen? Dass sie wirklich die restlichen Passagiere mit dem Schiff in die Luft sprengen?"
Beller nahm sich einen Moment Zeit. „Ich denke, dass die Geiselnehmer durchaus bereit sind, das durchzuziehen … aber … bisher haben sie sich eher besonnen verhalten. Es gibt bis jetzt nur einen Toten und einen Verletzten und sie haben auch nie damit gedroht, weitere Exempel zu statuieren. Was auf der einen Seite natürlich gut ist, doch mich beunruhigt die coole Art, wie die das Ganze durchziehen. Ich befürchte, dass der Plan der Geiselnehmer gut durchdacht ist bis hin zu ihrer Flucht."
„Sie denken, sie wollen den Katamaran benutzen?", hakte der Schweizer nach.
„Wir haben daran gedacht. Er wäre groß genug – immerhin reden wir von über dreißig Geiselnehmern, die verschwinden müssen. Aber irgendwie glaube ich nicht daran. Es wäre für meinen Geschmack einfach zu banal."
„Außerdem würden wir sie erwischen. Unsere Boote sind schneller als der Katamaran und wenn wir erst mal nahegenug dran sind, haben sie gegen unsere Maschinengewehre keine Chance."
Da keine Fragen mehr kamen, beendeten sie die Besprechung und entließen die Verantwortlichen in die einzelnen Planungsgruppen. Hoffi klatschte in die Hände und zog noch einmal die Aufmerksamkeit auf sich. „Was ich von Ihnen hier brauche, ist ein Plan B, wie wir die Geiseln von Bord kriegen, falls die Geiselnehmer die Leute nicht

freilassen. Und: wir müssen einen Weg finden, die zu retten, für die nicht bezahlt wurde. An die Arbeit – die Zeit läuft!"
Beller hatte sich einen Kaffee genommen und stand etwas abseits. Er beobachtete die Schweizer und die Männer des SEKs, die sich sofort an die Arbeit machten. Tische wurden zusammengeschoben, Stühle gerückt. Überall wurde gestenreich diskutiert.
„Sagen Sie mal: sind Sie etwa der Beller aus Berlin?", fragte einer der Schweizer, der plötzlich neben ihm stand.
Beller nickte resigniert. Anscheinend wusste wirklich jeder von der Geschichte in der Bank.
Der Schweizer lächelte süffisant und legte ihm die Hand auf die Schulter.
„Wenn Mädels dabei sind, holen wir Sie – versprochen!"

8 Abreise

Nach der Besprechung mit dem SEK und den Schweizern waren Beller und Hoffi über den abgesperrten Rummel auf dem Seeparkplatz zurück zu ihrem Wagen gelaufen. Beller konnte sich kaum etwas Trostloseres vorstellen. Die Fahrgeschäfte standen still und überall lagen Pappbecher und Papiertüten, die vom Wind zu kleinen Haufen zusammengefegt wurden. Offensichtlich hatte man nach der Räumung der Festmeile noch nicht mal den Reinigungstrupp auf das Gelände gelassen. In einem Eck hinter dem Autoscooter entdeckte Beller an einem Ast einen String-Tanga, der lustlos hin und her baumelte. Eine ganze Menge Spaß war an diesem Wochenende auf der Strecke geblieben.

„Wo ist Kevin?", fragte Hoffi, als sie die Direktion erreichten. Der Platz des jungen Mannes war leer.

„Wir haben ihn im Krankenraum auf die Bahre gelegt", erklärte Schorsch. „Irgendwann ist er einfach eingeschlafen, trotz der Lastwagenladung an Energy-Drinks. Er ist nicht mal aufgewacht, als Neuer und ich ihn rüber getragen haben."

Hoffi grinste. „Gebt ihm ein paar Stunden. Mir ist es lieber, wenn er heute Abend wieder fit ist. Was machen die Zahlungen?" Er zeigte auf den Monitor auf dem sich nichts bewegte.

„Es tut sich so gut wie nichts mehr. Tausendzweihundertdreiundachtzig ist der letzte Stand."

Damit hatte Hoffi gerechnet. Er konnte sich vorstellen, wie die Angehörigen der verbliebenen rund dreihundert Geiseln panisch jeden Cent zusammenkratzten. Doch er konnte ihnen nicht helfen. Sie alle konnten das nicht.

Die Tür öffnete sich und die SEKler, die die Explosion in Langenar-

gen untersuchen sollten, schlurften müde herein. Hoffi hatte sie schon fast vergessen.
„Und? Irgendwas gefunden?"
Einer der Männer stellte einen roten Eimer auf den Tisch.
„Sorry … wir haben auf die Beweismitteltütchen verzichtet. Das bringt nach der Explosion und dem Seewasser eh nichts mehr. Das hier ist alles, was wir mit den Metalldetektoren gefunden haben."
Hoffi schaute hinein und sah ein paar unförmige Metallstücke. Und einen Kronkorken. Tettnanger Kronen-Bier.
„Ist wohl nicht alles von der Bombe …"
Der Mann nickte. „Es ist nicht viel, aber die Teile deuten tatsächlich auf einen Blindgänger hin, der detoniert ist. Wir haben ein paar Stücke der Hülle gefunden."
Hoffi beugte sich über den Eimer und schob ein paar Teile mit einem Kugelschreiber zur Seite.
„Was ist das?" Er deutete auf ein goldglänzendes geschwungenes Teil.
Der SEKler nahm das Stück heraus. „Wenn ich raten müsste: ein Teil von einer kleinen Schiffsschraube. Messing. Vermutlich von einem Außenborder. Das lag wohl schon vor der Explosion im Wasser."
Hoffi nickte. Also doch ein Blindgänger. Er wusste, wie unwahrscheinlich es war, dass eine alte Fliegerbombe über siebzig Jahre vor Langenargen im seichten Wasser lag und genau an diesem Tag hoch ging. Doch auch solche Zufälle gab es. Trotzdem gefiel es ihm nicht.
„Ich habe die Pläne vom „Fridolin"", rief Neuer der hereinstürmte und mehrere Konstruktionspläne auf dem Konferenztisch ausbreitete.
„Die vom Stadtwerk waren wirklich sehr hilfsbereit, aber sie hatten

auch keine Idee, was an diesem Katamaran so besonders sein soll."
Beller warf einen Blick auf die Zeichnungen. Er erkannte im Groben den Grundriss des Schiffes, das meiste verstand er jedoch nicht.
„Gibt es jemand mit dem wir reden können? Vielleicht einen der Ingenieure, die das Ding gebaut haben?"
Neuer nickte. „Die Idee hatte ich auch. Der leitende Ingenieur ist zwar schon in Rente, aber ich habe seinen Namen und seine Adresse. Ich werde versuchen, ihn herzuholen."
„Mach das", ordnete Hoffi an. „Vielleicht bringt uns das weiter." Er sah auf die Uhr. Kurz vor halb sechs. Verdammt. Die Zeit lief ihnen davon und noch immer mussten sie untätig mit ansehen, wie sich das Konto der Geiselnehmer füllte.
„Chef, da ist jemand von der Bereitschaftspolizei in der Leitung, der dich sprechen möchte", sagte Schorsch und hielt Hoffi das Telefon hin. „Es gab wohl einen Überfall auf eine Tankstelle", fügte er leise hinzu.
„Was soll ich denn damit?", zischte Hoffi genervt.
Schorsch hielt ihm immer noch den Hörer hin. „Hör ihn dir mal an … das könnte mit der Geiselnahme zusammenhängen."
Hoffi hörte sich an, was der Kollege zu sagen hatte.
„Er hat was? Ich möchte den Mann sofort sprechen. Bringen Sie ihn her."
Beller sah Hoffi fragend an. „Irgendwas Wichtiges?"
„Vielleicht. Die haben einen Mann festgenommen, der eine Tankstelle ausrauben wollte."
„Und?"
„Der Kerl sagt, er braucht das Geld um das Lösegeld für seine Frau und seine Tochter bezahlen zu können."

„Und?" Beller verstand immer noch nicht wie ihnen das weiterhelfen sollte.
„Seine Frau hat ihm ein Foto geschickt … vom Schiff aus … auf dem sieht man einen der schwarzen Hasen … ohne Maske."
„Scheiße", zischte Beller. „Dann wissen wir endlich, mit wem wir es zu tun haben."
„Abwarten. Sie bringen den Mann direkt her."

„Wann fangen wir an die Geiseln auf die „Schwaben" zu bringen?", fragte Juri und kratzte sich am Hals. Eine Stelle war inzwischen wund und brannte, doch der Schmerz fühlte sich besser an, als der unerträgliche Juckreiz.
Werner sah auf die Uhr. „Punkt neunzehn Uhr. Wie vereinbart. Die drei Stunden reichen uns locker."
Der Plan sah vor, dass bis zweiundzwanzig Uhr alle ausgelösten Geiseln auf dem anderen Schiff waren. Bis dahin würde vermutlich auch ihr Bluff auffliegen. Spätestens wenn einige der schwarzen Hasen ebenfalls das Schiff wechselten, musste der Polizei auffallen, dass die meisten der Hasen, die sie für Geiselnehmer gehalten hatten, in Wahrheit nur unschuldige Passagiere waren. Leider würde diese Erkenntnis zu spät kommen.
„Was macht dein Ausschlag?", fragte Werner mitfühlend. Er selbst widerstand nur schwer dem Drang sich die Latexstreifen abzureißen, die seit über einem Tag in seinem Gesicht klebten, um sein Äußeres unkenntlich zu machen. Auch den angeklebten Schnauzer wollte er so schnell wie möglich loswerden.
„Geht schon", antwortete Juri gleichgültiger als er sich fühlte. „Hab

schon schlimmeres erlebt. Und bei der Gage kann man schon mal den Hasen spielen. Auch wenn's juckt."

Ein Polizist führte den Mann in Handschellen in das Verhörzimmer und drückte ihn auf den Stuhl.
Hoffi saß bereits, Beller lehnte an der gegenüberliegenden Wand.
„Nehmen Sie ihm die Handschellen ab und lassen sie uns allein. Danke!"
Hoffi wartete, bis der Polizist die Tür hinter sich geschlossen hatte, dann betätigte er den Aufnahmeknopf an seinem Rekorder.
„Fangen wir ganz vorne an. Wie ist ihr Name?"
„Hock, Günther Hock", sagte der Mann leise ohne aufzublicken.
„Herr Hock, Sie wurden verhaftet, weil sie eine Tankstelle überfallen haben. Wieso haben Sie das getan?"
Hock sah resigniert auf seine Hände. „Na, wegen dem Geld natürlich. Ich brauchte das Geld."
Hoffi nickte. „Wofür brauchten Sie das Geld?"
„Das hab ich Ihren Kollegen doch schon gesagt: meine Frau und meine Tochter sind draußen auf dem Schiff und ich muss das Lösegeld zusammenbekommen. Mir fehlen elftausend Euro."
„Und dann überfallen Sie eine Tankstelle? Mein Gott, Sie wissen schon, dass die ein Safe-Pay-System haben? Alle Einnahmen verschwinden sofort in einem kleinen Tresor an der Kasse. Der Kassierer kommt da selber nicht dran!"
„Das wusste ich nicht", antwortete Hock kleinlaut. „Ich wusste nur, dass ich die Kohle auftreiben muss und außer Tankstellen hat sonntags nicht viel auf."

Für Hoffi war klar, dass dieser Mann noch nie einen Überfall geplant oder durchgeführt hatte. Er hatte aus der Not heraus gehandelt, aus Sorge um seine Frau und seine Tochter, und hatte sich nicht anders zu helfen gewusst.
„Woher hatten Sie die Waffe?"
„Aus unserer Faschingskiste. Ich bin vor Jahren mal als James Bond gegangen, da hatte ich mir das Plastikteil besorgt."
Auch ein Überfall mit einer Spielzeugpistole war eine Straftat und dem Mann stand eine Anklage bevor, doch das war nicht Hoffis Baustelle.
„Hören Sie", begann er in versöhnlichem Ton, „ich kann mir vorstellen, was sie durchmachen. Ich habe selber Familie … und auch eine Tochter … und ich werde ein gutes Wort für Sie einlegen, wenn Sie uns helfen."
Der Mann blickte auf. „Alles, was sie wollen", sagte er schnell.
„Ihre Frau hat Ihnen ein Foto von einem der schwarzen Hasen geschickt …"
Hock nickte.
„Das hätte ich gerne." Hoffi zeigte auf das Handy, das in einem Plastikbeutel vor ihm lag.
Mit zitternden Händen fummelte Hock sein Mobiltelefon aus der Tüte und entsperrte es. Er tippte und wischte über das Display und hielt es Hoffi hin.
„Ich glaube mittlerweile, meine Tochter hat das Foto gemacht. Sie ist zwar erst fünf, kann aber gut mit dem Handy meiner Frau umgehen. Sehen sie am unteren Rand die Füße? Ich denke, sie sitzt auf dem Schoß meiner Frau."
Hoffi ignorierte den unteren Bildrand. Ihn interessierte nur der Mann

im Hasenkostüm, der seine Kapuze heruntergezogen hatte und in die Kamera lächelte.
„Hab ich dich", murmelte er und reichte das Handy an Beller weiter. „Endlich haben unsere Hasen ein Gesicht."

„Kriegst du das auch sicher hin?" Barnsteiner war zum U-Boot hinabgegangen und sah Schmidt und Brugger dabei zu, wie sie Kisten mit Getränken und Essen auf das Boot trugen.
„Wird ein Kinderspiel", lachte der Kapitän. „Ich könnte mit dem Ding in einer Badewanne wenden, wenn es sein müsste. Mach dir keine Sorgen."
Die machte er sich aber. Das anstehende Manöver war alles andere als einfach. Wenn alles perfekt lief, ok. Aber was passierte, wenn etwas schief ging, wollte er sich gar nicht ausmalen. Das U-Boot war über siebzig Jahre alt, zwar in gutem Zustand, doch wer wusste schon, wann irgendein Teil der Technik den Geist aufgab?
„Kommt mir nur heil wieder zurück", seufzte er und legte Brugger die Hand auf die Schulter. „Wenn ihr wieder da seid, schmeiße ich die größten T-Bone-Steaks auf den Grill, die ihr je gesehen habt."
„Da freue ich mich jetzt schon drauf. Aber jetzt mach, dass du loskommst. Du musst deinen Teil auch noch erledigen."
Sie umarmten sich kurz, dann ging Barnsteiner zurück ins Haus und zog sich um. Kurz darauf schwang er sich auf sein E-Bike und fuhr vom Gelände. Sein Weg führte ihn direkt zum Überlinger Hafen, wo ihn ein Fischer mit seinem Boot erwartete und hinaus zu seiner Yacht brachte, die knapp hundert Meter vom Ufer entfernt vor Anker lag. Falls irgendwer zum Nachschauen kam, sollte seine Bootshalle nicht

leer sein, außerdem hatte er eh vorgehabt ein paar Kleinigkeiten an dem Schiff zu reparieren.

Werner trank den letzten Schluck Cola aus seiner Flasche und stellte sie neben die Bordsprechanlage. Er hasste das pappsüße Gesöff, doch es versorgte ihn mit Zucker und Coffein. Noch eine letzte Durchsage, dann war es geschafft. Er griff nach dem Mikrofon und schaltete es ein.
„Liebe Geiseln. Wir beginnen nun damit auf die „Schwaben“ zu wechseln. Zu meiner und sicher auch zu Ihrer Freude darf ich mitteilen, dass für die meisten von Ihnen bezahlt wurde. Dafür möchte ich mich herzlich bedanken.“ Er hörte das Raunen der Leute bis auf die Brücke, vereinzelt gab es Jubelrufe und es wurde geklatscht. „Ich muss sie aber bitten, Ruhe zu bewahren. Wenn jemand meint, er müsste sich vordrängen oder sonst irgendeinen Blödsinn veranstalten, hat das für ihn ein unerfreuliches Ende. Kapiert? Das Ganze läuft so ab: ich lese die Namen derjenigen vor, die das Schiff verlassen dürfen. Wer aufgerufen wird, steht ruhig auf und geht über die Gangway auf die „Schwaben“. Dort wird es etwas eng werden, aber wenn Sie auch die Gänge und den Maschinenraum nutzen haben alle Platz. Nun denn: der erste auf der Liste ist Gerd Magino …“
Werner beobachtete wie ein junger Mann aus der Masse am Bug aufstand und sich zur Gangway durchschlängelte. „Nächster: Andy Fehrmann …“

„Sie lassen die ersten Geiseln frei“, rief Kevin, der nach seiner Pause nun wieder die Bilder beobachtete, die der Zeppelin schickte. Alle drängten in den Besprechungsraum und sahen auf der Videowand wie eine Geisel nach der anderen die „Stuttgart“ verließ.

„Geht ganz schön langsam“, knurrte Beller und versuchte mitzuzählen. „Wieviel sind es bisher?“
„Siebzehn, wenn ich mich nicht verzählt habe“, sagte Kevin, ohne die Bilder aus den Augen zu lassen.
„Dann halten die sich an ihr Versprechen“, sagte Hoffi. „Wenigstens das. Trotzdem müssen wir uns um die kümmern, die an Bord bleiben. Ich hoffe das SEK und die Schweizer haben einen Plan entwickelt.“
„Haben wir“, erklärte ihm kurz darauf ein SEKler am Telefon. „Aber ich muss vorwegschicken, dass die Situation alles andere als ideal ist.“
Hoffi hörte sich die Ausführungen des SEKlers an und rief dann alle im Besprechungsraum zusammen.
„Wir haben jetzt einen Plan, um die restlichen Geiseln von der „Stuttgart“ zu holen, aber ich muss zugeben, dass ich damit nicht glücklich bin. Das Problem ist, dass wir uns den Schiffen unmöglich unbemerkt nähern können. Selbst wenn es stockdunkel wäre, würden die Geiselnehmer unsere Boote auf dem Wasser bemerken, aber zu unserem Pech ist es nicht stockdunkel: heute Nacht wird keine Wolke am Himmel sein, so dass die Sterne hell leuchten. Also wird das SEK gar nicht erst versuchen, unentdeckt zu bleiben, stattdessen versuchen sie, es mit einem Ablenkungsmanöver. Zuerst werden die zwei Schweizer Patrouillenboote in einer weiten Schleife auf den See hinausfahren, so dass sie von den Schiffen aus nicht gesehen werden können. Ihnen folgt mit etwas Abstand ein weiterer Katamaran, der später die befreiten Geiseln aufnimmt. Die Geiselnehmer werden mit Sicherheit das Friedrichshafener Ufer beobachten, da ein Angriff von dort am wahrscheinlichsten ist. Und genau aus dieser Richtung wer-

den die beiden Hubschrauber die Schiffe anfliegen. Sie werden ihre Suchscheinwerfer direkt auf die „Stuttgart“ ausrichten und so viel Lärm wie möglich machen, so dass die Geiselnehmer unsere Boote, die sich von der anderen Seite nähern, weder sehen noch hören können. Sobald das SEK am Schiff dran ist, werden die Männer mit Enterhaken auf das Schiff klettern und versuchen die Geiselnehmer, falls die noch an Bord sind, unschädlich zu machen. Wir gehen davon aus, dass bis zu diesem Zeitpunkt nur noch weniger als zweihundert Geiseln an Bord sind, was die Gefahr ziviler Opfer stark reduziert. Trotzdem ist damit zu rechnen.“ Hoffi machte eine Pause und fuhr sich mit der Hand durch die Haare. „Das Wichtigste an der Aktion ist der Zeitpunkt. Wir warten den Moment ab, in dem sich die Schiffe wegen der bevorstehenden Sprengung trennen. Da sich die Geiselnehmer sicher nicht selbst in die Luft jagen wollen, hoffen wir, dass sie sich zu diesem Zeitpunkt nicht mehr auf der „Stuttgart“ befinden. Das SEK vermutet, dass sie sich auf den Katamaran zurückziehen und ihn als Fluchtfahrzeug nutzen. Es sind immerhin über dreißig Mann. Trotzdem muss es dann schnell gehen. Die Geiselnehmer könnten das Schiff schon früher sprengen, wenn sie den Angriff bemerken, deshalb benutzt das SEK Notfallrutschen, wie man sie von Flugzeugen kennt, um die Geiseln schnell auf den Katamaran zu bekommen. Sobald alle an Bord sind, fährt er sofort in den Hafen und bringt die Passagiere in Sicherheit. Das SEK hängt sich mit den Schweizern an den Fluchtkatamaran und schnappt sich die Typen.“

Beller hatte sich den Plan angehört, war mit einigen Punkten aber nicht einverstanden. „Das klingt alles wie ein Rambo-Film: schweres Aufgebot in der Luft, anpirschen und mit Enterhaken das Schiff stürmen, und das alles zwischen einer ganzen Horde aus Kindern und Jugendlichen ... da ist die Katastrophe doch vorprogrammiert. Und: vielleicht haben die Typen für ihre Flucht doch etwas anderes geplant und sind zu diesem Zeitpunkt doch noch auf einem der Schiffe ... dann gibt es ein Gemetzel, bei dem auch Geiseln verletzt oder sogar getötet werden könnten. Also ich möchte dafür nicht verantwortlich sein."

Hoffi nickte. „Bist du ja auch nicht. Was würdest du denn machen?"

Beller legte den Kopf schief. „Ich weiß nicht ... vielleicht wenn wir etwas mehr Zeit hätten ..."

„Wir haben einen Namen", platzte Schorsch in den Besprechungsraum und hielt einen Computerausdruck hoch.

„Die Gesichtserkennung hat einen Treffer für den Mann auf dem Handyfoto!"

Hoffi riss ihm das Blatt aus der Hand.

„Juri Popov. Sechsundfünfzig Jahre. Geboren in Kasachstan. Mehrere Vorstrafen. Saß dann wegen Autodiebstahl im großen Stil ein paar Jahre im Gefängnis, aber das ist fast zwanzig Jahre her. Seitdem nichts mehr."

Hoffi wendete das Blatt, doch die Rückseite war leer.

„Na super. Da steht nicht mal ein aktueller Wohnsitz. Rabe – Neuer: ich will sofort wissen, wo dieser Kerl heute wohnt und was er arbeitet. Verschafft euch Zugang zu den Daten beim Finanzamt, an dem kommt keiner vorbei. Meier, du checkst seine Gefängnisakte: was ist er für ein Typ? Wer hat ihn besucht? Mit wem war er in einer Zelle? Los jetzt – das ist unsere Chance – nutzen wir sie!"

Beller sah sich das Handyfoto noch einmal genau an und verglich es mit dem Ausdruck der Gesichtserkennung. Der Mann war gealtert, natürlich, aber er schien körperlich fit zu sein. Da wabbelte kein Doppelkinn an seinem Hals und auch die Figur unter dem Hasenkostüm wirkte durchtrainiert. Obwohl er auf dem Foto lächelte, war sein Blick kalt und bestimmt. Seine Haut schien noch blasser zu sein, als auf dem alten Polizeifoto, doch das konnte täuschen. An Hals und Nacken meinte Beller rote Flecken auszumachen. Er zoomte heran, bis das Bild pixelig wurde, konnte aber nichts erkennen.
„Was meinst du, was das ist?", fragte er Hoffi und zeigte auf die roten Flecken.
„Vielleicht von der Anspannung", vermutete der. „Manche Leute kriegen dann so Flecken."
„Könnte auch eine Art Ausschlag sein", grübelte Beller. „Vielleicht einer, der sehr unangenehm ist. Bisher hatten die schwarzen Hasen ständig ihre Masken auf, nur der hier zieht sie aus und macht den Reißverschluss ein ganzes Stück auf. Siehst du wie er lächelt? Ich glaube, der lächelt, weil er sich dadurch etwas Erleichterung verschafft."
Hoffi zuckte mit den Schultern. „Und was sagt uns das?"
„Hast du dich nicht auch gewundert, wie sehr die Geiselnehmer darauf bedacht sind, ihr Gesicht nicht zu zeigen? Dieser angebliche Künstler, den wir gesehen haben, von dem es sogar eine Homepage gab, die auf einmal verschwunden ist … ich bin mir sicher, auch er trug die ganze Zeit eine Maske. Wahrscheinlich so ein Latexding für Schauspieler. Die legen großen Wert darauf nicht erkannt zu werden. Nur dieser eine hier – Juri – hat einen Fehler gemacht. Wahrscheinlich hat er es unter der Hasenkapuze einfach nicht mehr ausgehalten.

Hat wohl nicht damit gerechnet, dass ein kleines Kind ein Foto von ihm macht."
„Aber warum ist ihnen die Anonymität so wichtig?", grübelte Hoffi. „Sobald sie von Bord gehen, erwischen wir sie. Da ist es egal, ob wir ihre Namen kennen oder nicht …"
Außer es ist wichtig für die Flucht. Beller hatte das Gefühl, dass er ganz nah dran war, doch er konnte den Gedanken nicht fassen. Die Flucht war das Wichtigste. Wie gerne hätte er jetzt seinen Mentor hier gehabt. Die Gespräche mit Wollenweber, bei denen sie beide ihren Gedanken freien Lauf ließen, hatten oft erstaunliche Ergebnisse gebracht. Doch er war nicht hier und hatte auch deutlich gesagt, dass er kein Interesse hatte an diesem Fall mitzuarbeiten. Vielleicht brauchte er seinen Mentor ja gar nicht?
„Nur als Gedankenspiel", setzte Beller an, „gehen wir mal davon aus, die Geiselnehmer haben gar nicht vor den Katamaran zu nehmen. Sie haben irgendeine andere Fluchtmöglichkeit gefunden, bei der es wichtig ist unerkannt zu bleiben. Fragen wir mal nicht nach dem WIE, sondern nach dem WARUM …"
„Wenn sie wirklich unerkannt vom Schiff kommen, könnten sie überall hin. Wir sind hier im Dreiländereck … Österreich und Schweiz sind nah … ohne ihre Identität zu kennen, wird es verdammt schwierig, sie zu verfolgen."
Beller war nicht ganz einverstanden. „Das wird es so oder so. Aber da würde ich mir viel mehr Sorgen um die große Zahl an Leuten machen. Über dreißig? Wie willst du so einen Haufen im Zaum halten? Irgendwer verplappert sich doch immer und dann erwischt es einen nach dem anderen. Nein, das ist nicht der Grund, warum sie nicht erkannt werden wollen."

Er spürte, dass er auf dem richtigen Weg war. Denk nach Beller, befahl er sich selbst. Führ den Gedanken zu Ende. Die Geiselnehmer sind auf der Flucht. Sie verbergen ihr Gesicht, um nicht erkannt zu werden, weil … weil …

„… weil sie wissen, dass ihre Gesichter, bei dem, was sie vorhaben, kontrolliert werden“, brach es aus ihm heraus. „Hoffi, ich glaube die Geiselnehmer wollen mit einem Flugzeug verschwinden!“

„Direkt von den Schiffen runter? Unwahrscheinlich!“

„Nein. Ich denke sie haben einen Weg gefunden von den Schiffen runterzukommen und wollen dann mit einem Flieger irgendwohin, wo sie sicher sind. Deshalb wollen sie nicht erkannt werden, weil sie sonst nicht durch die vielen Kameras am Flughafen kommen. Welche Flughäfen kommen in Frage?“

Hoffi überlegte kurz. „Naja, wir haben unseren Flughafen hier in Friedrichshafen, aber da gehen zurzeit nicht viele Flüge. In Vorarlberg gibt es den Flughafen Altenrhein - der ist auch nicht groß. Wenn ich wegmüsste, würde ich Zürich nehmen. Von da aus geht es in die ganze Welt.“

„Gib das Foto an alle drei Flughäfen raus – vor allem an den in Zürich. Sag ihnen, worum es geht und dass sie diesen Mann auf keinen Fall fliegen lassen dürfen.“

Der Sprengstoffexperte des SEK sah sich die Explosion auf der „Lindau“ immer wieder an. Seine Augen brannten, trotzdem klickte er erneut auf „Play“. Bei Schulungen und im Einsatz hatte er schon viele Detonationen gesehen, doch diese war irgendwie anders. Er stellte die Wiedergabe auf Zeitlupe. Die Wucht, mit der das Schiff hochgedrückt wurde, war enorm und er versuchte abzuschätzen, wie viel Sprengstoff dafür nötig gewesen war. Auf jeden Fall eine große

Menge. Wie konnte eine Bombe von solchen Ausmaßen nur unbemerkt an Bord gelangen? Selbst wenn die Täter hochwertiges C4 benutzt hatten, wären dafür ein paar große Koffer nötig gewesen. Vielleicht fünf? Oder noch mehr?
Wieder auf Anfang. Zeitlupe. Der Blitz der Explosion … die gigantische Wasserfontäne … das Schiff wird in der Mitte angehoben, während Bug und Heck absacken …
Plötzlich schloss er die Augen und legte die Hand auf die Stirn. Wie hatte er das bisher übersehen können?

Die Strichliste auf Kevins Block füllte bereits zwei ganze Seiten. Er hatte die Striche in Fünfergruppen gebündelt und genau zwanzig Bündel in eine Zeile gesetzt. Jede Zeile entsprach demnach hundert freigelassenen Geiseln.
„Wieviele?", fragte Hoffi und zeigte auf die Liste.
Kevin blickte kurz auf seine Notizen. „Tausenddreihundertzweiundvierzig … und gerade noch eine."
Hoffi nickte. Er wusste, dass nicht für jede Geisel Lösegeld gezahlt würde, doch je mehr auf die „Schwaben" wechselten desto besser. Die Chancen für das Gelingen des Einsatzplans des SEKs stiegen mit jeder Geisel, die von dem Schiff herunterkam. Die Bilder vom Zeppelin kamen nun wieder über die Infrarotkamera und zeigten die verbliebenen Passagiere, die sich in der Nähe der Gangway sammelten. Das Heck war bereits leer und auch am Bug waren es nur noch wenige. Hoffi stutzte. Was war mit den schwarzen Hasen, die in einer Linie vorne auf dem Deck gestanden hatten? Es waren nur noch vier übrig.

„Verdammt die Hasen! Kevin, wo sind die Hasen hin, die vorne am Bug standen?“
Der junge Mann hatte keine Antwort. „Ich habe nur auf die Gangway zwischen den Schiffen geachtet und gezählt, wie viele rübergewechselt haben.“
„Beller“, brüllte Hoffi über den Gang. „Das musst du dir ansehen!“
„Heilige Scheiße“, flüsterte Beller kurz darauf. „Die Hasen sind weg. Da …“, er zeigte auf einen weiteren Punkt, der sich vom Bug löste und auf die Gangway zusteuerte, „das könnte auch einer sein. Gehen die Geiselnehmer doch mit rüber auf die „Schwaben“ und mischen sich unter die Geiseln? Ist das ihr Plan?“
„Das macht doch alles gar keinen Sinn“, sagte Hoffi verzweifelt und schlug mit der flachen Hand auf den Tisch. „Wie wollen sie denn mit einem restlos überfüllten Schiff fliehen?“

Werner las den letzten Namen auf seiner Liste vor und ließ sich erschöpft auf dem Kapitänsstuhl nieder. Wer hätte gedacht, dass vorlesen so anstrengend sein kann. Doch nun war es geschafft und es hatte sich gelohnt: tausendvierhundertzwölf Überweisungen waren eingegangen. Sie hatten mit weniger gerechnet. Er sah auf die Uhr: 22:14 Uhr. Ein paar Zahlungen würden wohl noch eingehen, doch um die konnte er sich nicht mehr kümmern. Es war Zeit dieses Schiff zu verlassen. Er schrieb David und Jürgen auf der „Schwaben“ eine Nachricht mit nur einem Wort: „Abreise“
Exakt um 22:30 Uhr lösten David und Jürgen die Taue und zogen die Gangway ein. Ein paar der zurückgebliebenen Geiseln heulten auf und versuchten noch auf die „Schwaben“ zu gelangen, doch ein paar Warnschüsse verfehlten ihre Wirkung nicht und sie zogen sich wimmernd zurück.

„Das habt ihr wirklich gut gemacht“, lobte Werner, als die beiden auf die Brücke kamen. Gemeinsam beobachteten sie wie die „Schwaben“ langsam Fahrt aufnahm und sich von ihnen entfernte. Der Kapitän befolgte ihre Anweisungen exakt. Die Schreie der Geiseln wurden wieder lauter, während der Abstand zwischen den Schiffen immer größer wurde.
Werner lächelte unter seiner Hasenkapuze hervor. „Meine Herren: es wird Zeit.“ Dann wandte er sich an den Kapitän der „Stuttgart“, der noch immer gefesselt auf dem Boden saß. „Kapitän – es war mir ein Vergnügen, aber wir haben leider noch Termine. Damit sie während unserer Abwesenheit nicht auf dumme Gedanken kommen, verrate ich Ihnen noch etwas: vielleicht haben wir drüben auf der „Schwaben“ ja auch noch eine Bombe deponiert, die nur darauf wartet, dass jemand hier etwas Falsches tut …“
„Irgendwann werden sie dafür büßen“, murrte der Kapitän und spuckte auf den Boden.
„Werden wir das nicht alle?“, erwiderte Werner fröhlich. „Hoffen wir mal, dass es bis dahin noch eine Weile dauert!“

„Die Schiffe trennen sich“, rief Kevin aufgeregt. Sofort versammelten sich alle vor der Videowand und starrten auf die Infrarotbilder des Zeppelins.
Hoffi sah auf die Uhr. „Aber es ist noch viel zu früh … gerade mal halb elf. Was soll das denn jetzt?“
Während die „Schwaben“ mit hunderten leuchtender Punkte an Bord langsam Fahrt aufnahm blieb die „Stuttgart“ auf ihrer Position. Der Katamaran klebte an ihrer Seite. Auf ihm leuchteten sieben

Punkte, die sich bewegten.
„Kevin, was machen die Überweisungen?", zischte Beller.
„Keine mehr seit … ungefähr fünfzehn Minuten."
„Shit! Wieviel waren es bis dahin?"
„Tausendvierhundertzwölf."
Beller und Hoffi sahen sich an.
„Denkst du auch, was ich denke?", fragte Beller.
Hoffi nickte. „Die restlichen Geiseln sind ihnen egal. Wäre es mir vermutlich auch bei hundertvierzig Millionen Euro."
Beller starrte auf das Bild. Noch immer waren nur sieben Personen auf dem Katamaran. Wenn die Geiselnehmer sich aus dem Staub machen wollten, müssten sie alle auf den Katamaran wechseln, doch es blieb bei den sieben.
„Wo sind die ganzen Hasen?", fragte Beller sich selbst, doch Kevin antwortete ihm trotzdem.
„Naja, einige sind ja auch auf die „Schwaben" rübergewechselt. Ich kann aber nicht genau sagen, wie viele es waren. Zu dem Zeitpunkt waren wir schon auf Infrarot, da konnte ich die Hasen nicht mehr von den Passagieren unterscheiden."
„Irgendwas stimmt hier ganz und gar nicht", murrte Beller und zerwühlte seine Haare. Was übersah er?
„Sind die Hasen zusammen auf das andere Schiff gegangen?"
Kevin überlegte. „Nein. Immer mal wieder einer, zwischen den Geiseln, die sie rüber gelassen haben."
Beller versetzte sich in die Situation an Bord. Überall sitzen Geiseln. Dann beginnen die Geiselnehmer einzelne Personen auf das andere Schiff zu lassen. Vermutlich diejenigen für die bezahlt wurde. Und dann geht auch immer wieder einer der schwarzen Hasen. Warum?

Um sich unters Volk zu mischen? Warum sind sie nicht alle auf einmal rübergegangen, wenn das ihr Plan war? Vermutlich hatten die Geiselnehmer eine Liste mit den Überweisungen, nach der sie die Passagiere ausgewählt haben. An welcher Stelle haben sie dann einen Hasen dazwischengeschoben?

„Kevin, gab es da einen bestimmten Rhythmus? So nach dem Motto: drei Geiseln, dann ein Hase, oder ähnliches?"

Der junge Polizist überlegte kurz bevor er den Kopf schüttelte. „Ich würde sagen, es war eher willkürlich. Halt immer mal wieder einer."

Beller war ratlos. „Die haben bisher alles bis ins Detail geplant, haben mit einer Bombe ein Schiff versenkt, haben hundertvierzig Millionen Euro kassiert … da glaube ich nicht, dass sie sich zufällig unter die Geiseln gemischt haben, als wären sie ganz normale Passagiere. Das passiert aus einem ganz bestimmten Grund …"

Was hatte er da gerade gesagt? Beller rief sich seine eigenen Worte nochmal ins Gedächtnis: „… als wären sie ganz normale Passagiere …"

„Oh – mein – Gott", rief er. „Was ist, wenn es genau so war?"

„Wie war?", fragte Hoffi irritiert.

„Wenn die vielen schwarzen Hasen auf den Decks tatsächlich ganz normale Passagiere waren?"

Hoffi brauchte einen Moment, bis er Beller folgen konnte.

„Du meinst, die haben willkürlich ein paar Leute in schwarze Hasenkostüme gesteckt und dann auf dem Schiff auflaufen lassen?"

„Das war wahrscheinlich gar nicht so schwierig", dachte Beller weiter. „Sie haben es uns sogar gesagt: es stand in der Vorankündigung für diesen Flashmob. Sie wollten Freiwillige auf den Schiffen einbeziehen … und die jungen Leute stehen auf sowas. Wahrscheinlich haben die begeistert mitgemacht. Zumindest am Anfang. Die haben ihre Anweisungen bekommen und dachten sie werden mit dieser Aktion berühmt oder sind zumindest Teil davon."

Hoffi ahnte, worauf Beller hinauswollte. „Das bedeutet, dass wir es nicht mit über dreißig Geiselnehmern zu tun haben, sondern nur mit ... sagen wir ... vier oder fünf ..."

Alle schwiegen.

„Wieviel Personen sind auf dem Katamaran?"

Kevin zählte noch einmal nach. „Immer noch sieben."

Bellers Blick wurde finster. „Das sind unsere Geiselnehmer und sie machen sich gerade aus dem Staub! Die haben uns die ganze Zeit verarscht."

Hoffi hatte schon das Telefon in der Hand und sprach mit dem Leiter des SEK. In knappen Worten schilderte er ihm ihre Vermutung.

„Wie sicher ich mir bin? Verdammt nochmal, ich bin mir gar nicht sicher, aber so ergibt alles einen Sinn. Die machen sich aus dem Staub und wir können zusehen, wie sie das Schiff mit den verbliebenen Geiseln in die Luft sprengen. Daher: wenn Sie mich fragen: legen Sie los und schnappen Sie sich diese Arschlöcher und retten Sie die Geiseln!"

Er hörte sich die Antwort des SEKlers an und beendete den Anruf.

Alle starrten ihn erwartungsvoll an.

„Zugriff!"

Behutsam steuerte Brugger das U-Boot auf den Katamaran zu. Er hatte das Sehrohr ausgefahren und zielte genau zwischen die beiden Kufen des Schiffes. Schmidt saß neben ihm und hielt die Luft an. Für

die letzten Meter stoppten sie die Maschine und ließen sich treiben, bevor sie mit einem kurzen Gegenschub zum Stehen kamen.
Brugger fuhr das Sehrohr ein. „Gehen wir hoch. Aber ganz langsam."
Schmidt betätigte einen Hebel und das U-Boot näherte sich zentimeterweise der Wasseroberfläche.
„Aufgetaucht, Kapitän", meldete er kurz darauf. „Wir können die Luke öffnen."

„Das hier ist für Sie", sagte Werner und drückte dem Kapitän des Katamarans ein Handy in die Hand. „Wenn es klingelt, brauchen Sie nur eines zu tun: losfahren – und zwar so schnell wie möglich. Entfernen Sie sich so weit wie möglich von der „Stuttgart" und steuern Sie dann Konstanz an."
Der Kapitän sah ihn fragend an, doch Werner ignorierte ihn.
„Sie haben den Verletzten und den Arzt an Bord. Sie sollten ihn so schnell wie möglich in ein Krankenhaus bringen. Wenn er es nicht schafft, ist das Ihre Schuld. Haben Sie verstanden?"
Der Kapitän nickte. Er hatte nicht vor sich zu widersetzen.
„Und was ist das da?", fragte er unsicher und zeigte auf einen kleinen Kasten, der aussah wie eine alte Atari-Spielekonsole.
„Das ist meine Rückversicherung", grinste Werner. „Sehen Sie das kleine grüne Licht? So lange es leuchtet ist alles gut … wenn es ausgeht … nun ja … sie haben gesehen, was mit der Lindau passiert ist. Aber machen Sie sich keine Sorgen: solange Sie meine Anweisungen befolgen, wird diese Lampe leuchten."
Der Kapitän sah ängstlich zu dem Kasten. Er dachte an seine Frau

und seine drei Kinder und beschloss, genau das zu tun, was von ihm verlangt wurde. Werner spürte, wie der Mann aufgab und lächelte zufrieden. Der Kasten war tatsächlich nur eine alte Atari-Spielkonsole. Er hatte das Innenleben entfernt und eine einzelne LED eingesetzt. Sie würde brennen, bis die Batterie leer war. Das Gerät war nur ein Bluff, wie so vieles an ihrem Coup und diente lediglich dazu, die Kontrolle zu bewahren.

„Ich sehe, wir verstehen uns, Kapitän. Bleiben Sie hier auf der Brücke. Auch wenn wir weg sind. Und wenn das Telefon klingelt, geben Sie Gas."

Ohne eine Antwort abzuwarten, verließ er die Brücke des Katamarans und stieg nach unten, wo Juri, David und Jürgen schon mit gepackten Taschen auf ihn warteten. Der Arzt und der verwundete Mann saßen gefesselt und mit Augenbinden im hinteren Bereich der Passagierplätze. Werner sah sich noch einmal um, bevor er den anderen durch die Klappe hinterherstieg.

Sofort nach dem Kommando waren die Boote losgerast und die Hubschrauber aufgestiegen. Das SEK hatte Verstärkung bekommen und war nun mit jeweils zehn Mann auf den Patrouillenbooten. Zwei Eidgenossen waren im Führerstand, ein weiterer stand am Maschinengewehr. Wie vereinbart fuhren sie eine weite Schleife und warteten auf der dem Ufer abgewandten Seite auf die Hubschrauber. Als die beiden H 145 der Firma Airbus Helicopters mit gesenkten Nasen heranflogen und ihre Suchscheinwerfer einschalteten, starteten sie ihre Motoren. Der zweite Katamaran folgte ihnen in sicherem Abstand. Sie hatten sich der „Stuttgart" bis auf vierhundert Meter genä-

hert, als sich „Fridolin“ plötzlich von dem Schiff löste. Ohne auf die Hubschrauber oder Patrouillenboote zu achten, raste er mit Höchstgeschwindigkeit nach Westen davon.
Beller und Hoffi sahen den startenden Katamaran auf den Bildern, die der Zeppelin ihnen schickte.
„Die wollen abhauen!“, rief jemand über die gesicherte Funkfrequenz des SEKs. „Nehmen mit „Schweiz 1“ die Verfolgung auf!“
Offenbar hatten die beiden Boote für diese Aktion eigene Namen bekommen.
„Jetzt kriegen wir diese Scheißkerle“, zischte Hoffi und schlug mit der Faust in die Hand. „Die glauben doch nicht, dass sie uns so entkommen können.“
Das Videobild schwenkte „Fridolin“ hinterher und verlor die „Stuttgart“ aus dem Blickfeld.
„Stop!“, rief Beller aufgebracht. „Kevin, sag dem Zeppelin er soll mit den Kameras an der „Stuttgart“ bleiben.“
Sekunden später war das Schiff der weißen Flotte wieder mittig im Bild. Die normalen HD-Kameras übertrugen die Szenerie, da die Scheinwerfer der Hubschrauber alles hell erleuchteten.
„Wir gehen an Bord“, knarzte es aus dem Funkgerät.
Das zweite Boot hatte sich wie geplant an die „Stuttgart“ angeschlichen und die SEKler erklommen mithilfe der Enterhaken das Deck.
„Sie sind oben“, kommentierte Hoffi vor der Videowand und zeigte auf sechs Männer, die in Dreiergruppen geduckt über das Deck huschten. Sie liefen zwischen den reglosen Geiseln hindurch bis zum Bug, wo sie kurz verharrten und in Schussstellung gingen. Ein schwarzer Hase am Bug wirbelte herum und ging zu Boden.
„Ein Verdächtiger am Boden“, rief es aus dem Funkgerät. „Wieder-

hole: ein Verdächtiger niedergeschossen!"
Die drei Männer näherten sich dem am Boden liegenden und zogen ihm die Kapuze vom Kopf, die andere Dreiergruppe kam von der anderen Seite und sicherte die Flanke.
„Verdammte Scheiße: das ist ja ein Kind", tönte es entsetzt aus dem Lautsprecher. „Wir haben einen Jungen angeschossen … sechzehn, siebzehn Jahre … aber im Hasenkostüm … und er hatte eine Waffe …"
Betretenes Schweigen.
Dann leiser: „Es ist eine Spielzeugwaffe …"
Obwohl es gegen die Regeln war, griff Beller zum Mikrofon. „Sind noch weitere Hasen da?"
„Ein weiterer Hase. Unbewaffnet. Mit erhobenen Händen."
„Nicht schießen", sagte Beller bestimmt. „Das sind keine Geiselnehmer. Ich wiederhole: nicht schießen!"
Auf der Videowand konnten sie verfolgen wie das SEK auch dem zweiten Hasen die Kapuze vom Kopf zog.
„Ebenfalls ein Junge. Ungefähr gleiches Alter. Auf dem Boden liegt ein weiteres Plastikgewehr."
„Das sind alles Geiseln", rief Beller lauter als notwendig. „Bringen Sie die Leute von Bord! Schnell!"
Jetzt kam Bewegung in die Bilder. Die Männer des SEKs leiteten die Geiseln an die Backbordseite des Schiffes, wo gerade der zweite Katamaran festmachte. Die orange leuchtende Notrutsche war gut zu sehen, die nun von der „Stuttgart" auf den Katamaran hinab führte. Kurz darauf begann die Evakuierung. Fast im Sekundentakt rutschte eine Geisel nach der anderen nach unten und verschwand im Inneren des Schiffes. Nach sieben Minuten war die „Stuttgart" geräumt

und der Katamaran löste sich von ihrer Seite, nahm schnell an Geschwindigkeit zu und verschwand in Richtung Friedrichshafener Ufer.
Kurz darauf kamen die sechs SEK-Männer wieder auf das erste Deck. Sie versammelten sich am Bug und einer reckte gut sichtbar den Daumen in die Höhe während er in sein Funkgerät sprach:
„Wir haben das Schiff durchsucht. Wir haben keine Bombe an Bord gefunden."
„Also doch nur ein Bluff", schimpfte Beller und pfefferte seinen leeren Kaffeebecher in die Ecke. „Die haben uns die ganze Zeit nach Strich und Faden verarscht ..."
„Noch keine Entwarnung", wurde er vom Sprengstoffexperten des SEK unterbrochen, der ins Zimmer stürmte.
„Wie meinst du das?", fuhr Beller herum.
„Die Bombe ... also die auf der Lindau ... ich habe mir die Bilder immer wieder angeschaut und bin mir sicher: sie war nicht *in* dem Schiff, sondern außen an dem Schiff befestigt."
Alle starrten den Mann an.
„Wie sicher?", fragte Hoffi.
„Ganz sicher. Ich kann es dir zeigen!"
Hoffi überlegte noch kurz und griff dann entschlossen nach dem Funkgerät.
„Alle runter vom Schiff! Schnell! Es kann sein, dass die Bombe außen am Schiff befestigt ist. Also keine Entwarnung! Alle Mann runter von der „Stuttgart"!"
Die SEKler reagierten prompt und hasteten zu ihren Enterhaken, an deren Leinen sie sich hektisch auf das Patrouillenboot abseilten.
Kaum war der letzte Mann an Bord, bäumte sich das Boot auf und

raste davon.
„Das wäre geschafft", sagte Beller erleichtert. „Was ist mit den Geiselnehmern auf dem „Fridolin"? Haben wir sie?"

Der Kapitän ließ die grüne LED nicht aus den Augen. Er schwitzte, wischte sich immer wieder mit dem Ärmel seiner Uniformjacke über die Stirn. Natürlich sah er das Schweizer Patrouillenboot und die bewaffneten Männer, die ihm aufgeregt zuwinkten, doch er hielt Kurs. Erst war das Boot gleichauf, doch dann zog es an ihm vorbei und versuchte ihn abzudrängen. Mit einem geschickten Manöver lenkte er erst ein, änderte dann die Richtung fast im neunzig Grad Winkel und zog mit Vollgas an dem Schiff vorbei. Doch wenig später näherte sich das Patrouillenboot erneut und setzte sich diesmal direkt neben ihn. Die Bordwände knirschten, als die Schiffe sich berührten. Unter ständigem Kontakt arbeitete sich das Schweizer Boot langsam vorwärts und klappte dann direkt vor den Bug des Katamarans, der dadurch fast zum Stillstand kam. Der Kapitän geriet in Panik, warf erneut einen Blick auf die grüne LED und riss die Tür nach draußen auf. Mit einem beherzten Sprung drückte er sich von der Brücke ab und sprang ins Wasser. Ängstlich sah er hinauf zu seinem Schiff und rechnete jede Sekunde mit der Explosion. Doch nichts geschah. Das Boot der Schweizer machte an „Fridolin" fest und die Männer stürmten das Schiff mit vorgehaltenen Waffen. Der Katamaran war nicht groß und das SEK beendete nach wenigen Minuten die Durchsuchung. Resigniert fischten sie den Kapitän aus dem Wasser und machten Meldung:
„Wir haben den Katamaran! Zwei Personen an Bord: der Mann mit

der Schussverletzung und der Arzt. Der Kapitän ist von Bord gesprungen, weil er dachte, er hätte eine Bombe auf der Brücke, aber das war nur eine Attrappe. Eine alte Atari-Spielekonsole mit einer LED und einer AA-Batterie."

Als Beller die Meldung hörte, hatte er eine böse Vorahnung. „Was ist mit den Geiselnehmern?"

„Bis auf diese drei Personen war niemand an Bord. Ich wiederhole: niemand an Bord. Die Geiselnehmer sind weg!"

9 Spurensuche

„Die Geiselnehmer sind nicht weg“, rief Beller aufgebracht. „Sie sind nur nicht da, wo wir sie vermuten!“

Meier verzog das Gesicht. „Und was meinst du, wo das ist? Die „Stuttgart“ ist leer, auf dem Katamaran waren sie auch nicht …“

„… dann bleibt noch die „Schwaben“ … ist das Schiff schon im Hafen?“

„Legt gerade an“, sagte Hoffi mit Blick auf die Uhr. „Da ist ganz schön was los an der Anlegestelle. Viele Angehörige, Unmengen an Presseleuten …“

„Niemand geht von Bord“, befahl Beller. „Wenn die Geiselnehmer nicht die besten Tricks von David Copperfield geklaut haben, müssen sie auf diesem Schiff sein. Vermutlich haben sie sich unter die Leute gemischt. Wir müssen jeden einzelnen genau überprüfen.“

Hoffi verzog das Gesicht. „Das können wir nicht machen. Nach dem was die Leute durchgemacht haben, wollen sie von dem Schiff runter. Hindern wir sie daran, gibt es Mord und Totschlag.“

„Wir könnten sie ins Zeppelinmuseum bringen“, schlug Schorsch vor. „Als eine Art Übergangslager. Das liegt direkt an der Anlegestelle und dürfte groß genug sein. Wir erfassen die Daten und wer sicher nichts mit der Geiselnahme zu tun hat, darf gehen. Da denke ich vor allem an die vielen Kinder.“

„Das gibt uns etwas Zeit“, stimmte Beller zu. „Dazu das volle Programm: Feuerwehr zur Unterstützung, Rotes Kreuz, Notfallärzte …“

„Hey Leute … der Countdown!“, unterbrach Kevin und zeigte auf die Videowand. Trotz dem Ende der Geiselnahme verkündete er immer noch im Sekundentakt die bevorstehende Sprengung der „Stuttgart“.

„Gib uns das Bild vom Zeppelin dazu", verlangte Hoffi. Kevin teilte mit ein paar Klicks die Darstellung in zwei Hälften. Das Infrarotbild des Schiffes war auf der rechten Seite zu sehen, die Homepage mit dem Countdown auf der Linken. Sie hielten den Atem an, als die Anzeige unter zehn Sekunden sprang. Es war wie bei einer Hinrichtung: sie blickten auf die unversehrte „Stuttgart", wussten jedoch, dass sie gleich Geschichte sein würde.

In zehn, neun, acht, sieben, sechs, fünf, vier, drei, zwei, eins ...

Reflexartig zogen sie den Hals ein und wandten sich etwas ab - doch nichts passierte. Sie warteten noch ein paar Sekunden, aber die erwartete Explosion blieb aus.

„Und noch ein Bluff", seufzte Beller. „Auf der „Stuttgart" war nie eine Bombe."

„Die haben uns mit allem an der Nase herumgeführt", stimmte Hoffi zu. „Aber ich möchte sicher gehen. Ich habe mit der Wasserschutzpolizei gesprochen. Sie haben zwei Taucher in Bereitschaft. Die sollen das Schiff von außen absuchen. Vielleicht hat die Bombe ja nur versagt. Auch sowas kommt vor."

Beller nickte. „Die Taucher sollen auch die „Schwaben" im Hafen absuchen, sobald die Leute runter sind. Überraschungen hatten wir schon genug."

Hoffi sah sich im Besprechungsraum um. „Jeder der keine konkrete Aufgabe hat, kommt mit an den Hafen. Schorschi: gib der Bereitschaftspolizei Bescheid und sag ihnen, dass wir ihre Unterstützung bei der Erfassung der Passagiere brauchen. Kevin: beobachte weiter den Stream und die Bilder vom Zeppelin. Wenn sich irgendwas tut, ruf mich an."

Hoffis Blick fiel auf den Sprengstoffexperten des SEK. „Wie sieht es bei dir aus?"

„Ich würde gerne noch an der Auswertung des Explosionsvideos arbeiten. Und da ist etwas, dass du dir wirklich anschauen solltest …"

„Später", unterbrach Hoffi ihn. „Das Video haben wir auch noch in ein paar Stunden, die Geiselnehmer wahrscheinlich nicht. Wenn die sich unters Volk gemischt haben, müssen wir sie finden. Das hat oberste Priorität!"

Werner war als letzter durch die Klappe in den Turm des U-Boots geklettert. Kaum war er drinnen, hatte Brugger die Luke hinter ihm geschlossen und sich ans Steuer gesetzt. Sie waren sofort abgetaucht und nun auf dem Weg in die Schweiz.

„Endlich komme ich aus dem Ding raus", schimpfte Juri und riss sich das Hasenkostüm vom Leib. Sein Gesicht, der Hals und auch ein großer Teil der Arme war durch seine Neurodermitis pustelig aufgeworfen.

„Du siehst ja schlimm aus", sagte Werner und begann seinerseits sich das Latex vom Gesicht zu kratzen. Brugger kam die Leiter herunter und gab Juri eine kleine Tube mit Salbe.

„Hier – das Zeug, das du bestellt hast."

Juri nickte dankbar. „Kortison. Leider das einzige Mittel, was hilft."

Auch David und Jürgen entledigten sich ihrer Verkleidungen. Beide hatten sich einen gepflegten Vollbart angeklebt, eine nerdige Brille und ein Cappy aufgesetzt. Jürgen sah aus wie der ungepflegte Bruder des Sängers Mark Forster.

„Hier stinkt's ja wie in einem Pumakäfig", schimpfte Schmidt, als er

vom Maschinenraum herüberkam.
„Duschen war leider nicht angesagt“, knurrte Werner. „Und dieses Plastikkostüm hat es auch nicht besser gemacht.“ Er schälte sich aus dem künstlichen Hasenfell und verzog angewidert das Gesicht, als er kurz daran roch. Er rollte es zu einer Kugel, zusammen mit seinem T-Shirt, der Jogginghose und der Unterwäsche, und stopfte es in einen Plastiksack. Juri, David und Jürgen gaben ihre Sachen dazu und reichten den Sack an Schmidt weiter.
„Schnell weg damit“, sagte Werner. „Der Gestank verstößt ja gegen die Genfer Konventionen!“
Schmidt trug den Sack am ausgestreckten Arm zur Luftschleuse und legte ein paar Gewichte hinein, bevor er die Luft herauspresste und ihn verknotete. Bei der nächsten Gelegenheit würde er ihn im See versenken. Nachdem sie frische Sachen angezogen hatten, verteilte Werner Bier aus einer Kühlbox.
„Freunde: das habt ihr großartig gemacht! Trinken wir auf das höchste Lösegeld, dass je bezahlt wurde!“
Lachend stießen sie an und machten sich dann über die Sandwiches her, die Schmidt aus einer weiteren Kühlbox holte.
„Der Rest ist ein Kinderspiel“, sagte Schmidt und nahm sich selbst ein Sandwich. „An der Landungsstelle steht schon alles bereit. Es gibt sogar eine Dusche!“
„Der Herr sei gepriesen“, rief Werner theatralisch und reckte seine gefalteten Hände in die Höhe.
„Wir sind in einer guten halben Stunde da“, erklärte Schmidt weiter. „Sobald ihr euch frisch gemacht habt, bringen wir euch zu euren Autos. Eure Flüge gehen zu unterschiedlichen Zeiten, aber bis morgen Mittag seid ihr alle in der Luft.“

Die Männer lachten und stießen erneut an. Sie wussten, dass sie sich vermutlich nie wiedersehen würden, doch angesichts der fünf Millionen Euro, die jeder auf dem Konto hatte, war das durchaus zu verschmerzen.

„Wie weit sind wir?", fragte Hoffi.
„Über siebenhundert haben wir durch", antwortete der SEK-Mann, der die Daten der Geiseln aufnahm. „Aber drei der Passagiere mussten wir ohne Kontrolle gehen lassen: bei einer Schwangeren hatten die Wehen eingesetzt, einem siebzigjährigen Diabetiker war das Insulin ausgegangen und eine Frau Mitte Fünfzig hatte starke Kreislaufprobleme. Die drei sind jetzt im Krankenhaus, aber ich habe zur Sicherheit ihre Namen und Adressen."
Hoffi sah sich um. Die ehemaligen Geiseln standen müde in einer langen Schlange vor drei Tischen, an denen ihre Daten aufgenommen wurden. Die meisten waren Jugendliche oder Kinder, höchstens ein Viertel waren Erwachsene. Hoffi konnte sich nicht vorstellen, dass die Geiselnahme von ein paar Sechzehnjährigen geplant worden war, doch auch unter den Erwachsenen entdeckte er niemanden, der ihm auf Anhieb verdächtig vorkam. Die große Halle des Zeppelinmuseums erinnerte Hoffi an ein Flüchtlingslager, das er einmal besucht hatte. Überall hockten Menschen auf dem Boden. Vom Roten Kreuz hatten sie Decken bekommen, die die meisten als Sitzkissen benutzten. In einer Ecke der Halle konnte man sich in einem Lazarettzelt von einem Arzt behandeln lassen, falls erforderlich. Doch trotzdem empfand er die Stimmung als ruhig. Viele der Geiseln starrten einfach nur apathisch vor sich hin, froh, dass alles so glimpf-

lich geendet hatte. Ein paar Meter entfernt entdeckte er ein junges Mädchen in einem der Hasenkostüme.

„Wieso hast du das noch an?", fragte er.

Das Mädchen öffnete ein Stück den Reißverschluss. „So kann ich ja schlecht hier rumrennen", blaffte sie zurück. Unter dem Fell trug sie nur ihre Unterwäsche.

„Wie heißt du?", fragte Hoffi freundlich.

„Nina. Nina Knor."

„Kannst du mir erzählen, wie du in dieses Kostüm gekommen bist?"

Das Mädchen erzählte bereitwillig, wie ein Mann sie und ihren Freund gefragt hatte, ob sie bei dem Flashmob mitmachen wollten. Sie beschrieb ihn als freundlich, ungefähr Mitte dreißig, mit gepflegtem Vollbart, Brille und Cappy. Er habe dem Sänger Mark Forster ähnlichgesehen. Sie hätten erst gezögert, aber als er jedem von ihnen hundert Euro angeboten habe, hatten sie zugesagt. Sie mussten zu einem bestimmten Zeitpunkt unter Deck sein und die Kostüme anziehen. Dann hatten sie darauf gewartet, dass der Seehas vom Schiff sprang – das sei das Zeichen zum Start des Flashmobs gewesen.

„Hätten wir gewusst, dass das eine Geiselnahme ist, hätten wir niemals mitgemacht!"

Hoffi legte ihr die Hand auf die Schulter. „Warum habt ihr dann weiter mitgemacht? Ihr hättet doch einfach die Kostüme ausziehen können …"

Nina sah ihn verständnislos an. „Um dann halb nackt dazustehen? Nee. Und außerdem wussten wir ja auch nicht, wer zu den Geiselnehmern gehört und wer nicht. Da waren so viele schwarze Hasen … bei uns am Bug … und oben auf der Brücke … alle mit Waffen … da haben wir lieber mitgespielt."

„Du hattest auch eine Waffe“, stellte Hoffi fest.
„Ach, das Plastikding? Habe gleich gemerkt, dass die Knarre nicht echt ist. Ein Bekannter von uns ist Jäger und ich durfte sein Gewehr mal halten. Das fühlt sich ganz anders an. Aber die Gewehre von den anderen hätten ja echt sein können und wir wollten kein Risiko eingehen.“
Hoffi verstand und bedankte sich bei dem Mädchen. Im hinteren Bereich der Warteschlange entdeckte er Beller, der langsam an den Wartenden vorbeiging.
„Hast du jemanden entdeckt?“
Beller schüttelte den Kopf. „Die Geiselnehmer sind nicht hier. Ich habe nur neun erwachsene Männer entdeckt, die in Frage kämen … Fehlanzeige. Jeder hatte ein Kind oder einen Enkel dabei. Das sind nicht unsere Täter.“
Hoffi nickte. „Ich weiß nicht, wie die das geschafft haben, aber ich fürchte, sie sind weg. Wir nehmen trotzdem alle Daten auf und lassen sie abgleichen. Vielleicht kommt ja doch noch etwas dabei heraus. Ach ja: der internationale Haftbefehl für diesen Popov ist raus. Sein Bild ging an alle Flughäfen, Bahnhöfe und Polizeistationen in Deutschland, Österreich und der Schweiz. Sobald der Kerl irgendwo auftaucht, erwischen wir ihn.“
Beller bezweifelte, dass ihnen der Mann so einfach ins Netz gehen würde, doch die Chance bestand, außerdem hatten sie sonst nichts, womit sie arbeiten konnten. Die ganze Zeit über waren ihnen die Geiselnehmer immer einen Schritt voraus gewesen. Alles war bis ins letzte Detail geplant gewesen und fand seine Krönung in ihrer Flucht. Wie konnten sie so einfach verschwinden? Er erinnerte sich an einen Bankraub, bei dem die Täter über Monate einen fast fünf-

hundert Meter langen Fluchttunnel gegraben hatten, der hinter der Wand eines Abstellraumes geendet hatte. Eigentlich eine clevere Idee, doch sie hatten nicht mit den winzigen Abhörgeräten gerechnet, die das SEK unbemerkt in die Bank gebracht hatte. Aus den Geräuschen und einigen Gesprächsfetzen konnten sie damals Rückschlüsse darauf ziehen, was die Räuber vorhatten und erwarteten sie am Tunnelausgang. Doch auf dem See gab es keine Tunnel. Eigentlich war es ganz einfach: wer vom Schiff runter wollte, brauchte ein anderes Schiff. Oder vielleicht einen Hubschrauber. Beides hätten sie bemerkt. Auch Schwimmer hätten sie auf den Bildern des Zeppelins entdeckt. Den letzten Sichtkontakt mit den Geiselnehmern hatten sie auf dem Katamaran gehabt. Ganz sicher konnten sie sich allerdings nicht sein, da die Aufnahmen von der Infrarotkamera kamen, auf denen alle Personen nur als leuchtende Flecken dargestellt wurden. Als „Fridolin" dann losgerast war, schien das die Flucht zu sein, doch es entpuppte sich als weiterer Bluff. Moment. Die Geiselnehmer waren zuletzt auf dem Katamaran – nicht auf einem der Schiffe der weißen Flotte. Hatten sie etwas übersehen? Was hatte sich an Bord von „Fridolin" ereignet?
„Wir müssen unbedingt mit dem Kapitän des Katamarans sprechen. Und wollte Meier nicht noch einen der Ingenieure des Schiffes auftreiben?"
Hoffi sah auf die Uhr. „Das machen wir. Aber nicht mehr heute Nacht. Alle sind damit beschäftigt, sich um die Geiseln zu kümmern. Wir sollten sehen, dass wir ein paar Stunden Schlaf kriegen und morgen wieder fit sind. Der Kapitän läuft uns nicht weg."
Beller wollte erst widersprechen, doch auch er spürte die Müdigkeit, die ihn allmählich übermannte. Seine Augen brannten und er roch

seinen eigenen Schweiß. Eine heiße Dusche und sein Bett waren in diesem Moment verlockender als alles andere.

Barnsteiner checkte die Nachrichten auf seinem Handy. Das U-Boot war wie geplant in der Schweiz angekommen. In den nächsten Stunden würde einer nach dem anderen mit einem Mietwagen zum Züricher Flughafen fahren und auf Nimmerwiedersehen verschwinden. Nicht einmal er wusste, wer wohin flog und das war gut so. Wenn einer von ihnen erwischt werden sollte, wusste er nichts über den Verbleib der anderen. Sie wussten weder, wo sie in der Schweiz an Land gegangen waren, noch wo sie mit dem U-Boot gestartet waren. Beide Male hatten sie Augenbinden getragen. Nur was man wirklich nicht weiß, kann man auch nicht verraten. Trotzdem würden die Ermittler irgendwann auf die Idee mit dem U-Boot kommen, doch auch für diesen Fall hatten sie vorgesorgt.
Barnsteiner sah auf die Uhr. Kurz vor neun – der erste müsste jetzt bereits auf dem Flughafen sein.

Beller hatte noch in der Nacht geduscht und war anschließend nackt auf seinem Bett eingeschlafen. Kurz hatte er noch an Biggi gedacht, war aber insgeheim froh, dass sie nicht wieder auf ihn gewartet hatte. Am Morgen hatte er auf ein Frühstück verzichtet und war ohne die Hilfe des Navis direkt nach Friedrichshafen gefahren. Voller Stolz parkte er den alten Grünen neben Hoffi, der mit einer Bäckertüte aus seinem Wagen stieg.
„Besprechung mit Frühstück“, lachte er und hielt die Tüte hoch. „Mit vollem Bauch denkt es sich besser.“

Im Besprechungsraum verteilten sie die Butterbrezeln und ließen eine Kanne frischen Kaffee herumgehen. Neben Schorsch, Kevin, Meier, Neuer und Rabe waren nur noch drei SEKler anwesend, unter ihnen der Sprengstoffexperte. Die Verstärkungseinheit war noch in der Nacht abgerückt, die restlichen Männer waren immer noch im Hafenbereich und halfen bei der Auswertung der Daten und bei der Sicherung der „Schwaben". Immer wieder mussten sie neugierige Reporter davon abhalten das Schiff zu betreten.
„Guten Morgen alle zusammen", begann Hoffi. „Die gute Nachricht zuerst: die Geiselnahme ist beendet und es gab keine weiteren Verletzten oder Tote. Auch der Junge, der vom SEK angeschossen wurde, ist außer Lebensgefahr. Aber das war es dann auch schon mit den guten Nachrichten. Wir haben nach wie vor keine Ahnung, wie die Geiselnehmer fliehen konnten und wo sie sich jetzt befinden. Auch das Lösegeld ist nicht auffindbar. Die Cybereinheit beim BKA hat alles versucht, aber die Spuren der Überweisungen enden im Nichts. Es besteht noch eine geringe Hoffnung, dass sie sich weiter vorkämpfen, doch das braucht Zeit und ich fürchte bis dahin ist die Spur kalt. Inzwischen werden alle Häfen rund um den See überwacht und das Foto von diesem Popov hängt in jedem Flughafen und Bahnhof. Inzwischen haben wir auch ein besseres Bild davon, wie die Geiselnahme abgelaufen ist. Nach den ersten Befragungen der Geiseln gehen wir davon aus, dass es sich in weiten Teilen um einen gigantischen Bluff handelte. Angefangen mit der Anzahl der Täter. Tatsächlich waren sie wohl nur zu viert, haben aber mit diesem Flashmob und den Kostümen allen glauben gemacht, sie seien über dreißig. Dann die Bomben: wie sich herausstellte, gab es nur eine einzige und das war die, die die „Lindau" versenkt hat. Auf der „Stuttgart" und

der „Schwaben“ befanden sich keine Bomben, auf dem Katamaran „Fridolin“ nur eine Attrappe, gebastelt aus einer alten Atari-Spielkonsole. Die Taucher der Wasserschutzpolizei haben die Schiffe außen abgesucht und nichts gefunden. Alle Drohungen diesbezüglich waren also ebenfalls nur Bluff. Und dann die Flucht. Die Geiselnehmer befanden sich zuletzt auf dem Katamaran, der dann plötzlich in westlicher Richtung davongerast ist. Als wir ihn stoppen konnten, war außer dem Kapitän, dem Mann mit der Schussverletzung und dem Arzt niemand an Bord. Wann und wo die Täter das Schiff verlassen haben, ist schleierhaft. Habe ich etwas vergessen?“
Schorsch hob die Hand. „Sie haben endlich den Seehas aus dem Wasser gezogen. Natürlich tot. Er wurde von einer Kugel in den Hinterkopf getroffen. Als die Wapo ihn gefunden hat, saßen ein paar Möwen auf ihm und pickten in der Wunde herum. Ist wohl ein Glück, dass er mit dem Gesicht nach unten im Wasser lag … die Vögel hätten sonst sicher …“
„Danke, Schorschi“, unterbrach Hoffi angewidert, „wir wissen, was du meinst. Sonst noch was?“
„Ich bin noch an diesem Popov dran“, meldete sich Neuer. „Er war im letzten Jahr nirgends gemeldet, also ohne Wohnsitz. Auch beim Finanzamt ging seit einem Jahr nichts mehr ein. Davor hat er regelmäßig Steuern bezahlt und seinen Lohnsteuerjahresausgleich gemacht. Damals war er bei einer Security-Firma angestellt. Seit seiner Entlassung aus dem Knast vor fast zwanzig Jahren hat er sich nichts mehr zu Schulden kommen lassen … zumindest wurde er nicht erwischt. Laut Aussage seines Bewährungshelfers hatte er keinen Kontakt mehr zu seinen Mitinsassen und ist auch nicht in die Autoknackerbranche zurückgekehrt. Während er einsaß, hatte er nur zwei

Zellengenossen, die ich aber noch nicht ausfindig machen konnte, ich bezweifle jedoch, dass die uns weiterhelfen können."
Hoffi war zufrieden. „Danke Neuer. Bleib da aber trotzdem dran. Manchmal stolpert man ja doch noch über irgendetwas."
Jetzt hob Meier die Hand. „Ich wollte nur sagen, dass der Ingenieur von diesen Katamaranen gleich vorbeikommt und der Kapitän vom „Fridolin" kommt auch. Wobei der ziemlich durch den Wind ist – er hat fest daran geglaubt, dass ihn die Bombenattrappe in Stücke reist."
„Danke Meier. Sag mir, wenn die Leute da sind. Das übernehme ich selbst."
Hoffi erhob sich und wollte das Besprechungszimmer verlassen, als sich ihm der Sprengstoffexperte in den Weg stellte. „Ich wollte nur noch mal sagen, dass ich nicht wissen konnte, dass an den anderen Schiffen keine Bomben waren, aber ich bin mir sicher, dass die Bombe an der „Lindau" außen angebracht war."
„Das hattest du schon gesagt, aber wie kannst du dir da so sicher sein?", fragte Beller, der Hoffi hinterhergelaufen war. „Explosion ist doch Explosion ..."
„Wegen dem Blitz", unterbrach der SEKler. „Kommt mit, ich zeige es euch."
Er ging zu seinem Schreibtisch und bewegte die Maus um den Bildschirmschoner zu deaktivieren.
„Achtet genau auf den Moment der Detonation ..."
Zum gefühlt tausendsten Mal starrten sie auf die Bilder der Explosion. Das Aufbäumen des Mittelteils des Schiffes und das Absacken von Bug und Heck.
„Gesehen?", fragte der junge Mann erwartungsvoll, erntete aber nur

ratlose Blicke.
„Dann noch mal in Superzeitlupe."
Er verstellte einen Schieberegler in der Software und drückte auf „Play". Die Wiedergabegeschwindigkeit war nun so langsam, dass fast keine Bewegung wahrzunehmen war.
„Jetzt kommt es gleich … genau hinschauen … in fünf, vier, drei, zwei, eins …"
Noch bevor sich die Wasserfontäne erhob war ein schwacher Blitz unter der Wasseroberfläche zu sehen, gedämpft durch das trübe Seewasser.
„Dieser Blitz ist die eigentliche Explosion", erklärte der Sprengstoffexperte. „Hätte sich die Bombe im Inneren des Schiffes befunden, hätten wir den Blitz nicht sehen können, da in diesem Moment der Schiffsrumpf noch unversehrt war. Die Bombe war außen am Schiffsrumpf angebracht. Ganz sicher!"
Was für ein Aufwand, dachte Beller. Warum hatten sich die Geiselnehmer so viel Mühe gemacht? Und wie sind sie überhaupt von außen an das Schiff herangekommen? Während der Fahrt auf dem See war das nicht möglich, und im Hafen wäre es bestimmt aufgefallen, wenn ein paar Taucher mit einer riesigen Bombe ins Hafenbecken gesprungen wären.
„Gibt es im Hafen Überwachungskameras?", fragte Beller. „Wenn ja, dann brauchen wir die Bilder aus der Nacht vor der Geiselnahme, als die Schiffe im Hafen lagen."
„Ich frage nach", mischte sich Neuer ein, der die Unterhaltung an seinem Schreibtisch mitgehört hatte, und griff zum Telefonhörer.
„Gibt es eine Möglichkeit sich das Wrack der „Lindau" anzuschauen?", überlegte Beller. „Vielleicht erfahren wir etwas über die Art der

Bombe, wenn wir ihre Wirkung auf das Schiff sehen."
„Das wird schwierig", antwortete der Sprengstoffexperte. „Der Bodensee ist an dieser Stelle recht tief – fast hundertfünfzig Meter – da kommen wir mit Tauchern nicht ran. Aber ich weiß, dass wir einen Tauchroboter haben. Soll ich den anfordern?"
Hoffi klopfte dem jungen Mann auf die Schulter. „Mach das. Jede Information hilft."
„Der Kapitän und der Ingenieur sind da", rief Meier über den Flur. „In den Besprechungsraum?"
Hoffi winkte Meier zur Bestätigung zu und erhob sich. „Dann wollen wir mal."

Es war die schönste Dusche seines Lebens gewesen. Eine gefühlte Ewigkeit hatte er das heiße Wasser auf sich herabregnen lassen, bis die Haut an seinen Fingern und Zehen schon runzlig wurde, trotzdem hatte er beim Abtrocknen immer noch seinen eigenen Gestank in der Nase. Das bildest du dir nur ein, dachte Juri und betrachtete im Spiegel die roten Flecken in seinem Gesicht. So schlimm war seine Neurodermitis noch nie gewesen. Dieses verfluchte Hasenkostüm. Er strich mit den Fingern über eine der Stellen und spürte wie aufgeworfen sie war.
„Scheiße", knurrte er und schüttelte die Tube aus der Verpackung. Er schraubte sie auf und durchstach den Verschluss mit der Rückseite des Deckels. Von seinem Hautarzt hatte er eine Salbe mit höherem Kortisonanteil bekommen, doch ohne Rezept bekam man nur dieses Ebenol mit 0,5%. Schon auf dem Schiff hatte er das Jucken trotz aller Selbstbeherrschung nicht mehr ertragen und Brugger eine Notfall-

nachricht geschickt, der ihm daraufhin die Salbe beim Apothekennotdienst besorgt hatte. Gott sei Dank! Sorgfältig trug er die Creme dünn auf und wusch sich anschließend die Hände. Die Salbe brauchte Zeit, um ihre Wirkung zu entfalten, mit einer Linderung rechnete er nicht vor dem nächsten Tag.
Er ging die Treppe hinunter und betrat die Küche in der David und Jürgen mit einer Tasse Kaffee am Tisch saßen.
„Du hast Werner verpasst", sagte David. „Er wurde gerade weggebracht."
Juri nickte. Werners Flug war der erste. Jeder von ihnen wurde mit verbundenen Augen zu einem Mietwagen gefahren, so dass sie nicht wussten, wo sich dieses Haus befand und fuhr dann selber zum Flughafen. An allen Fenstern waren die Rollladen heruntergelassen und die Tür war abgeschlossen. Doch Juri hatte eine feine Nase und roch die Mischung aus Seetang und Brackwasser. Das Haus musste direkt am Ufer des Bodensees liegen. Doch das interessierte ihn nicht. Sein neues Zuhause lag im ewigen Sommer des Atlantiks. Sie hatten sich aussuchen dürfen, wohin sie nach dem Coup fliegen wollten. Juri hatte sich für die Kap Verde entschieden, ein kleiner Inselstaat vor der Westküste Afrikas. Die Temperaturen lagen dort selbst im Winter über zwanzig Grad, außerdem war das Leben dort günstig. Mit den fünf Millionen Euro würde er dort bis zu seinem Lebensende gut auskommen. Wichtig war auch, dass die Inselregierung kein Auslieferungsabkommen mit anderen Staaten hatte. Er würde sich frei bewegen können. Und nicht zuletzt herrschte dort das ideale Klima für seine Neurodermitis. Die salzige Luft und die vielen Sonnentage sollten sie annähernd verschwinden lassen.
Ein Schlüssel wurde ins Schloss gesteckt. Reflexartig schauten alle

drei zur Eingangstür.
„David", sagte der dunkelhäutige Mann mit ausländischem Akzent, „du bist Nächste. Kommen."
Er war ein Hüne und sprengte fast die Nähte seines billigen Jacketts. Die Flicken an den Ellbogen passten eher zu einem Buchhalter als zu diesem Muskelberg. David erhob sich und packte seine Reisetasche. Auf der Türschwelle stoppte er und drehte sich noch einmal um.
„Es war mir eine Ehre mit euch zusammenzuarbeiten. Ich wünsche euch ein langes Leben und Frieden." Er wandte sich ab und verließ das Haus.

„Hallo, Herr Kapitän", begrüßte Hoffi den schlanken Mitfünfziger und streckte ihm die Hand hin.
„Oh bitte – ich heiße Wibben, Dirk Wibben. Lassen Sie das mit dem Kapitän."
„Wie Sie wünschen, Herr Wibben."
Hoffi lotste ihn an einen der Tische und setzte sich auf den Stuhl gegenüber. Beller fläzte auf einem der Nachbartische.
„Wie Sie sich denken können, geht es um die Geiselnahme, besser gesagt: um die vermeintliche Flucht mit Ihrem Katamaran."
Wibben nickte zögerlich. „Was wollen Sie wissen?"
„Schildern Sie uns bitte, was passierte, als sie die Geiselnehmer zum letzten Mal gesehen haben."
„Okay. Aber zuerst muss ich Sie korrigieren: ich habe nicht alle Geiselnehmer gesehen, sondern nur den einen. Der kam zu mir auf die Brücke und erklärte mir, was ich zu tun hatte."
„Und was war das?"
„Er gab mir ein Handy und sagte sobald es klingele, solle ich mit voller Fahrt Kurs auf Konstanz nehmen. Dort sollte ich den Verwun-

deten und den Arzt abliefern. Seine Gesundheit läge in meiner Hand. Und er stellte die Bombe auf die Brücke …"
„Sie meinen die Bombenattrappe?", hakte Hoffi nach.
Wibben nickte. Man spürte, dass er nicht gern darüber sprach. „Ich dachte, sie wäre echt. Ich hatte fürchterliche Angst und musste ständig an meine Frau und meine Kinder denken. Der Mann hatte gesagt, solange das grüne Lämpchen brennt, sei alles in Ordnung, also gab ich Vollgas, als das Telefon klingelte und starrte die ganze Zeit auf die LED. Ich konnte ja … ich konnte ja nicht wissen …" Wibben schluchzte und rieb sich mit der Hand ein paar Tränen aus dem Gesicht.
„Lassen Sie sich Zeit", sagte Beller vom Nachbartisch aus. „Das war ein traumatisches Erlebnis und wir verstehen, dass es schwer für sie ist, darüber zu sprechen. Aber wir brauchen Ihre Hilfe. Sie sind der Letzte, der die Geiselnehmer gesehen hat, bevor sie verschwunden sind. Können Sie uns dazu etwas sagen? Haben Sie irgendwas beobachtet?"
Kapitän Wibben schnäuzte in ein Papiertaschentuch und atmete tief durch. „Es war nur der eine, den ich gesehen habe. Was die anderen gemacht haben oder wo sie sich befanden, weiß ich nicht."
Beller war noch nicht zufrieden. „Der Mann gibt Ihnen also das Handy und stellt die Bombenattrappe auf der Brücke ab … und dann geht er einfach?"
Wibben nickte.
„Haben Sie ihn draußen nochmal gesehen? Vielleicht als er zurück auf die „Schwaben" ging?"
Der Kapitän legte irritiert den Kopf schief und dachte nach.
„Also … er verließ die Brücke und ging nach unten … in den Fahr-

gastbereich … und dann…“ Er sah zur Decke und versuchte sich die Bilder noch einmal ins Gedächtnis rufen. „… und dann … also … das war's. Dann habe ich niemanden mehr gesehen.“
Beller beugte sich zu Wibben hinunter. „Hätten Sie es von der Brücke aus gesehen, wenn eine oder mehrere Personen vom Katamaran wieder auf das Schiff gewechselt wären?“
„Natürlich“, kam die Antwort prompt. „Das Schiff ist so konstruiert, dass ich von der Brücke aus den perfekten Überblick habe. Schon wegen der Sicherheit der Fahrgäste ist das notwendig.“
„Also“, setzte Beller erneut an, „wenn die Geiselnehmer nicht zurück auf das Schiff sind … wo sind sie dann hin?“
„Das weiß ich doch nicht“, rief der Kapitän verzweifelt. „Ich war nur froh, dass der Kerl mich nicht erschossen hat. Als er gegangen ist, war mir egal, wohin er ging – Hauptsache er war weg. Und dann hat ja auch kurz darauf das Telefon geklingelt und ich bin losgerast.“
„Beruhigen Sie sich“, ging Hoffi dazwischen und legte Kapitän Wibben eine Hand auf die Schulter. „Sie haben alles richtig gemacht. Niemand macht Ihnen Vorwürfe. Vielen Dank, dass Sie uns geholfen haben. Falls wir noch Fragen haben, würden wir uns nochmal an Sie wenden.“
Der Kapitän nickte und stand auf. Mit gesenktem Kopf verließ er das Besprechungszimmer.
„Der war ja total fertig“, bemerkte Beller. „Aber das ginge mir vermutlich nicht anders. Er hat geglaubt, sein Leben sei in Gefahr und hat alles getan, was von ihm verlangt wurde.“
Hoffi lächelte. „Aber trotzdem haben wir etwas erfahren: nach seiner Aussage sind die Geiselnehmer nach unten in den Katamaran gegangen und haben das Schiff nicht verlassen. Was hatten sie dort für

Möglichkeiten?"
Beller verstand, worauf Hoffi hinauswollte. „Das ist doch genau die richtige Frage für den Konstrukteur des Katamarans."

Der Mann faltete ein Hemd zusammen und legte es ordentlich in den Koffer. Er hasste es, wenn Kleidung zusammengeknüllt wurde. Sogar seine Schmutzwäsche legte er zusammen, wenn auch mit etwas weniger Hingabe. Er räumte den Schrank leer und kontrollierte die Schublade im Nachtkästchen. Das Zimmer würde ihm fehlen. Er hatte die letzten Monate hier verbracht und er hatte sich wohlgefühlt. Doch er musste weg und ein neues Zuhause wartete auf ihn. Und ein gut gefülltes Bankkonto. Nachdem er alle ausbezahlt hatte, blieben ihm immer noch fast Hundertmillionen Euro. Er grinste: nicht schlecht als Alterspolster. Die langwierige Planung und Vorbereitung über die letzten Jahre hatte sich ausgezahlt. Tatsächlich betrachtete er das Geld als gerechte Bezahlung für seine Arbeit. Er hatte all seine Erfahrung und viel Zeit in dieses Projekt investiert. Eine Geiselnahme mit fünfzehnhundert Geiseln – das sollte ihm erst mal einer nachmachen. Das Beste aber war, dass sie davongekommen waren. Die Polizei hatte nicht den Hauch einer Chance gehabt. Wie auch – sie wussten nichts von dem U-Boot im Bodensee. Die Flucht musste für sie wie ein Trick des berühmten Houdini aussehen. Puff – und alle sind weg.
Als sein Handy brummte, tippte er die neue Nachricht an. Der nächste seiner Leute war auf dem Weg zum Flughafen. Jetzt lag es bei jedem selbst für immer zu verschwinden. Geld genug hatten sie, doch er machte sich keine Illusionen: früher oder später würde der

ein oder andere gefasst. Vielleicht verplapperte er sich nach ein paar Drinks in der Gesellschaft einer schönen Frau, warf mit Geld um sich oder prahlte mit seiner tollen Geschichte. Bis hierher war sein Plan perfekt gewesen, doch nun waren die Männer auf sich gestellt und damit für ihr Schicksal selbst verantwortlich. Und selbst wenn die Polizei einen oder mehrere seiner Leute erwischte, war er nicht in Gefahr. Keiner von ihnen hatte ihn gesehen oder kannte seinen Namen. Der Kontakt hatte ausschließlich über Textnachrichten stattgefunden, nur dem Notar hatte er ein paar nicht zurückverfolgbare Emails geschickt. Wenn die Polizei die Spur überhaupt bis zu ihm verfolgen konnte, wäre an dieser Stelle Schluss. Er war so stolz auf diesen Coup wie ein Vater auf seinen Sohn, der zum ersten Mal in der Stammelf des Fußballvereins aufläuft. Die Geiselnahme würde in unzähligen kriminalistischen Fachbüchern unter die Lupe genommen werden, vielleicht würde die Geschichte sogar verfilmt. Es ärgerte ihn ein wenig, dass er in diesem Fall weder im Abspann genannt würde noch die Tantiemen einstreichen könnte.
Er brachte seine Koffer zur Tür und warf einen letzten Blick zurück ins Zimmer. Es sah aus, als wäre er nie hier gewesen. Alles war leer. Fast. Mitten auf dem Esstisch lag ein Buch.

Beller hatte gerade ein nerviges Telefonat mit seiner Chefin hinter sich gebracht. Sie war erfreut gewesen, dass er sich in Sachen „Frauen“ diesmal zurückgehalten hatte, doch das Ende der Geiselnahme ohne eine Festnahme gefiel ihr gar nicht.
„Das fällt doch auf mich zurück, weil du aus meiner Einheit kommst“, hatte sie gezetert. Beller hatte das Gespräch kurz darauf

beendet. „Ich habe zu tun."
Nun brummte sein Handy erneut und er wollte den Anruf schon wegdrücken, als er den Namen auf dem Display sah.
„Markus, mein Freund, schön von dir zu hören."
„Dachte ich melde mich nochmal", sagte Wollenweber fröhlich. „Ich habe gerade eure letzte Pressekonferenz im Fernsehen gesehen. Soweit habt ihr ja alles ganz gut hinbekommen."
Beller seufzte. „Soweit ja … nur dass die Geiselnehmer auf und davon sind. Und wir wissen noch nicht mal wie."
„Nicht den Kopf hängen lassen. Das schafft ihr auch noch. Ihr habt doch bestimmt ein paar Spuren, die ihr verfolgt?"
Eine Spur, dachte Beller, nur eine. All unsere Hoffnung liegt darin diesen Mann zu finden, der in einem unachtsamen Moment sein Hasenkostüm ausgezogen hatte. Doch er sagte etwas anderes.
„Wir verfolgen ein paar Ansätze, aber etwas Konkretes haben wir nicht."
Wollenweber lachte. „Jetzt klingst du wie eure Pressesprecherin. Nur nicht zu viel verraten. Die macht übrigens einen guten Job. Und sieht verdammt gut aus! Hast du es bei ihr auch schon …"
„Markus, hör auf! Auch wenn mein Ruf etwas anderes sagt, springe ich nicht mit jedem auch nur annähernd attraktiven weiblichen Wesen in die Kiste. Okay?"
„Ist ja schon gut", besänftigte ihn sein Mentor. „Du musst dich nicht rechtfertigen."
Beller bereute so barsch gewesen zu sein. „Hör zu", seufzte er, „es ist verdammt viel zu tun hier und die Zeit läuft uns davon. Irgendwo da draußen sind unsere Geiselnehmer und wenn wir uns nicht beeile, verschwinden sie endgültig. Kann ich dich anrufen, wenn alles vor-

bei ist?"

„Natürlich kannst du das. Oder noch besser: du kommst nochmal bei mir vorbei. Du brauchst keinen Termin machen. Du weißt ja, wo du mich findest."

„So machen wir es. Mach's gut Markus."

„Mach's gut Beller."

Die Verbindung wurde getrennt und Beller steckte sein Handy weg. Warum hatte er seinem Mentor nicht von dem Mann erzählt nach dem sie suchten? Er war versucht gewesen es zu tun, doch irgendetwas hatte ihn davon abgehalten. Vielleicht war es noch die Enttäuschung darüber, dass sich sein alter Freund geweigert hatte an dem Fall mitzuarbeiten … ihm zu helfen. Sobald sie den Fall aufgeklärt hatten, würde er ihn besuchen und mit ihm reden. Das war er ihm schuldig.

„Der Ingenieur ist da", rief Hoffi über den Flur und lief zur Tür, wo er den hünenhaften Mann begrüßte. Der Ingenieur war ein Paradebeispiel für einen in Würde gealterten Senior: braungebrannte Haut von den täglichen Ausflügen mit seiner Yacht auf den See, schneeweißes dichtes Haar und ein blendend weißes Lächeln der dritten Generation. Beller konnte sich sein Gesicht gut auf dem Cover der Apotheken-Umschau vorstellen. Ein alter Udo Jürgens Song kam ihm in den Sinn: „Mit sechsundsechzig Jahren da fängt das Leben an …"

„Danke, dass Sie für uns Zeit haben, Herr Rehm", sagte Hoffi und dirigierte den Gast ins Besprechungszimmer.

„Ich helfe gerne", lächelte der Ingenieur und setzte sich entspannt auf den Stuhl, den Beller ihm mit einer Geste anbot.

„Wir benötigen Ihre Sachkenntnisse über den Katamaran", legte

Hoffi ohne Umschweife los. „Wir haben die Flucht der Geiselnehmer so weit es ging rekonstruiert und stehen offengesagt vor einem Rätsel."
„Was hat das mit dem Katamaran zu tun?", unterbrach Rehm.
„Auf ihm wurden die Geiselnehmer zuletzt gesehen", erklärte Beller. „Sie gingen auf das Schiff und gaben dem Kapitän die Anweisung bei einem bestimmten Signal mit voller Geschwindigkeit Richtung Konstanz zu fahren."
Der Ingenieur zog die Augenbrauen zusammen. „Und?"
„Als wir den Katamaran endlich stoppen konnten, haben unsere Leute das ganze Schiff durchsucht, doch die Geiselnehmer waren nicht da. Es hat sie aber auch niemand von Bord gehen sehen. Sie waren einfach verschwunden."
Rehm lächelte. „Nun ja, bei so einem Zaubertrick sollten Sie vielleicht einen guten Magier zu Rate ziehen …"
„Wir glauben nicht an Zauberei", ging Beller dazwischen. „Es mag zwar so aussehen, aber dahinter steckt ein banaler Trick, den wir nur noch nicht durchschauen."
Hoffi sah den Ingenieur direkt an. „Was wir wissen müssen ist: wohin konnten die Geiselnehmer auf dem Katamaran verschwinden?"
„Da gibt es nicht viele Möglichkeiten. Unter der Brücke ist der Fahrgastbereich … wären die Leute dort gewesen, hätten Sie sie gefunden. Links und rechts kann man in die Kufen des Katamarans einsteigen. Dort sind die Motoren untergebracht. Aber da ist es ziemlich eng. Wieviel Geiselnehmer waren es?"
„Wir vermuten vier", antwortete Hoffi schnell.
„Nur vier? Nun ja, die hätten in den Kufen Platz gehabt. Zur Not auch alle vier auf einer Seite."

Beller schüttelte den Kopf. „Wir haben auch in den Kufen nachgesehen. Da war niemand. Gibt es denn sonst noch ein Versteck? Eine verborgene Kammer? Irgendetwas wo sich vier Erwachsene verstecken könnten?“
Der Ingenieur schloss die Augen und ging in Gedanken die Baupläne durch.
„Da ist nichts“, sagte er leise als er die Augen wieder öffnete. „Glauben Sie mir: ich kenne jeden Winkel auf diesem Katamaran. Ich habe ihn auf dem Reißbrett entworfen und dann gebaut. Wenn es dort ein Versteck gäbe, wüsste ich das. Wenn die Geiselnehmer nicht mehr da waren, als Sie das Schiff gestoppt haben, dann haben sie das Schiff vorher verlassen.“
Beller schnaufte hörbar aus. „Niemand hat sie dabei beobachtet. Der Kapitän hätte es von der Brücke aus gesehen, wenn sie von Bord gegangen wären. Wir haben Infrarotaufnahmen auf denen wir sehen können, wie die Geiselnehmer auf Ihren „Fridolin“ gehen, irgendwann unter Deck verschwinden und nicht mehr auftauchen. Also bitte: wo können die hingegangen sein?“
Rehms Augenbrauen zuckten nach oben. „Ach es ist mein „Fridolin“? Er war mein erster. Er ist etwas ganz Besonderes. Ich werde nie den Tag vergessen, als wir ihn zu Wasser gelassen haben. Ich war so stolz …“
Beller verdrehte die Augen. Der Ingenieur sprach so verträumt von diesem Schiff als wäre es sein erstgeborener Sohn.
„Ist Ihr toller „Fridolin“ denn im Vergleich zu den anderen Kats auch etwas Besonderes?“, fragte Beller zynisch.
„Oh ja, natürlich. An ihm haben wir vieles getestet, was dann bei „Constanze“ und „Ferdinand“ von vornherein eingebaut wurde. Es

gab sogar die Überlegung einen Katamaran für die Wasserschutzpolizei auszurüsten, doch daraus wurde letztendlich nichts. Zu groß."
Rehm verstummte und schaute verklärt zum Fenster hinaus. Plötzlich setzte er sich auf.
„Moment mal ... die Umrüstung!", rief er aufgeregt. „Die hatte ich ganz vergessen."
Hoffi wusste nicht, worauf der Ingenieur hinauswollte. „Was denn für eine Umrüstung?"
„Na, wegen der Wasserschutzpolizei. Die hatten ihre eigenen Vorstellungen, was man an dem Schiff ändern müsste, damit es ihren Anforderungen genügt. Deshalb haben wir zur Demonstration an „Fridolin" ein paar Kleinigkeiten geändert, die aber fast alle wieder zurückgebaut wurden ... wie gesagt: aus dem Geschäft wurde ja nichts."
Hoffi und Beller schauten Rehm fragend an.
„Eines haben wir aber nicht zurückgebaut, und das wird Sie interessieren: „Fridolin" hat eine Bergungsluke ..."
Die beiden Ermittler zeigten keine Reaktion.
Rehm fuchtelte mit den Armen. „Sie wissen nicht, was eine Bergungsluke ist? Das ist eine Klappe unten am Rumpf. Da der Katamaran auf seinen Kufen fährt bleibt der Mittelteil des Schiffes immer ein Stück über der Wasseroberfläche. Mit steigender Geschwindigkeit steigt er sogar immer höher. Und in diesen Mittelteil wurde nachträglich eine Bergungsluke eingebaut. Sie sollte es ermöglichen, Personen oder Dinge zu bergen, in dem man das Objekt einfach zwischen die Kufen nahm. Das funktionierte eigentlich ganz gut."
Hoffi konnte es nicht fassen. „Das Schiff hat eine Klappe im Boden? Was ist mit den anderen Katamaranen? Haben die sowas auch?"

Rehm schüttelte den Kopf. „Nein. Es war ja nur als Demonstration für die Wapo gedacht. „Fridolin" ist der einzige mit einer Bergungsluke"
„Na, also", nickte Beller und lächelte schief. „Jetzt wissen wir wie die Geiselnehmer von dem Schiff runtergekommen sind. Fragt sich nur noch, wie sie von dort weggekommen sind."

Der Mietwagen gefiel Juri. In früheren Zeiten hätte er den Mercedes sicher nicht zurückgegeben. Die Sitze waren aus Leder, getönte Seitenscheiben, Lederlenkrad. In der Mitte des Armaturenbretts war ein großes Navi verbaut. Der Wagen war vollgetankt gewesen und die Route zum Züricher Flughafen war schon als Ziel einprogrammiert. Perfekter Service. Obwohl er das Gerät hasste, fuhr er mit Tempomat. Die Schweizer reagierten sehr streng auf Geschwindigkeitsübertretungen und er wollte nicht riskieren aufzufallen. Die Straßen waren frei und er erreichte das Flughafenparkhaus eine Viertelstunde früher als erwartet. Er stellte den Mercedes auf dem Parkplatz der Verleihfirma ab und folgte der Beschilderung zu seinem Gate. Dabei musterte er unauffällig die Personen in seiner Umgebung. Wenn er in seiner Laufbahn eins gelernt hatte, dann war es wachsam zu sein. Mehrmals änderte er abrupt die Laufrichtung, um eventuelle Verfolger auszumachen, doch niemand folgte ihm. Halbwegs beruhigt setzte er sich auf einen Hocker in einem der Flughafenkaffees. Auf das Gesöff, das sie im Flieger servierten, konnte er verzichten und bestellte sich einen frischaufgeschäumten Cappuccino. Die hübsche Barista zauberte geschickt ein Muster in den Milchschaum.
„Macht acht Franken", flötete sie lächelnd.

Juri zählte mürrisch das Geld auf den Tresen. Acht Franken für einen Cappuccino ... wer war jetzt hier der Verbrecher? Er nippte an seiner Tasse und war sofort versöhnt. Er hatte selten einen besseren Cappuccino genossen. Er beobachtete aus den Augenwinkeln weiter das Geschehen um sich herum. Es war recht wenig los, vermutlich weil Montag war, vermutete Juri. Immer wieder kamen Gruppen von Stewardessen auf dem Weg zu ihren Flugzeugen an ihm vorbei. Sie plapperten und lachten in verschiedenen Sprachen und sahen in ihren Uniformen sehr attraktiv aus. Juri mochte Uniformen – vor allem an Frauen. Es verlieh ihnen eine gewisse Autorität, was er sehr anziehend fand. Als eine Gruppe besonders hübscher asiatischer Stewardessen an ihm vorbeilief, ließ er seinen Gedanken freien Lauf und lächelte. Vielleicht waren sie ja auf seinem Flug und er könnte eine von ihnen ansprechen. Die Gruppe blieb abrupt stehen und winkte jemandem am Ende der Halle zu. Juri folgte ihren Blicken und entdeckte einen unglaublich gutaussehenden Mann in der Uniform eines Flugkapitäns. Sofort verschlechterte sich seine Laune und er rührte mürrisch in seinem Cappuccino.
Er sah auf die Uhr und trank den letzten Schluck. Zeit das Gepäck aufzugeben. In dem Moment nahm eine Frau in Uniform neben ihm Platz. Aus den Augenwinkeln sah er ihre langen blonden Haare, bemerkte aber auch, dass ihre Uniform anders war als die der Stewardessen.
„Wen haben wir denn da?", fragte sie kühl.
Noch ehe Juri etwas antworten konnte, wurden seine Arme nach hinten gerissen. Er hatte den zweiten Polizisten nicht mal bemerkt.
„Juri Popov", sagte der Mann mit unterdrücktem Schweizer Dialekt, „Sie sind verhaftet! Bitte machen Sie keinen Ärger."

Die Handschellen klickten und zwei weitere Polizisten nahmen ihn in die Mitte und führten ihn ab.

Beller und Kevin saßen vor einem großen Monitor und sahen sich immer wieder die Aufnahmen des Zeppelins an.
„Verdammt nochmal – die müssen da irgendwie weggekommen sein“, schimpfte Beller und raufte sich die Haare. „Nochmal zurück.“
Kevin sprang auf der Zeitleiste zu der Stelle zurück an der die Geiselnehmer auf den Katamaran gingen. Es war die Aufnahme der Infrarotkamera. Die leuchtenden Punkte gingen an Bord und verschwanden unter Deck. Beller schaute ganz genau hin, traute sich nicht einmal zu blinzeln, doch nichts verriet, wohin sie verschwunden waren. Sie stoppten das Video erst, als sich „Fridolin“ in Bewegung setzte und nach Westen davonfuhr.
„Wir haben gesehen, wie sie an Bord gingen und nicht zurückkamen. Und wir wissen, dass sie zu diesem Zeitpunkt nicht mehr da waren. Aber wieso sehen wir nicht, wie sie abgehauen sind?“
„Nochmal von vorne?“, fragte Kevin kleinlaut und hatte den Mauszeiger schon auf den Play-Button bewegt.
„Warte“, hielt ihn Beller zurück. „Probieren wir die normale Kamera, vielleicht sehen wir da etwas.“
Kevin zuckte mit den Schultern und wählte in einem Auswahlfenster den entsprechenden Channel. Kurz darauf war das Video geladen. Zweifelsohne war die Ausrüstung des Zeppelins von höchster Qualität, aber die schummrige Beleuchtung des Katamarans reichte nicht aus, um Details erkennen zu können. Schemenhaft erahnten sie die Geiselnehmer, als sie das Schiff betraten. Dann nichts mehr. Beller

konzentrierte sich vor allem auf die direkte Umgebung des Katamarans. Er suchte nach irgendetwas im Wasser, dass sie bisher übersehen hatten. Nichts.
„Nochmal", befahl er Kevin, doch auch im nächsten, im nächsten und dem nächsten Durchlauf fanden sie nichts.
„Verdammt noch mal!" Beller war frustriert. „Wir haben ihren Trick durchschaut: wir wissen von der Bergungsklappe. So sind sie unbemerkt aus dem Katamaran rausgekommen. Aber wie ging es weiter? Da ist nichts. Rein gar nichts. Zum Schwimmen oder Tauchen war die Entfernung zum Ufer zu groß, aber da ist kein Boot oder irgendein anderes Wasserfahrzeug."
Kevin ging es nicht anders. Immer und immer wieder das gleiche Video anzuschauen hatte ihn ausgelaugt. Er stand auf und streckte sich, dass die Gelenke knacksten.
„Ich geh mal an die frische Luft. Muss irgendwie den Kopf frei kriegen."
Beller nickte ihm zu und schnappte sich eine Dose von Kevins Energydrinks. Das Zeug schmeckte widerlich süß und künstlich. Trotzdem trank er sie in zwei Zügen leer und schleuderte sie in Richtung Papierkorb, den er knapp verfehlte.
„Fängst du auch mit dem Zeug an?", fragte Hoffi und zeigte auf die leere Dose. „Das taugt doch nichts. Hier nimm lieber einen davon." Er hielt Beller einen köstlich duftenden Leberkäswecken hin.
Beller griff grinsend zu. „Danke Hoffi. Das ist genau das Richtige!"
Hoffi lachte. „Dank nicht mir. Die Leberkäswecken sind von Schorschi. Seine Schwägerin arbeitet in einer Metzgerei und versorgt ihn vorbildlich."
Erst jetzt spürte Beller wie groß sein Hunger gewesen war und biss

genüsslich zu. Er riss die Augen auf. „Scheiße, Hoffi! Das brennt ja wie Feuer!“
„Das soll dich ja auch munter machen. Nichts geht über den scharfen Löwensenf. Vor allem wenn er frisch ist. Damit erweckst du sogar Tote zum Leben.“
Beller fächerte sich Luft in den offenen Mund und sah sich nach etwas zu trinken um. Hoffi reichte ihm lächelnd eine Flasche Wasser.
„Siehst du: jetzt bist du wieder wach!“
„Kann man wohl sagen“, hechelte Beller, nahm aber trotzdem einen weiteren Bissen. Wenn man sich erst daran gewöhnt hatte, war es gar nicht mehr so schlimm.
Hoffi zeigte auf den Bildschirm. „Was gefunden auf dem Video?“
Beller schüttelte kauend den Kopf.
„Kann ich es auch mal sehen?“
Beller schluckte und griff zur Maus. „Klar. Moment … da muss ich hier … und dann das hier …“
Er machte genau das, was er vorher bei Kevin beobachtet hatte, erwischte aber den falschen Channel. Das Video startete, doch man konnte nichts darauf erkennen. Fast das ganze Bild war dunkelblau. Wo „Fridolin“ und die „Schwaben“ hätten sein müssen, zeichneten sich nur schwarze Konturen ab, wie Scherenschnitte der Schiffe. An manchen Stellen waren hellblaue Verläufe zu erkennen und ein gelber Balken zeigte auf die Stelle, an der der Katamaran lag.
„Was hab ich denn jetzt angestellt?“, fragte sich Beller und drückte wahllos auf einige Buttons, die das Bild heller oder dunkler machten, hinein- oder hinauszoomten.
„Hey Leute – das ist doch kein Spielzeug“, meckerte Kevin, als er ins Zimmer kam. „Lass mich wieder auf meinen Platz.“ Er schnappte

sich die Maus und wollte das Fenster schließen, doch Beller hielt seine Hand fest.
„Warte! Was haben wir da auf dem Bildschirm?"
„Das ist das Strömungsradar. Deshalb siehst du da auch nichts von den Schiffen. Die erscheinen nur als schwarze Flecken. Im Wasser drumherum siehst du die Strömungen ... und da ist nicht viel los."
Beller zeigte auf den gelben Balken. „Und was ist dann das hier?"
Kevin ging näher an den Monitor. „Wird irgendeine Strömung sein. Genauer weiß ich das auch nicht. Da müsste ich einen Techniker bei Zeppelin anrufen."
„Tu das!"
„Jetzt?"
„Jetzt!"
„Was erhoffst du dir denn von der Strömung?", fragte Hoffi leise, während Kevin telefonierte.
„Keine Ahnung", antwortete Beller. „Aber wir haben auf den anderen Videos nichts entdeckt, das uns weiterhelfen könnte ...", er zeigte auf den gelben Balken, „... hier haben wir wenigstens etwas und ich will wissen, was das bedeutet."
„Okay", rief Kevin ins Telefon, „... ich stelle Sie mal auf laut ..."
„Hallo, Thompson hier von Zeppelin ... Sie haben Fragen zum Strömungsradar?"
„Haben wir", sagte Beller und beugte sich vor. „Wir sehen uns gerade die Aufzeichnung von der Geiselnahme an und verstehen nicht, was die Farben bedeuten."
„Sagen Sie mir von welcher Stelle wir sprechen", bat Thompson.
Kevin gab ihm den Time-Code, der oben in der Menüleiste stand.
„Da haben wir es", bestätigte Thompson. „Hmm ... da ist nicht viel

los … was interessiert Sie?"
„Der gelbe Balken, der auf die Stelle zeigt, an der sich der Katamaran befindet."
„Ich sehe es. Das ist aber nichts Ungewöhnliches. Je stärker die Strömung an einem Punkt ist, desto heller ist die Farbe. Da die Signatur direkt hinter dem Katamaran ist, würde ich auf die Schiffsschraube als Ursache tippen. Das habe ich so schon mal gesehen."
Beller bedankte sich und beendete das Gespräch. Er sah sich im Besprechungsraum um und entdeckte Schorsch, der gerade Leberkäswecken auf einem Tablett stapelte.
„Schorschi – kannst du den Kapitän des Katamarans nochmal anrufen? Frag ihn, ob er kurz bevor er losgerast ist, die Maschinen schon einmal gestartet hat. Wie wir sehen, hat sich das Schiff nicht bewegt, aber vielleicht hat er ja nur mal kurz Gas gegeben, um bereit zu sein, wenn das Startsignal kommt."
Schorsch griff zum Telefonhörer, legte aber schon nach wenigen Sekunden wieder auf.
„Das ist jetzt seltsam: der Kapitän versicherte mir, nichts dergleichen getan zu haben. Er hat abgewartet bis zu dem Handysignal. Vorher hat er nichts angerührt."

Barnsteiner saß mit Brugger und Schmidt auf der Terrasse. Sie hatten sich Pizza liefern lassen und langten kräftig zu. Noch in der Nacht waren sie über den See zurückgefahren, nachdem sie ihre Passagiere an der Landungsstelle abgesetzt hatten. Allen war klar, dass die Ermittler früher oder später auf das U-Boot kommen würden, daher war es wichtig gewesen, schnell zu handeln. Das U-Boot musste für eine ganze Weile verschwinden. Der alte Ummenhofer hatte nach dem Krieg das gleiche Problem gehabt und eine einfache Lösung gefunden: er hatte das Boot auf Grund gesetzt. Durch Zufall hatte er eine kleine Schlucht auf dem Seegrund entdeckt. Sie war gerade groß genug für das U-Boot und lag in einer für Taucher unattraktiven Region in nur zwanzig Metern Tiefe. Durch die mitgetragenen Sedimente mehrerer kleiner Bäche, die an dieser Stelle in den See mündeten, war das Wasser trüb und die Sichtweite lag unter einem Meter. Ein ideales Versteck. Brugger und Schmidt hatten das U-Boot nach der Rückkehr entladen und dann in die Spalte sinken lassen. Sie hatten das Schiff über die Luftschleuse verlassen und waren an die Oberfläche getaucht. Der letzte hatte buchstäblich das Licht ausgemacht.

„Wie lange bleibt sie dort unten?", fragte Brugger.

„Sechs Monate … vielleicht länger." Barnsteiner machte sich keine Illusionen über die Hartnäckigkeit der Ermittler. Sie würden den See für lange Zeit genauestens überwachen. Ob sie Sonarbojen einsetzen würden? Ihr Geschäft würde auf jeden Fall geraume Zeit ruhen. Über den Verdienstausfall machte er sich keine Sorgen. Für ihren Einsatz hatten sie zwanzig Millionen Euro erhalten, die auf ihrem Schweizer Konto zusammen mit dem restlichen Vermögen für ein gutes Auskommen sorgten. Seine Bedenken galten eher der Ladung der Akkus. Obwohl sie neu waren, gab es über die Zeit eine schleichende Entladung. Sie hatten ausgerechnet, dass sie spätestens nach acht Monaten die Akkus neu laden mussten. Warteten sie zu lange, könnte die Restladung zu schwach sein, um das Schiff ins Dock zu fahren und dann läge es für immer in dieser Senke fest. Sie mussten einfach auf einen passenden Augenblick warten und die Geschehnis-

se und Ermittlungen rund um die Geiselnahme im Auge behalten. Bis dahin hatten sie nichts zu tun. Urlaub. Wir könnten Urlaub machen, dachte Barnsteiner.
„Sollen wir verreisen?", fragte er.
Brugger und Schmidt sahen sich unschlüssig an.
„Warum eigentlich nicht?", stimmte Schmidt zu. „Rumsitzen und Biertrinken können wir auch woanders. Was schwebt dir vor?"
Barnsteiner lächelte. „Ich wollte schon immer auf Mauritius."

Beller und Kevin blickten immer noch konzentriert auf den Monitor und versuchten in den Videos irgendetwas zu finden, das sie bisher übersehen hatten, als Hoffi hereinstürmte.
„Wir haben Popov", rief er aufgeregt und hielt den Ausdruck einer Email hoch.
„Wie? Wo? …", stammelte Beller überrascht.
„Die Schweizer haben ihn am Flughafen Zürich verhaftet. Er ist es. Eindeutig."
Beller sah sich die Email an. Am unteren Rand war ein Foto des Mannes. Er trug normale Kleidung und sah aus wie hunderttausend andere. An Hals und Gesicht waren wieder die roten Flecken zu erkennen. Er rief sich das Bild vor Augen, das das kleine Mädchen über Whatsapp an ihren Vater geschickt hatte. Es bestand kein Zweifel.
Hoffi lächelte triumphierend. „Er hatte einen Flug auf Teneriffa gebucht, mit Anschlussflug nach Kap Verde. Dann hätten wir ihn vermutlich nie wiedergesehen."
„Was ist mit den anderen Geiselnehmern?", hakte Meier nach, doch

Hoffi schüttelte den Kopf.
„Popov war allein. Aber wenn wir ihn hier haben, bekommen wir mehr Informationen."
„Wie läuft das ab?", fragte Beller, der keine Erfahrung mit länderübergreifender Amtshilfe hatte.
„Wir schicken jemand rüber, der ihn abholt", erklärte Hoffi. „Die Übergabe erfolgt in der Regel in einer grenznahen Polizeistation. Wenn alles normal läuft, haben wir ihn morgen schon hier."
Beller lächelte düster. Endlich kamen sie einen Schritt weiter. Zwar hatten sie erst mal nur einen der Täter, doch im Verhör würden sie mehr erfahren. Die meisten Verbrecher glaubten, sie seien clever und würden nichts verraten, doch eine geschickt geführte Befragung brachte immer neue Informationen. Oft noch nicht mal durch das, was der Verhörte aussagte, sondern durch das, was er nicht sagte. Hinzu kamen Spontanreaktionen und Körpersprache, die, richtig interpretiert, ebenfalls wertvolle Ansatzpunkte liefern konnten. Und genau das war Bellers Spezialgebiet.
„Was dagegen, wenn ich das Verhör übernehme?", fragte er vorsichtig, um nicht anmaßend zu wirken.
„Ich hatte gehofft, dass du fragst. Aber streng genommen bist du schon heute nicht mehr im Dienst …"
Beller sah Hoffi verständnislos an.
„Es ist Montag … du hast seit heute Urlaub, schon vergessen?"
Beller hatte es tatsächlich vergessen. „Ich kläre das mit meiner Chefin. Es wäre sicherlich hilfreich, wenn du mich diesmal tatsächlich offiziell anforderst."
Hoffi nickte. „Mache ich. Du wärst eine große Hilfe … sie wird schon einverstanden sein. Und außerdem hast du bisher ja auch nichts

angestellt …", er zwinkerte Beller zu, „… und niemanden flachgelegt – Respekt!"
Wenn du wüsstest, schoss es Beller durch den Kopf und versuchte sich an einem halbwegs natürlichen Grinsen.
Schorsch kam mit der schwer beladenen Leberkäsweckenplatte und blickte kurz auf den Monitor. „Was ist denn das für eine Aufnahme?", unterbrach er die Runde und zeigte auf das Video. Kevin hatte den Bereich mit dem gelben Balken stark vergrößert.
„Das ist die Aufzeichnung des Strömungsradars. Ich habe den Ausschnitt vergrößert, um zu sehen ob die Strömung wirklich an der Schraube des Katamarans entsteht."
„Glaubt mir: diese Strömung kommt sicher nicht vom Katamaran", sagte Schorsch bestimmt.
Beller und Kevin sahen ihn verwirrt an.
„Oh ihr Landratten – keine Ahnung von Wasser und Seefahrt. Jetzt schaut doch mal genau hin: was ihr da seht … und dann sagt mir: wieviel Antriebsschrauben hat der Katamaran?"
Beller versuchte sich an das Gespräch mit dem Ingenieur zu erinnern, der mit technischen Details nur so um sich geworfen hatte. Er meinte sich an zwei Motoren zu erinnern.
„Zwei Schrauben?", fragte er unsicher.
Schorsch nickte. „Und das hier ist eine Schraube. Was immer es ist – es ist nicht „Fridolin."
„Aber was denn sonst? DA IST NICHTS!"
Beller hätte heulen können. Jedes Rätsel, das sie lösten, führte sofort zu einem neuen Rätsel. Sie wussten wie die Geiselnehmer den Kat verlassen hatten und sie hatten eine Strömungssignatur, die auf ein Wasserfahrzeug hindeutete, doch da war keins.

„So kommen wir nicht weiter", gab Beller auf und sah auf seine Uhr. „Ihr könnt machen, was ihr wollt, aber ich gehe nach Hause."
„Nach Berlin?", grinste Schorsch. „Oder ist dir deine Ferienwohnung schon so ans Herz gewachsen, dass du sie „Zuhause" nennst?"
Beller winkte ab. „Ich bin überall zuhause, wo ein Bett auf mich wartet und ein Bier im Kühlschrank steht. Aber jetzt im Ernst: ich bin morgen früh wieder da. Warten wir ab, bis wir Popov im Verhörraum haben und holen uns die fehlenden Informationen von ihm. Aus dem da ...", er zeigte auf den Monitor, „... daraus wird doch keiner schlau."
„Ist in Ordnung", sagte Hoffi. „Das gilt auch für alle anderen. Schauen wir, dass wir nach Hause kommen. Der Tag morgen ist wichtig und ich möchte euch topfit hier haben."

Ohne das Navi zu bemühen, hatte Beller den alten Grünen angeworfen und hatte sich auf den Weg zu seiner Ferienwohnung gemacht. Mittlerweile konnte er sich sogar den Ort merken: Wernsreute. Eigentlich war er gut zu erreichen, wenn man wusste, wo man von der Bundesstraße abfahren musste. Er war müde und genervt. Dass sie nicht dahinterkamen, wie die Geiselnehmer vom Katamaran gekommen waren, ließ ihm keine Ruhe. Noch immer ging er in Gedanken die verschiedenen Videos durch und wartete auf einen Geistesblitz. Derart abgelenkt, verpasste er die Abfahrt nach Wernsreute und bemerkte es erst, als er in die nächste Ortschaft einfuhr. Ein Wink des Schicksals, dachte Beller und parkte an der Tankstelle. Mit einem Sixpack Bier und zwei Tüten Chips hielt er wenige Minuten später vor der Ferienwohnung.

„Hon scho dänkt, dass du no kommsch", begrüßte ihn sein Vermieter, doch Beller verstand kein Wort. „Hon dirs Blättle vo heit nagricht. Do hosch äbbas zum Läsa."
Beller lächelte höflich und murmelte ein präventives „Danke!". Auf dem kleinen Esstisch lag die aktuelle Ausgabe der lokalen Zeitung und er ahnte, dass sein Vermieter davon gesprochen hatte. Sie war natürlich schon gelesen. Auch das Kreuzworträtsel war ausgefüllt. Beim Sudoku waren nur ein paar wenige Zahlen eingetragen. In einem Kästchen stand eine elf …
Nach dem Trubel des Tages war es in der Wohnung gespenstisch still. Er öffnete ein Fenster, doch auch draußen war es ruhig. Nur ein paar Grillen zirpten im natürlichen Wettkampf um paarungsbereite Artgenossen. Er öffnete ein Bier und ließ sich auf das Sofa fallen. Vielleicht hätte er lieber Wein kaufen sollen – die milden Temperaturen und das Zirpen der Grillen erinnerte ihn an einen lang zurückliegenden Ausflug in die Toskana. Er war mit einem Studienfreund in dessen klapprigen VW-Bus bis kurz vor Florenz gefahren, wo sie zwei wunderbare Wochen mit viel Wein und einigen heißen Urlaubsflirts verbracht hatten. Er fischte sein Handy aus der Tasche und suchte nach neuen Nachrichten. Er war enttäuscht, dass keine von Biggi dabei war. Eigentlich sollte er erleichtert sein, denn die Situation war alles andere als einfach. Hoffis Tochter. Zweiundzwanzig. Und doch vermisste er sie. Warum hatte sie ihm nicht geschrieben? Hatte sie eingesehen, dass ihre Beziehung keine Zukunft hatte? Oder wartete sie darauf, dass er sich meldete? Beller verwarf den Gedanken und warf das Handy auf ein Kissen. Er würde ihr nicht hinterherlaufen. Wahrscheinlich war es eh das Beste, wenn sie sich nicht mehr sahen. Er trank sein Bier leer und machte die zweite

Flasche auf. Andererseits wollte er sie sehen. Bei den meisten seiner Beziehungen war es immer nur um Sex gegangen. Das machte alles sehr einfach. Sobald das erledigt war, hatte er so schnell wie möglich das Weite gesucht. Doch Biggi hatte etwas an sich, das ihn magisch anzog. Obwohl sie sich kaum kannten, fühlte er sich in ihrer Gegenwart verstanden und geborgen. Und genau danach sehnte er sich in diesem Moment. Er langte erneut nach dem Handy und tippte ohne weiter nachzudenken eine Nachricht.

„Bin zu Hause. Noch Lust vorbei zu kommen?"

Er hatte das Telefon noch nicht weggelegt, als ihre Antwort aufpoppte.

„Nee. Heute leider nicht. Familienabend. Melde mich!"

Schade, dachte Beller und lehnte sich zurück. Er stellte sich Familie Hoffmann vor, wie sie zum Abendessen an einem prachtvoll gedeckten Tisch saßen. Biggi, ihr Bruder, Hoffi und seine Frau. Sie plapperten durcheinander und lachten fröhlich, frischer Braten stand auf dem Tisch und eine Schüssel mit Knödeln wurde herumgereicht – halt … das hier ist Oberschwaben, nicht Bayern – eine Schüssel mit Spätzle wurde herumgereicht. Beller musste lächeln.

„Papa, ich habe mit diesem Beller geschlafen", ließ seine Fantasie Biggi sagen und sein Lächeln verschwand. Hoffis Miene wurde hart.

„Na, dann werde ich mich mal darum kümmern!" Hoffi stand auf und ging zu einem kleinen Schränkchen am Eingang. Er holte seine Dienstwaffe aus der Schublade und lud sie durch. „Ich statte dem Kollegen jetzt einen kleinen Besuch ab!"

Stopp! – schrie es in Bellers Kopf. Er schüttelte sich und verdrängte die Szene. Jetzt drehe ich vollkommen durch. Hilflos blickte er umher und entdeckte die Fernbedienung. Er wählte NTV und machte

den Ton laut. Er musste seine Gedanken in eine andere Richtung lenken.
Die Geiselnahme war immer noch in den Schlagzeilen des Nachrichtensenders, wenn auch nicht mehr auf Platz eins. Ein Minister mit gefälschter Doktorarbeit hatte ihnen den Rang abgelaufen. Sachen gibt's.
Gerade fasste Conny, die Pressesprecherin, die Ereignisse des Tages zusammen. Sie hatten sich darauf geeinigt, die Verhaftung Popovs noch nicht bekannt zu geben, da immer noch Hoffnung bestand, die anderen Geiselnehmer zu erwischen. Durch die Nachricht der Verhaftung wären sie gewarnt gewesen.
Beller fand, dass Conny ihre Sache sehr gut machte. Wenn sie Ambitionen hätte, könnte sie es weit bringen. Sie wich geschickt den Fragen der Journalisten aus, bestätigte harmlose Fakten und dementierte alles, was nicht für die Öffentlichkeit bestimmt war. Am Ende lenkte sie die Aufmerksamkeit der Reporter auf den glücklichen Ausgang der Geiselnahme und lobte die hervorragende Zusammenarbeit zwischen Kripo, SEK und den Schweizern.
Conny hatte kaum geendet, als die NTV-Moderatorin zu einem Bericht über das englische Königshaus überleitete.
Beller drückte auf der Fernbedienung einen Kanal weiter. Bruce Willis kämpfte sich im Schneetreiben über einen Flugplatz und versuchte ein Flugzeug zu stoppen. Beller kannte den Film schon, da er über mehrere Jahre immer an Heiligabend gelaufen war, doch das war genau die Art seichter Unterhaltung, die er jetzt brauchte. Gerade als er das dritte Bier aufmachte, sprengte sich Bruce Willis mit dem Schleudersitz aus dem Cockpit, bevor der ganze Flieger explodierte.
Beller schreckte hoch, als er etwas Feuchtes auf seinen Schenkeln

fühlte. Er war eingenickt und die Bierflasche war ihm aus der Hand geglitten. Er sprang auf und stolperte ins Bad, wo er sich mit einem Handtuch notdürftig trocken rubbelte.
„Scheiße", schimpfte er. Er roch an der Jeans und rümpfte angewidert die Nase. Selbst wenn sie bis morgen trocken wäre, konnte er sie nicht anziehen. Er ließ die Hose in der Duschwanne liegen und wühlte in seinem Trolli. Für den Kurztrip an den Bodensee hatte er nur die Jeans und eine weiße Leinenhose eingepackt. Die Kollegen würden sich totlachen. Vielleicht schaffte er es morgen noch vor der Arbeit in ein Bekleidungsgeschäft. Grimmig, aber wieder hell wach, setzte er sich nur in Unterhosen zurück aufs Sofa. Was soll's – er war ja allein in der Wohnung.
Enttäuscht stellte er fest, dass Bruce Willis schon damit fertig war, die Welt zu retten und Feierabend hatte. Der nachfolgende Film war noch älter. Links und rechts auf dem Fernseher füllten schwarze Streifen das 4:3 Format auf. Die Bildqualität erinnerte an Videoaufnahmen mit dem ersten iPhone. Es schien sich um einen Kriegsfilm zu handeln, denn ein paar Männer in Uniform schlichen zwischen Gebäuden hindurch und versuchten in eine Scheune einzudringen. Beller überlegte umzuschalten, drückte stattdessen aber den „OK"-Button und der Name des Films wurde ihm angezeigt: „Die Russen kommen". Er erinnerte sich wage an die alte Komödie, zumindest kam ihm der Name bekannt vor. Er gab der lausigen Qualität in 4:3 eine Chance und lehnte sich zurück. Jetzt fiel ihm auch die Handlung nach und nach wieder ein: ein russisches U-Boot war vor Amerika auf eine Sandbank gelaufen und lag fest. Weil sie sich nicht selbst befreien können, gehen die Russen an Land, um nach Hilfe zu suchen …

Die Idee traf ihn wie ein Blitz. Erneut flutschte die Bierflasche durch Bellers Finger, doch es war ihm egal. Konnte das wirklich sein? Es wäre die Antwort auf alle ihre Fragen.

10 Antworten

„Alle bitte ins Besprechungszimmer", rief Beller und hastete voraus. Er hatte auf den Einkaufsbummel verzichtet und sich stattdessen in die weiße Leinenhose gequetscht, die am Bauch gefährlich spannte.
„Hey – Miami Vice Fan?", kicherte Neuer. „Echt schick!"
Beller ignorierte ihn und wartete bis sich alle im Raum versammelt hatten. Hoffi kam als letzter und rührte grimmig in seiner Kaffeetasse. Ganz offensichtlich hatte er schlechte Laune.
„Wir müssen uns nachher mal unterhalten", flüsterte er Beller im Vorbeigehen zu, bevor er sich an einen der freien Tische setzte. Beller hoffte, dass Hoffis Laune nichts mit dem Gespräch mit seiner Chefin in Berlin zu tun hatte das er hatte führen wollen. Er verwarf den Gedanken und stellte sich vor die Videowand, die jetzt ausgeschaltet war.
„Ich habe nur eine Frage: gibt es im Bodensee U-Boote?"
Alle sahen ihn mit großen Augen an. Rabe kratzte sich am Kopf.
„Wie meinst du das?"
„So wie ich es sage: gibt es im Bodensee U-Boote? Was ist daran nicht zu verstehen?"
„Also meines Wissens nach nicht", begann Hoffi zögerlich. „Aber es ist natürlich möglich, dass irgendwer ein kleines Forschungs-U-Boot im Einsatz hat."
„Ich meine nicht so ein Ein-Mann-Spielzeug … ich meine eins, das mindestens vier Personen aufnehmen kann … zusätzlich zur Besatzung." Beller sah den Kollegen an, wie bei einem nach dem anderen der Groschen fiel.
Jauch, der Sprengstoffexperte des SEK, hob zögerlich die Hand.
„Wenn es ein U-Boot gäbe … vielleicht ist es ja auch bewaffnet. Dann

war die Explosion außen an der „Lindau“ gar keine Bombe, sondern ein Torpedotreffer.“
„Das wäre die Lösung“, hauchte Rabe. „Ein U-Boot im Bodensee … aber hätten wir nicht davon gehört?“
Meier nickte. „Das denke ich auch. Diese kleinen Forschungsdinger sind schon vier oder fünf Meter lang. Wenn da vier Mann reinpassen sollen, müsste das Boot riesig sein. Sowas kann man doch nicht verheimlichen.“
„Ich habe noch nie etwas in der Richtung gehört“, gab Hoffi zu.
„Aber ich schon“, sagte Schorsch zögerlich und alle Köpfe drehten sich ihm zu. „Es gab da einen Vorfall in den Achtzigern … ein Schweizer Fischer behauptete damals ein riesiges U-Boot hätte sein Schiff gerammt und zum Kentern gebracht.“
„Warum habe ich davon noch nie gehört?“, unterbrach Hoffi.
Schorsch zuckte mit den Schultern. „Weil es wahrscheinlich Anglerlatein ist. Der Mann kam damals ins Krankenhaus. Neben einer Unterkühlung stellten die Ärzte bei ihm einen Blutalkoholwert von über zwei Promille fest. In dem Zustand kann man sich auch schon mal was einbilden … ein Seeungeheuer … den Yeti … oder eben auch ein U-Boot.“
Beller war da anderer Meinung. „Für eine Alkoholfantasie finde ich ein U-Boot doch recht ungewöhnlich. Sieht man da nicht eher Meerjungfrauen oder eben ein Seeungeheuer? Wer bildet sich denn ein, mit einem U-Boot zusammenzustoßen? Ist man den Aussagen des Fischers nachgegangen?“
„Ich glaube nicht“, sagte Schorsch. „Die Geschichte landete in einem Anglermagazin in der Rubrik „Ganz schön abgefahren“. Außerdem schaffte sie es in die Bildzeitung … aber nur im hinteren Teil, kurz

vor dem Sport."
Beller hieb mit der flachen Hand auf den Tisch. „Wir müssen mit dem Mann reden. Ein U-Boot würde alles erklären. Schorschi, wo finden wir ihn?"
Schorsch zeigte mit einem Finger nach oben. „Dafür bräuchten wir ein Medium. Der Gute ist vor kurzem gestorben. Stand auch im Anglermagazin. Irgendwie war er durch diese Geschichte ja doch eine kleine Berühmtheit. Er hat übrigens ein Buch darüber geschrieben."
„Hast du das Buch?", fragte Beller.
„Nee … das war damals recht teuer. Aber ich hatte es mal aus der Bücherei ausgeliehen. Er hat für das Buch richtig viel recherchiert, um seine U-Boot-Geschichte zu untermauern. Seinen Schlussfolgerungen nach stammte das Boot von den Nazis, die es kurz vor Ende des zweiten Weltkriegs nach Friedrichshafen gebracht haben sollen. Er hat einen ehemaligen Soldaten aufgetan, der behauptete, an einer Schiffshalle häufiger Wachdienst gehabt zu haben. Der will auch ein paar Mal gesehen haben wie es ausgelaufen ist. Immer nachts."
Hoffi zog die Stirn kraus. „Das klingt jetzt aber wirklich sehr nach Verschwörungstheorie, Anglerlatein und Indiana Jones … kurz gesagt: unglaubwürdig."
Auch Beller war geneigt, die Geschichte als die Fantasie eines Alkoholikers abzutun, aber was, wenn sie der Wahrheit entsprach? Ein U-Boot der Nazis im Bodensee, das nach dem Krieg von den Besatzungsmächten nicht entdeckt wurde und nun für die größte Geiselnahme aller Zeiten benutzt worden war? War es möglich, dass es heute noch funktionsfähig war?
„Besorg uns das Buch, Schorschi", wies Beller an. „Wenn es im See ein U-Boot gibt, finden wir es."

Schorsch nickte und verließ das Besprechungszimmer. Auch Beller wollte gehen, doch Hoffi hielt ihn zurück. „Auf ein Wort … in meinem Büro."

„Ich kann mir schon denken, worum es geht", preschte Beller vor, als er das Büro betrat. Er kannte seine Chefin. Wenn sie einen schlechten Tag hatte, konnte sie ziemlich ekelhaft sein und wenn es dann noch um ihn ging, war alles möglich. Vermutlich hatte Hoffi am Telefon ihr ganzes Repertoire an Feindseligkeiten abbekommen.

„Ach – du kannst es dir denken?" Hoffi zog die Augenbrauen hoch und lehnte sich auf seinen Schreibtisch. „Na dann: sie hat mir gesagt, dass sie mit dir geschlafen hat!"

Beller stockte der Atem. Soweit war Bea noch nie gegangen. Was trieb sie dazu, einem ihr wildfremden Mann von ihrer Affäre zu erzählen? Bis zuletzt hatten sie mit niemand darüber gesprochen, um weder ihre noch seine Karriere zu gefährden. Sie musste wegen irgendetwas extrem sauer auf ihn sein.

„Hör mal, Hoffi", versuchte Beller eine Erklärung, „was sie da gesagt hat, ist ihre Sicht der Dinge und ich muss dir sagen, dass Frau Doktor Kechlinger gelegentlich ziemlich übertreibt …"

„Wer redet denn von deiner Chefin?"

„Ich dachte du?"

„Nein. Warum sollte ich?"

„Von wem hast du dann geredet?"

Hoffi sah Beller direkt in die Augen. „Ich habe von Biggi geredet – meiner zweiundzwanzigjährigen Tochter."

Scheiße. Es kam nicht oft vor, dass Beller sprachlos war, doch in diesem Moment war er es. Dieses Gespräch hätte er gern in ferner Zukunft geführt – falsch – er hatte gehofft, es nie führen zu müssen.

Hoffi starrte ihn weiterhin schweigend an.
„Das hat sie also gesagt“, wagte Beller sich vor und versuchte Hoffis Gedanken zu erahnen.
„Hat sie.“
Hoffi wandte endlich seinen Blick ab und erhob sich. Er fuhr sich mit der Hand durch die Haare und atmete hörbar aus. „Biggi war, was ihre Freunde angeht, schon immer sehr … eigen. Alle waren wesentlich älter als sie und du bist auch nicht der erste, der eine Waffe besitzt … nur vermutlich der erste mit einem Waffenschein.“
Hoffi wanderte durch den Raum und blieb vor einem Aktenschrank stehen. Er öffnete langsam die oberste Schublade. Da drin liegt sicher seine Dienstpistole, dachte Beller erschreckt und wich instinktiv ein Stück zurück. Hoffi langte in die Schublade. „Weißt du – ich kenne dich noch nicht lange, aber ich glaube, du bist kein schlechter Kerl.“ Er zog seine Hand zurück, in der er einen Flachmann hielt. „Versprich mir nur, dass du sie nicht verarschst.“
Beller blickte verdutzt auf den Flachmann, den ihm Hoffi hinstreckte.
„Okay“, mehr brachte er nicht hervor und nahm einen Schluck aus der Flasche.
„Verdammte Scheiße“, rief Beller mit weit aufgerissenen Augen.
„Was ist denn das für ein Gift?“
Er hatte mit einem normalen Schnaps oder Cognac gerechnet, doch schon der erste Tropfen brannte in seinem Mund wie Feuer und schien sich nun in seine Zunge zu ätzen. Beller riss den Mund weit auf und fächerte mit beiden Händen Luft hinein.
„Das würde ich nicht tun“, grinste Hoffi. „Das ist ein Peperoni-Schnaps. Luft macht es nur schlimmer.“ Beller griff zu einer Wasserflasche. „Und mit Wasser wird es noch schlimmer.“

Beller war rot angelaufen und Schweiß lief über sein Gesicht. „Waf hift denn dann?“, hechelte er panisch, doch Hoffi grinste nur. „Das war nur ein kleiner Vorgeschmack darauf, was passiert, wenn du meiner Tochter wehtust. Hier … nimm das!“ Er warf Beller eine angebrochene Milchtüte zu. Beller hasste Milch, doch er nahm einen großen Schluck und spülte damit seinen Mund. Endlich wurde es besser. „Du bist ein Scheißkerl“, schimpfte er, konnte sich aber ein Grinsen nicht verkneifen.
„Bin ich das? Vielleicht. Aber vor allem bin ich ein besorgter Vater. Also: versau es nicht.“
Beller nickte. „Die Nachricht ist angekommen.“
„Und weil du sie erwähnt hast: ich habe tatsächlich auch mit deiner Chefin gesprochen. Ab sofort bist du wieder dienstlich hier. Dein Urlaub wurde gecancelt.“
Beller war überrascht. „Und mehr hat sie nicht gesagt?“
Hoffi grinste. „Sie meinte noch, ich könne dich hierbehalten, solange ich will. Ich habe das Gefühl, sie vermisst dich nicht wirklich.“
„Ist ne lange Geschichte“, wiegelte Beller ab.
„Na gut. Dann kümmern wir uns wieder um die Arbeit.“ Hoffi blickte auf seine Armbanduhr. „In einer knappen Stunde müsste Popov hier sein. Nutzen wir die Zeit, um uns gut vorzubereiten.“

Sie hatten alles, was sie über Popov wussten, ausgedruckt und auf einem Tisch im Besprechungsraum ausgebreitet. Es war erbärmlich wenig. Sein Lebenslauf hatte Lücken so groß wie der Grand Canyon und außer seiner Herkunft und seinem Gefängnisaufenthalt wussten sie nicht einmal, wo er die ganzen Jahre gelebt hatte. Nur die Zeit, in der er bei einer Sicherheitsfirma gearbeitet hatte, war, dank der Unterlagen des Finanzamts, besser belegt. Er hatte damals eine Adresse in der Nähe von Bad Saulgau angegeben, unter der aber niemand mehr zu finden war. Mayer hatte bei seiner Recherche herausgefunden, dass das Haus für den Bau einer Umgehungsstraße abgerissen worden war.

„Wir haben nichts", knurrte Hoffi und warf Beller einen hoffnungsvollen Blick zu, der aber nur mit den Schultern zuckte. „Dann müssen wir improvisieren und darauf hoffen, dass er von sich aus redet. Er war an einer Geiselnahme mit tausendfünfhundert Personen beteiligt ... er weiß, dass er für viele Jahre ins Gefängnis wandert. Was können wir ihm anbieten, um ihn gesprächig zu machen?"

Hoffi legte den Kopf schief. „Wir haben ja nicht nur die Geiselnahme ... es gibt auch einen Toten, der Seehas, vergessen wir das nicht. Und: ein weiterer Mann wurde angeschossen. Da kommt so viel zusammen, dass der Verhandlungsspielraum recht klein wird. Bei vollkommener Kooperation könnte ich mir aber vorstellen, dass wir von lebenslänglich wegkommen auf zehn Jahre ohne Aussicht auf Bewährung."

„Nicht gerade ein Weihnachtsgeschenk", knurrte Beller. „Hoffen wir, dass er sich trotzdem darüber freut und mit uns redet."

Die Tür wurde aufgestoßen und Schorsch kam schwer schnaufend herein.

„Ich habe es", verkündete er atemlos und hielt ein Buch hoch. „Das U-Boot im Bodensee" lautete der Titel. Das Cover zeigte ein körniges Bild, dass die Umrisse eines halbgetauchten U-Bootes erkennen ließ. Zumindest mit viel Fantasie. Beller schlug das Buch auf und überflog die ersten Seiten, auf denen der Autor hauptsächlich versuchte, seine Geschichte nicht als Hirngespinst eines Alkoholikers erscheinen zu lassen. Danach folgten geschichtliche Daten über die verschiedenen

U-Boot-Programme der Nazis, die er direkt aus Wikipedia übernommen hatte, vermutete Beller. Er blätterte weiter und las die Aussagen der mutmaßlichen Augenzeugen. Der Autor hatte zwei Männer gefunden, die Ende des Krieges in Friedrichshafen in Hafennähe gewohnt hatten und sich tatsächlich an „seltsame Vorgänge" erinnerten. Doch ihre Erzählungen waren so wage, dass man alles hineininterpretieren konnte. Sie erzählten von nächtlichen Aktivitäten in den Werfthallen, von Booten, die nur im Dunkeln den Hafen verließen und ansonsten in den Hallen versteckt waren. Der eine sprach von einem flachen Schiff, das rund zwanzig Meter lang gewesen sei und einen turmartigen Aufbau hatte, woraus der Autor natürlich sofort auf ein U-Boot schloss. Der Zweite ging sogar noch weiter und berichtete von einem unheimlichen Leuchten, dass manchmal das ganze Hafenbecken erfasst hätte. Glaubhafter war der Bericht des Mannes, der zur damaligen Zeit als Wachsoldat in Friedrichshafen tätig war. Er schilderte detailliert seine damaligen Aufgaben und verzichtete auf Ausschmückungen. Wie er und seine Kameraden die Halle bewachen mussten, mit dem unmissverständlichen Befehl, sie niemals zu betreten oder hineinzuschauen, was er auch niemals getan hatte. Was also wirklich in der Halle war, konnte er nicht sagen, doch ein einziges Mal war während seines Dienstes etwas aus der Halle herausgefahren. Die Nacht war so dunkel, dass er kaum etwas erkennen konnte, aber er meinte einen schmalen Turm der lautlos im Wasser dahinglitt erkannt zu haben. Einen solchen Aufbau auf einem Boot hatte er zuvor, und auch hinterher, nie gesehen. Auf Drängen des Autors hielt er es für möglich, dass es sich um den Turm eines U-Bootes gehandelt hatte.

Beller schlug das Buch zu. Das war das Problem mit Augenzeugen:

mit den richtigen, beziehungsweise falschen Fragen konnte man die Antworten maßgeblich beeinflussen. In diesem Fall wurde der ehemalige Wachsoldat explizit gefragt, ob er es für möglich hielte, damals ein U-Boot gesehen zu haben und nach einigem hin und her stimmte der Mann zu. Warum auch nicht. Es hätte aber genauso gut ein kleiner Schlepper, eine unfertige Yacht oder sogar eine Boje sein können, die man hinausgezogen hatte. Trotzdem hatte Beller bei dieser Aussage ein gutes Gefühl, da der Mann sachlich und ohne Ausschmückungen seine Geschichte erzählt hatte. Beller verließ sich gern auf sein Gefühl, doch war das diesmal Grund genug, um eine großangelegte Suche zu starten?

„Das ist schon recht dürftig", knurrte er und warf das Buch auf den Tisch. „Gibt es sonst noch Meldungen über U-Boot-Sichtungen?"

Schorsch zeigte auf das Buch. „Im letzten Kapitel findest du noch eine Sammlung von Geschichten und Zeitungsartikeln aus Deutschland und der Schweiz über seltsame Erscheinungen, aber für mich ist das nichts. Die passen auch auf die Beobachtungen am Loch Ness und Nessi hat ja auch noch keiner wirklich gesehen."

„Was meinst du?", fragte Beller an Hoffi gewandt. „U-Boot oder nicht U-Boot?"

Hoffi zuckte mit den Schultern. „Das ist hier die Frage. Aber weißt du, was dieses Anglerlatein tatsächlich gut dastehen lässt? Es wäre in unserem Fall die beste Erklärung. Ich weiß, ich lehne mich da weit aus dem Fenster, aber ich würde gerne das Seeufer nach möglichen Verstecken für ein U-Boot absuchen."

Neuer seufzte. „Also gut – ich kümmere mich darum. Sattelitenbilder, Anfrage bei der Wasserschutzpolizei und das ganze Zeug."

„In Deutschland, Österreich und der Schweiz", ergänzte Beller und

erntete dafür einen bösen Blick.
Neuer nickte resigniert. „Natürlich. Kann ich Rabe und Schorschi dazunehmen? Dann geht es schneller."
Die drei verließen das Zimmer, als das Telefon klingelte. Hoffi nahm ab und bedankte sich nach wenigen Sekunden. „Popov ist da. Showtime."

Er konnte sich immer noch nicht erklären, was schiefgelaufen war. Als die Polizisten ihm auf dem Flughafen in Zürich die Handschellen angelegt hatten, hatte er keinen Widerstand geleistet. Wozu auch. Da war das Spiel schon gelaufen. Ein Fluchtversuch hätte alles nur schlimmer gemacht. Natürlich hatte er bei der kurzen Befragung alles abgestritten, doch das hatte die Beamten gar nicht interessiert. Sie wussten seinen Namen und hatten den Befehl ihn festzunehmen, das hatte ihnen genügt. Bis zur Überführung waren nur die beiden Polizisten bei ihm gewesen, die ihn abgeführt hatten. Sie brachten ihm etwas zu trinken und begleiteten ihn auf die Toilette, als er danach fragte. Telefonieren durfte er nicht.
Auch auf diesen Fall war er vorbereitet. Jeder von ihnen hatte gewusst, worauf er sich einlässt. Auch der beste Plan – und er hatte ihn für den besten gehalten – konnte schief gehen. Wenn du Gott zum Lachen bringen willst, dann erzähl ihm einfach, was du am nächsten Tag vorhast. Es gibt immer etwas, das nicht vorhersehbar und berechenbar ist. Doch was war es gewesen? Wie konnte die Schweizer Polizei nach so kurzer Zeit nach ihm suchen? Eigentlich dürften sie weder sein Gesicht noch seinen Namen kennen … eigentlich. Ob sie die anderen auch erwischt hatten? Er hatte nicht danach gefragt,

denn allein die Frage hätte verraten, dass seine Komplizen ebenfalls über den Flughafen Zürich fliehen wollten.
Jetzt saß er in dem winzigen Verhörraum bei der Friedrichshafener Kriminalpolizei und wartete, was passieren würde. Er trug noch immer Handschellen, die lustigerweise bei der Übergabe an die deutschen Beamten ausgetauscht worden waren. Hatten die Deutschen keine Schlüssel für das Schweizer Modell? Nur ein Beamter war mit ihm im Raum, machte aber keine Anstalten mit ihm zu sprechen. Das Zimmer roch muffig und Juri hatte das Gefühl, dass es nicht oft benutzt wurde. Der Kondensator der Neonlampe an der Decke hatte seine besten Tage schon hinter sich und gab ein nerviges Fünfzig-Herz-Brummen von sich. Das einzige Fenster war vergittert, die Tür verschlossen. Einen großen doppelseitigen Spiegel, wie man ihn aus den CSI-Serien kannte, gab es nicht. Juri versuchte, sich zu entspannen, doch die Handschellen hinderten ihn daran eine bequeme Stellung einzunehmen.
Schritte näherten sich von außen und kurz darauf kratzte ein Schlüssel im Schloss. Juri beobachtete den jungen Beamten, der leger eine Akte auf den Tisch warf und den anderen Polizisten hinausschickte.
„Herr Popov, mein Name ist Beller." Er streckte ihm eine Hand entgegen, die Juri wegen der Handschellen nicht ergreifen konnte. „Sie sind also der Spaßvogel hier", knurrte er und betrachtete sein Gegenüber abfällig. Was war das für ein Typ? Er schätzte ihn auf gute dreißig, auch wenn ihn die Tränensäcke unter den Augen älter aussehen ließen. Das T-Shirt des Beamten war ungebügelt und er trug eine weiße Leinenhose. Juri schüttelte den Kopf. Hält der sich für Don Johnson?
„Was wollen Sie von mir?"

„Ich möchte mich mit Ihnen über das letzte Wochenende unterhalten." Beller machte eine kurze Pause. „Und über die Geiselnahme, die Sie und Ihre Freunde draußen auf dem See durchgezogen haben."
Popov zog verächtlich einen Mundwinkel nach oben. „Ach, haben wir das? Ich glaube, Sie haben den Falschen. Ich arbeite für ein Schweizer Pharmaunternehmen und war geschäftlich unterwegs, als Ihre Kollegen mich festgenommen haben."
„Sie waren also auf keinem der Schiffe, die rausgefahren sind, um den Seehas einzuholen?"
„Ich bitte Sie … was sollte ich da?"
Beller öffnete die Akte und schob ein DIN A 4 großes Foto über den Tisch. „Wenn Sie keinen Zwillingsbruder haben, waren Sie sehr wohl da draußen."
Juri erinnerte sich sofort an den Moment, in dem das Foto gemacht worden sein musste. Verdammt. Das kleine Mädchen hatte nicht auf dem Handy seiner Mutter herumgespielt, sondern ein Bild von ihm gemacht. Noch nicht mal verwackelt oder unscharf. Ein gutes Foto. Ein begabtes Kind. Zwei Minuten – länger hatte er die Kapuze nicht abgenommen – und genau diese zwei Minuten waren der Grund dafür, dass er nun hier saß. Er schüttelte resigniert den Kopf. Es machte keinen Sinn sich darüber aufzuregen. Das Kind war schon in den Brunnen gefallen. Jetzt ging es darum den Schaden zu begrenzen.
„Wie spät ist es?", fragte er ohne aufzublicken. Zwar trug er noch seine Armbanduhr, doch seine Hände waren auf dem Rücken gefesselt.
„Wieso ist das wichtig?", erwiderte Beller kühl. „Noch Termine heu-

te? Ich fürchte, die werden Sie verpassen."
„Ich brauche meine Salbe. Um zwölf Uhr muss ich sie das nächste Mal auftragen." Das war nur die halbe Wahrheit, denn zwölf Uhr war der Zeitpunkt den sie vereinbart hatten, für den Fall dass einer von ihnen geschnappt wurde. Bis dahin waren alle an ihren Reisezielen angekommen. Sogar eventuelle Flugverspätungen waren einkalkuliert. Nach zwölf Uhr konnte er der Polizei alles erzählen, was er wusste und damit seine Chancen auf ein mildes Strafmaß erhöhen.
„Also? Wie spät?", hakte Juri nach, da Beller nicht reagiert hatte. Der überlegte noch ein paar Sekunden, bevor er antwortete.
„Es ist gleich viertel vor zwölf. Wollen Sie Ihre Salbe vielleicht jetzt schon auftragen?" Beller zeigte auf einen Beutel in dem neben den anderen Habseligkeiten des Mannes auch eine Cremetube lag.
„Nein. Ich halte mich streng an die Packungsbeilage und warte die paar Minuten. Zum Eincremen müssen Sie mir aber die Handschellen abnehmen … und ein Spiegel wäre hilfreich."
Beller beugte sich vor. „Sie denken wohl das hier ist ein Hotel. Ich kann Ihnen versichern, dass dem nicht so ist. Bei uns bekommen Sie nichts geschenkt und unsere Freundlichkeit gegenüber unseren Gästen hält sich sehr in Grenzen. Sie wollen Ihre Creme? Kein Problem. Geben Sie mir irgendwas, mit dem ich etwas anfangen kann und Sie bekommen sie."
Popov erwiderte Bellers Blick nicht und rutschte auf seinem Stuhl herum. Die Handschellen wurden allmählich wirklich unbequem.
„Was wollen Sie wissen?", fragte er endlich und Beller wusste, dass er gewonnen hatte.
„Waren Sie draußen auf einem der Schiffe?"
„Ja."

„Gehören Sie zu den Männern, die die Geiselnahme durchgezogen haben?"
„Ja."
„Wieviel Personen waren daran beteiligt?"
Jetzt blickte Popov auf. „Ich erzähle Ihnen alles, was ich weiß, aber dafür möchte ich etwas haben. Und als erstes ist das meine Creme."
Beller sah auf die Uhr und nahm die Creme aus dem Beutel. „Zwei Minuten vor zwölf. Sie haben zehn Minuten."
Beller verließ den Raum und schickte die Wache wieder hinein, die Juris Handschellen abnahm. Einen Spiegel bekam er nicht.

„Ist es nicht eigenartig, dass er so schnell aufgegeben hat", wunderte sich Hoffi, der das Verhör in einem Nebenraum mitgehört hatte.
Beller zuckte mit den Schultern. „Vielleicht ist dieser Popov cleverer als wir dachten. Er hat es ja gesagt: er will etwas für seine Kooperation haben. Ich denke, als nächstes wird er versuchen eine niedrige Strafe auszuhandeln. Steht das Angebot für die zehn Jahre noch?"
Hoffi nickte. „Ich habe mit dem zuständigen Staatsanwalt gesprochen. Wenn er uneingeschränkt kooperiert, kriegt er die zehn Jahre."
Beller war mit dieser milden Strafe nicht ganz einverstanden, immerhin ging es um eine Geiselnahme, einen Mord und Körperverletzung, doch wie immer konnte man nicht alles haben, was man sich wünschte. Wenn Popov für diese Zugeständnisse bereit war auszusagen, erhöhte es ihre Chancen, die anderen Täter zu schnappen und das war den Einsatz wert.
„Wie können wir wissen, ob er die Wahrheit sagt?", merkte Hoffi an. „Er könnte uns die tollsten Märchen erzählen und wir haben keine

Möglichkeit seine Angaben zu überprüfen."
„Das überlass mir. Wenn er mich anlügt, weiß ich das."
Viele wundern sich, dass Lügendetektoren in Deutschland bis heute vor Gericht nicht anerkannt werden, doch Beller wusste warum. Im Grunde war das Gerät nur eine Ansammlung medizinischer Tests, die Aufschluss über den Gemütszustand des Verhörten gaben. Blutdruck, Puls, Körpertemperatur und andere Werte wurden erfasst und von einem Computerprogramm analysiert und in Beziehung gesetzt. Anhand einiger komplizierter Algorithmen ermittelte das Programm dann, ob die Person log oder die Wahrheit sagte. Das funktionierte im Normalfall mit einer sehr hohen Trefferquote, doch waren viele Verbrecher per Definition nicht normal. Ihre verschrobene Sicht der Dinge, teilweise soziopathische Veranlagungen und nicht zuletzt extravagante sexuelle Vorlieben konnten die teure Software verwirren. Die Folge waren Falschmeldungen des Lügendetektors in die eine wie auch in die andere Richtung.
Für Beller lag der Fehler darin, dass die Maschinen nicht in der Lage waren, auf den Menschen selber zu achteten. Er hatte unzählige Forschungsprojekte verfolgt, die sich mit unbewussten Reaktionen von Personen auf bestimmte Situationen beschäftigten. Es war keine präzise Wissenschaft, doch über die Jahre konnte er tatsächlich auf einen kleinen Katalog von Gesten, Bewegungen und Mimiken zurückgreifen, die einen ganz bestimmten Gefühlszustand anzeigten, unabhängig von dem, was eine Person mit ihren Worten sagte. Ein kleines Zucken hier, ein gehobener Mundwinkel, zusammengezogene Augenbrauen – das alles waren unbewusste Aussagen, die man nur entsprechend deuten musste.
Beller hatte sich sehr lange damit beschäftigt und dann erfreut fest-

gestellt: er brauchte das gar nicht. Über die Jahre hatte er die feinen Muster derart verinnerlicht, dass sein Gehirn ohne weitere Anstrengung die Signale erfasste und unbewusst zu einer Antwort zusammenfügte: Wahrheit oder Lüge. So einfach war das. Wer ihn beobachtete, mochte das Gefühl haben, Beller handele nach Instinkt oder aus dem Bauch heraus, doch es handelte sich um mühevoll angesammeltes Wissen, das schneller als jeder Computer es je könnte, die Signale verarbeitete und zu einer Antwort formte.
Beller verließ sich auf seine Fähigkeiten. Wichtig war nur, dass er selbst unvoreingenommen in ein solches Verhör ging. Wut oder gar Hass auf die andere Person verfälschten seine Eindrücke und damit auch das Ergebnis. Er konzentrierte sich auf seine Gefühle und schob alle störenden Einflüsse beiseite. Der Mann, der ihm gleich gegenüber sitzen würde war Juri Popov. Kein Geiselnehmer oder Mörder – einfach nur ein Mann. Er würde ihm aufmerksam zuhören und feststellen, ob er die Wahrheit sagte.

Fast zwei Stunden später verließ Beller das Verhörzimmer. Und obwohl die Kunst darin bestand, sich eben nicht auf bestimmte Aspekte zu konzentrieren, sondern seinen unterbewussten Fähigkeiten freien Lauf zu lassen, hatte ihn die Befragung ausgelaugt. Er entschuldigte sich bei Hoffi, der ihn erwartungsvoll an der Tür abpasste und schloss sich mit einem Kaffee im Krankenzimmer ein. Dreißig Minuten später trommelte er alle im Besprechungsraum zusammen.
„Wir können davon ausgehen, dass Popov uns in weiten Teilen die Wahrheit sagt“, begann Beller. „Trotzdem bleiben dabei einige Fragen offen, da er offensichtlich selbst nicht alles wusste. Angefangen mit der Geiselnahme selbst. Er behauptet, dass es ein Auftragsjob war, geplant von einer Person, die er nicht kennt. Alle Anweisungen

bekam er als Textnachricht auf sein Handy. Er kennt also noch nicht einmal seine Stimme und genaugenommen auch nicht sein Geschlecht, auch wenn ich persönlich von einem Mann ausgehe. Die Syntax einiger Nachrichten, an die er sich erinnert, ist eindeutig maskulin geprägt."

„Und was ist mit seinen Komplizen?", fragte Neuer.

„Drei Komplizen, von denen er nur die Vornamen kennt. Werner, David und Jürgen. Er weiß nicht, ob es ihre richtigen Namen sind, doch er geht davon aus, da auch er unter seinem echten Namen in der Gruppe auftrat. Sie wurden alle von dem Mann im Hintergrund engagiert und zusammengebracht. Keiner von ihnen kannte sich vor der Geiselnahme, außer David und Jürgen, die angeblich vorher als Duo mehrere Banken überfallen hatten. Werner war in der Gruppe der Wortführer, der dann ja auch bei der Geiselnahme im Vordergrund stand. Es scheint, als wären die Männer sorgfältig nach ihren Fähigkeiten ausgewählt worden. Popov hat zugesagt, mit einem Phantombildzeichner zusammenzuarbeiten. Vielleicht bringt uns das ja weiter. Wir haben Popov ja auch über das Foto von dem Mädchen gefunden. Man muss auch mal Glück haben."

„Was war dann Popovs Rolle?", hakte Hoffi nach.

„Er sagt, seine Aufgabe bestand darin, Werner den Rücken frei zu halten. Vor allem während der Übertragungen im Stream. Außerdem führte er die Kamera. David und Jürgen auf den beiden anderen Schiffen waren tatsächlich allein."

„Unglaublich", murmelte Rabe. „Mit nur vier Männern eine Geiselnahme mit tausendfünfhundert Leuten durchziehen – das ist nicht zu fassen."

„Aber genau an der Stelle bemerkte ich bei Popov eine kleine Unsicherheit", fuhr Beller fort. „Ich glaube nicht, dass er direkt gelogen hat, aber ich vermute, dass er etwas zurückhält. Vielleicht war seine Aufgabe doch etwas anders definiert, als er zugibt. Aber da kann ich nur mutmaßen. Ich habe ihn auch gefragt, ob er den Seehas erschossen hat, was er sofort verneinte … und das war eindeutig eine Lüge. Ich bin mir sicher: Popov hat den Hasen erschossen. Ob wir das jemals beweisen können, steht auf einem anderen Blatt."

Rabe hatte bisher fasziniert zugehört und nahm sich eine kleine Flasche Wasser. „Und was ist mit den anderen drei Männern? Wo sind sie hin?"

„Er sagt, er weiß es nicht – und ich glaube ihm. Jeder konnte sich im Vorfeld einen Ort für seine Flucht aussuchen. Sie durften nie darüber sprechen. Er wollte nach Kap Verde, was wir auf Grund seiner Flugtickets ja schon wussten."

Rabe sah auf. „Aber dann kriegen wir die anderen auch. Wir müssen nur alle Passagiere checken, die im fraglichen Zeitraum von Zürich aus abgeflogen sind."

„Zwölftausenddreihundertvier", sagte Schorsch trocken.

„Was?" Rabe verstand nicht.

„Es waren zwölftausenddreihundertvier Passagiere in dieser Zeit. Das wird dauern. Und selbst wenn wir sie auf den Überwachungsvideos des Flughafens finden, haben wir die Personen noch nicht. Sie können, weiß Gott wohin, weitergeflogen sein und ich vermute stark, dass wir in jedem der Fälle irgendwann an der Grenze eines Landes stehen, mit dem wir kein Auslieferungsabkommen haben. Kap Verde ist das beste Beispiel dafür."

„Und was ist mit dem U-Boot?", wollte Schorsch wissen. „Wenn wir das Boot finden, dann finden wir auch die Leute, die damit gefahren

sind. Irgendwer muss es ja unter den Katamaran gesteuert und die Torpedos abgefeuert haben."
„Es war ein U-Boot. Als ich Popov danach gefragt habe, habe ich bei ihm echte Überraschung gesehen ... aber auch stolz. Die Flucht war das Kernstück des ganzen Plans und ich muss ehrlich zugeben, dass auch ich davon beeindruckt bin. Es scheint fast, als sei das U-Boot zuerst dagewesen und irgendwer hat sich überlegt, wie man es gewinnbringend einsetzen kann. Ein strategisches Meisterstück."
Beller hielt kurz inne. Er erinnerte sich an sein Gespräch mit seinem Mentor in der Klinik, der damals genau das gesagt hatte. Zuerst die Flucht – der Rest ergibt sich. Er musste unbedingt nochmal mit Wollenweber über das Ganze reden.
„Da gibt es übrigens Neuigkeiten", nutzte Meier die kurze Unterbrechung. „Bisher haben wir acht Hallen am und im Wasser gefunden, in denen man ein U-Boot dieser Größe verstecken könnte. Die örtliche Polizei ist schon unterwegs und sieht sich das an. Vielleicht haben wir Glück."
Meier lächelte gekünstelt, doch Beller teilte seinen gespielten Optimismus nicht.
„So wie das bisher gelaufen ist, so perfekt wie alles geplant war, werden wir das verdammte U-Boot nicht in irgendeiner Halle finden. Das wäre viel zu einfach."
Meier war enttäuscht. „Kann uns Popov nicht zu dem Boot führen?"
Beller schüttelte den Kopf. „Er behauptet, weder den ursprünglichen Standort noch die Anlegestelle in der Schweiz zu kennen. In beiden Fällen wurden allen bei der An- beziehungsweise Abfahrt die Augen verbunden. Die Besatzung des Bootes bestand angeblich aus zwei Männern, die sich Kapitän und Maschinist nannten. Auch bei diesen

Aussagen bin ich mir sicher, dass Popov die Wahrheit gesagt hat, aber trotzdem nicht ganz ehrlich war. Er hat mir gesagt was er über das Boot und die Besatzung wusste, aber hielt irgendetwas zurück."
„Wir werden ihn weiter verhören", beschloss Hoffi. „Wenn er die zehn Jahre haben will, muss er uns mehr erzählen. Das nächste Verhör übernehme ich."
Beller nickte müde. „Ist mir nur recht. Ich bin ziemlich durch. Ich mache Schluss für heute und versuche mich etwas auszuruhen."
Hoffis Augen blitzten auf. „Geht klar … und es wäre mir recht, wenn du dich alleine ausruhst."

Juri war von dem Verhör ebenfalls erschöpft. Er hatte dem komischen Kommissar alles erzählt, was er wusste. Das Angebot von zehn Jahren Haft war gut, angesichts dessen, was sie ihm zur Last legten. Dass er den Seehas erschossen hatte, war natürlich nicht Teil seines Geständnisses gewesen, auch nicht dass er Barnsteiner aus seiner Zeit im Gefängnis kannte. Es war eh nur ein Zufall gewesen, dass sie sich getroffen hatten und durfte nicht auf Barney zurückfallen. Die anderen waren jetzt in Sicherheit und würden es vorerst auch bleiben, wenn sie keinen Fehler machten. Er schmunzelte über die Ironie, dass ihn ein kleines Mädchen mit einem Handy letztendlich zur Strecke gebracht hatte. Ohne dieses Foto hätte ihn die Polizei nie erwischt. Doch er war nicht wütend. Er würde wieder ins Gefängnis gehen. Zehn Jahre. Er kannte sich im Gefängnis aus und würde die Zeit einfach absitzen. Wer weiß: vielleicht kam er bei guter Führung ja früher raus. Und er würde sich benehmen wie ein Chorknabe. Schließlich warteten fünf Millionen Euro auf ihn.

Beller hatte sich überlegt, den Abend wirklich allein zu verbringen, doch Biggi hatte ihm die Entscheidung abgenommen und um kurz nach sieben Uhr an seine Tür geklopft. Nach einer stürmischen Begrüßung hatten sie eine Flasche Wein mit ins Schlafzimmer genommen und sich aufs Bett gekuschelt.
„Du hättest mich vorwarnen können", maulte Beller. „Hoffi hat mich damit total überrascht." Biggi küsste ihn auf seinen Schmollmund. „Dad und ich sind immer ehrlich zueinander. Das solltest du nie vergessen und über kurz oder lang hätte er eh herausgefunden, dass wir zusammen sind. Er ist Polizist, vergiss das nicht. Außerdem: war es denn so schlimm? Immerhin hat er dich nicht erschossen." Beller schubste sie grinsend aufs Bett. „Du hast ja keine Ahnung! Ich musste von seinem Peperoni-Schnaps trinken. Etwas Widerlicheres hatte ich noch nie im Mund!" Biggi krabbelte auf allen Vieren zu ihm zurück und leckte über seine Lippen. „Tut es noch sehr weh?" Beller seufzte und zog sie an sich. „Es geht schon wieder. Und: du bist die Schmerzen wert." Sie küssten sich leidenschaftlich, doch als Beller seine Hand unter ihr T-Shirt schob, drückte sie sanft seine Hand weg. „Wie geht es denn jetzt weiter? Ihr habt euren Fall gelöst … gehst du zurück nach Berlin?"
Beller ließ sich ins Kissen sinken. Berlin. Seine Heimat. Die Stadt, die er über alles liebte. Dort lebten seine Freunde und dort spielte seine Hertha. Er liebte die pulsierende Metropole mit all ihren Annehmlichkeiten, doch in diesem Moment verspürte er kein Verlangen zurückzukehren. Er schüttelte verwirrt den Kopf. Das hier war Provinz oder sogar noch schlimmer … wenn es das überhaupt gab. Aber es war auch entspannter, leiser und gemütlicher. Die Großstadt war

anonym und kalt, während er hier mit offener Freundlichkeit aufgenommen wurde. Zu Hause kannte er nicht mal die anderen Mieter in seinem Haus, hier hatte er sogar den Zeitungsausträger kennengelernt. Und seinen Hund. Und hier war Biggi. Obwohl sie sich erst ein paar Tage kannten, hatte er das Gefühl schon ewig mit ihr befreundet zu sein. Sie brachte ihn zum Lachen und ließ ihn alles andere vergessen. Natürlich wollte er wieder zurück nach Berlin, aber noch viel mehr wollte er mit Biggi zusammen sein.

„Ich denke, ich bleibe noch etwas hier. Aus rein beruflichen Gründen natürlich." Biggi boxte ihm in die Rippen. „Nein – im Ernst! Wir haben zwar einen der Täter, aber die anderen drei sind noch auf der Flucht. Und auch der eigentliche Drahtzieher ist noch irgendwo da draußen. Es gibt noch so viele Hinweise, denen wir nachgehen müssen. Ich kann jetzt nicht einfach verschwinden."

Biggi krabbelte näher heran bis sich ihre Nasenspitzen berührten.

„Und wie lange, glaubst du, wird das dauern?", flüsterte sie. Gleichzeitig hatte sie mit einer einzigen Bewegung ihr T-Shirt abgestreift und rutschte nun höher bis ihre Brüste Bellers Wangen berührten.

„Oh, wenn ich es mir recht überlege, werden es wohl einige Wochen sein …"

„Wochen?"

„Oder sogar Monate …"

Zufrieden beugte sich Biggi nach vorne und drückte Bellers Kopf an ihre Brust.

Das Spiel war zu Ende. Oh Gott, war das ein Spaß gewesen. Wie ein Schachspieler hatte er über die letzten Jahre hinweg seine Figuren in Stellung gebracht und dann die entscheidenden Züge gemacht. Er lehnte sich entspannt zurück und fühlte wie der letzte Rest Anspannung von ihm abfiel. Er hatte es tatsächlich geschafft. Die größte Geiselnahme aller Zeiten. Lächelnd dachte er daran, wie alles begonnen hatte. Die öden Gespräche mit den Gefängnisinsassen, die ihm die Ohren vollgejammert hatten, wieviel Pech sie gehabt hatten. Man hatte sie in zwei Gruppen einteilen können: die einen hatten vehement ihre Unschuld beteuert. Bei einigen war er sogar versucht gewesen, ihnen zu glauben, doch sein Job war nur ihre psychologische Betreuung. Über Schuld und Unschuld hatten andere entschieden. Die Straftäter der zweiten Gruppe – und das war die weitaus größere – verfluchten ihr Schicksal und ärgerten sich über den einen dummen Fehler, den sie gemacht hatten oder haderten mit dem Universum, dass sie durch einen puren Zufall hatte auffliegen lassen. Doch eines hatten beide Gruppen gemeinsam: die Leute waren alle nicht die Hellsten. Einmal hatte er das einem seiner Patienten an den Kopf geworfen. „Wer sich so blöd anstellt, wandert zurecht ins Gefängnis!“ Der junge Mann war aufgebraust und hatte sich verteidigt. „Wenn Sie so schlau sind … warum planen Sie dann nicht ihr eigenes Ding? Dann werden Sie sehen, ob Sie wirklich so clever sind.“ Und das tat er. Sein Ehrgeiz war geweckt und er machte sich daran sein eigenes Verbrechen zu planen. Natürlich nur theoretisch, ohne selbst daran zu glauben, den Plan je umzusetzen.

Er hatte sich nicht auf ein bestimmtes Objekt oder einen Ort konzentriert, sondern suchte von Beginn an nach der perfekten Fluchtmöglichkeit. Nicht erwischt zu werden hatte oberste Priorität.

Als er alte Akten seines Vorgängers sortierte, stieß er zufällig auf einige Gesprächsnotizen aus den Achtzigern in denen von einem U-Boot die Rede war. Erst zweifelte er am Geisteszustand des Sträflings, der zu dem Zeitpunkt schon auf Bewährung entlassen war, doch nachdem er den ganzen Bericht gelesen hatte, fand er die Aussagen des Mannes glaubwürdig. Ein U-Boot im Bodensee – sofort erkannte er die unglaublichen Möglichkeiten, die sich boten, falls die Geschichte wirklich stimmte. Er nahm diskret Kontakt auf und erfuhr, dass das U-Boot tatsächlich existierte und regelmäßig für Schmuggelfahrten in die Schweiz genutzt wurde. Menschen, Geld, Daten … vieles wechselte unter der Oberfläche des Bodensees unbeobachtet ans andere Ufer. Er erkundigte sich, ob das U-Boot auch als Fluchtfahrzeug genutzt werden könnte – natürlich gegen eine angemessene Bezahlung - und erhielt als Antwort ein entschiedenes „vielleicht". Ohne den konkreten Plan zu kennen, gab es keine Zusage. Man kaufe nicht „die Katze im Sack".
Also begann er mit der Planung. Das U-Boot - die perfekte Fluchtmöglichkeit. Darauf richtete er alles aus. Natürlich würden immense Kosten entstehen, weshalb seine Aktion auch einen außergewöhnlich hohen Gewinn abwerfen musste. Die Idee zu der Geiselnahme kam ihm im Kino. Er überlegte, wieviel er zusammenbekommen würde, wenn er jedem im Saal nur fünfzig Euro abnehmen könnte. Das wäre für die Einzelnen kein Weltuntergang, doch in der Summe ein lohnendes Geschäft.
Also eine Geiselnahme mit moderater Lösegeldforderung. Es mussten nur genügend Geiseln sein, damit es sich lohnte. Und es musste draußen auf dem See stattfinden, um das U-Boot nutzen zu können. Erst hatte er an ein einzelnes Schiff der weißen Flotte gedacht, doch

die Ausfahrt am Seehasenfest war einfach zu verlockend gewesen. Doch es gab ein Problem: um die drei Schiffe kontrollieren zu können, brauchte er pro Schiff mindestens vier Mann – eher fünf – doch das U-Boot konnte maximal zehn Passagiere aufnehmen.
Zu diesem Zeitpunkt der Planung stellte er fest, dass seine Tage einfach zu wenig Stunden hatte. Er arbeitete nach wie vor als Psychologe, war aber auch immer mehr mit seinen Recherchen beschäftigt. Er setzte alles auf eine Karte und ließ sich von seiner Arbeit freistellen. Ein befreundeter Arzt bestätigte ihm ein erneutes Burnout. Er wies sich selbst in die Klinik in Bad Schussenried ein und hatte von da an die Zeit, die er brauchte.
Er kam gut voran. Als er die Besonderheiten des Katamarans „Fridolin" entdeckte, war seine Fluchtplanung abgeschlossen, doch noch immer suchte er nach einem Weg wie er mit höchstens zehn Mann die Schiffe in seine Gewalt bringen konnte. Und wieder kam ihm der Zufall zu Hilfe – und das öffentlichrechtliche Fernsehen. In einer eher langweiligen Dokumentation über das amerikanische Militär berichtete ein Arte-Reporter an einem frühen Samstagnachmittag über die Flugzeugträger der Amis. Er erläuterte, wie sie strategisch auf den Weltmeeren platziert wurden, um Amerikas Macht zu projizieren. Im Grunde ein kleiner kalter Krieg. Es funktionierte allein dadurch, dass die Flugzeugträger an Ort und Stelle waren – mehr mussten sie nicht tun. Jeder wusste, wozu sie fähig waren, aber niemand wollte, dass sie es auch wirklich taten.
Machtprojektion – das war die Lösung. Er brauchte nicht wirklich zehn oder fünfzehn Leute auf den Schiffen, es reichte aus, wenn alle glaubten, er habe diese Männer vor Ort.
Eine einfache Google-Suche mit den Schlagworten „Menschen frei-

willig verkleidet Aktion" lieferte ihm hunderte Treffer zu irgendwelchen Flashmobs. Er las sich in das Thema ein und suchte nach der richtigen Tarnung für sein Projekt. Der schwarze Seehas war geboren.

Am Ende war er sicher, mit vier Mann auszukommen, aber es mussten die richtigen sein. Er versuchte sein Glück im Darknet und war verblüfft, wie einfach es war, Männer für einen Job wie diesen zu finden. Ein Portal, das wie eine Personalvermittlung organisiert war, lieferte in Sekundenschnelle alles, was das Verbrecherherz begehrte: Diebe, Schmuggler, Cyberkriminelle, bis hin zu Auftragsmördern. Er machte eine Liste von zehn Personen, mit denen er über eine anonyme Mailadresse Kontakt aufnahm. Er schränkte den Kreis weiter ein bis er am Ende seine vier Mann beisammen hatte. Es gab noch unendlich viele Kleinigkeiten, die berücksichtigt werden mussten, doch der eigentliche Plan war fertig.

Und es hatte funktioniert – wenn auch mit kleinen Schönheitsfehlern. Sie hatten vereinbart, dass jeder, der sein Fluchtziel erreicht hatte, in einem israelischen Handwerker-Chat eine Nachricht hinterließ, in der er nach der Handhabung eines bestimmten Werkzeugs fragte. David, Jürgen und Werner hatten sich gemeldet. Juri nicht. Er hatte keine Ahnung, was schiefgelaufen war.

Doch die erste Überraschung war Bellers Anwesenheit gewesen. Er war einer der besten Profiler, die er kannte und hatte einen bemerkenswerten Instinkt. Wenn es jemanden gab, der seinen Plan hätte durchschauen können, dann Beller. Doch auch er hatte sich täuschen lassen und hatte wie der Rest der Polizei untätig am Spielfeldrand zusehen müssen. Doch wenn er ehrlich war, war dieses Spiel niemals fair gewesen. Wer konnte ahnen, dass es im Bodensee ein U-Boot gab, noch dazu ein bewaffnetes. Trotzdem hatte er von Beller mehr erwartet. Seine Fähigkeit sich in Verbrecher hineinzuversetzen, kombiniert mit seinem scharfen Verstand und seinen Instinkten hätten eine echte Gefahr sein können. Manchmal hatte er daran gedacht, wie es wäre, wenn Beller ihn erwischt hätte. Er hätte ihm alles voller Stolz erzählen können, denn er war stolz auf das, was er geleistet hatte. Das war der Nachteil: er konnte vor niemandem mit seiner Leistung prahlen. Aus einer Laune heraus hatte er Beller etwas zum Nachdenken hinterlassen. Die Versuchung war einfach zu groß gewesen. Brachte er sich damit in Gefahr? Vielleicht. Doch das war es ihm wert.

Dr. Dr. Markus Wollenweber erhob sich aus seinem Sessel und machte ein Feuer im Kamin. Eigentlich war es dafür zu warm, doch er liebte den Geruch und das beruhigende Züngeln der Flammen. Als es richtig brannte, warf er seinen Personalausweis ins Feuer und sah zu wie er verschmorte. Er hatte jetzt einen neuen Namen, mehr noch: er hatte eine neue Identität. Auch das war im Darknet kein Problem gewesen. Vielleicht würde man irgendwann nach ihm suchen, dann existierte kein Dr. Dr. Markus Wollenweber mehr. Er lächelte bei der Vorstellung, wie sie auf der ganzen Welt nach ihm fahnden würden, dabei war er nur wenige Kilometer gefahren. Das kleine Häuschen in Durlesbach hatte er schon vor längerer Zeit unter falschem Namen gekauft. Die Idee dahinter: verstecke dich dort, wo niemand dich vermutet. Durlesbach mit nichts außer einem stillgelegten Bahnhof war dafür ideal. In dem alten Bahnhofsgebäude war neuerdings ein Kaffee und er freute sich schon darauf, in der Gartenwirtschaft bei Kaffee und Kuchen ein gutes Buch zu lesen. Was dann kam, wusste er nicht. Mit hundert Millionen Euro auf dem

Konto waren die Möglichkeiten schier unbegrenzt. Irgendetwas würde ihm schon einfallen. Vielleicht fand er ja irgendwann Gefallen an einem neuen Spiel.

In der Ferne hörte er einen Zug vorbeirattern und begann leise zu singen: „Auf der schwäbscha Eisabahna isch a mohl a Bähnle gfahra – Schtuagat Ulm und Biberach – Meckabeira Durlesbach."

11 Zukunftspläne

Beller hatte den Russen am nächsten Tag noch einmal verhört und seine Aussagen verglichen. Sie stimmten überein. Entweder hatte der Mann seine Geschichte perfekt auswendig gelernt oder er sagte tatsächlich die Wahrheit. Er neigte dazu, ihm zu glauben. In beiden Verhören hatte er bei Popov keine Anzeichen von Lügen entdeckt, nur eine leichte Unsicherheit an manchen Stellen. Er vermutete, dass der Mann ihnen nicht alles sagte. Es würden weitere Verhöre folgen, vielleicht hatten die Kollegen ja Glück und er verplapperte sich.
„Die waren heute früh schon mit dem Tauchroboter beim Wrack der „Lindau““, erklärte Hoffi und drückte Beller eine Tasse Kaffee in die Hand. „Es scheint tatsächlich ein Torpedo gewesen zu sein. Der Experte vom SEK sieht sich das Video von der Tauchfahrt gerade noch mal an, aber er ist sich sehr sicher."
Der Bombenexperte war der einzige vom Sondereinsatzkommando, der noch nicht abgereist war. Er hatte darum gebettelt bleiben zu dürfen, schließlich bekam er nicht jeden Tag die Chance einen Torpedoeinschlag zu untersuchen.
Beller nippte an seinem Kaffee. „Bekommen wir noch mehr Informationen über unseren Russen?"
„Vielleicht", seufzte Hoffi. „Neuer ist noch dran, aber ich bezweifle, dass etwas Entscheidendes auftaucht. Es wäre ein Wunder, wenn wir in seinem Zimmer ein Notizbuch mit den Telefonnummern der anderen Täter finden würden oder ähnliches. Ganz abgesehen davon, dass wir noch nicht einmal wissen, wo er wohnt."
Beller schüttelte resigniert den Kopf. „Dann war es das? Wir geben uns mit dem einen Täter zufrieden?"
„Natürlich nicht. Aber es wird eine lange Ermittlung werden und die

Erfolgsaussichten sind nicht gut. Aber sehen wir es positiv: wenigstens haben wir einen von ihnen. Zwar nur dank eines dummen Zufalls, aber wir haben ihn."

„Ist es das, was wir den Medien verkaufen?"

Hoffi zog die Schultern hoch. „Irgendwas müssen wir ihnen ja erzählen. Wir hatten hier die größte Geiselnahme aller Zeiten und die Leute wollen Antworten … und einen Schuldigen."

Na schön, dachte Beller, einen Schuldigen können wir anbieten, aber was ist mit dem Rest?

„Was machen wir mit dem U-Boot? Kommt das in die Pressemitteilung?"

„Ich halte das für keine gute Idee." Hoffi lehnte sich an das geöffnete Fenster und atmete die frische Luft ein. „Ich möchte nicht, dass die Menschen Angst haben, wenn sie mit einem Schiff auf dem See unterwegs sind. Und ich möchte auch keine Horden von durchgeknallten Hobbytauchern, die sich auf die Suche machen."

„Und wenn es wieder auftaucht und das nächste Schiff versenkt?"

„Ich glaube nicht, dass das passiert. Die haben das U-Boot irgendwo versteckt. Die werden schön die Füße stillhalten, denn: finden wir das Boot, finden wir auch die Leute, die dahinterstecken. Und es handelt es sich ja nicht um ein kleines Ding, das man irgendwo im Keller zwischenlagert. Ich denke, wir werden nicht so schnell wieder was davon hören."

Hoffis Erklärung klang logisch, doch Beller hatte trotzdem ein schlechtes Gefühl. Irgendwo im Bodensee gab es ein bewaffnetes U-Boot und wartete nur darauf seinen nächsten Torpedo abzufeuern. Er würde keinen Fuß auf ein Schiff setzen, bevor sie es nicht gefunden hatten.

„Was erzählst du über die Flucht?"
„Die Wahrheit: dass die Geiselnehmer mit einem Wasserfahrzeug entkommen konnten und wir Popov dann am Flughafen verhaftet haben. Nach den restlichen Tätern wird gefahndet ... bla bla bla ... aus ermittlungstechnischen Gründen können wir nicht mehr sagen ... bla bla ... du kennst das ja."
Beller wusste, dass das vielen nicht reichen würde. „Die Leute werden uns für unfähig halten ..."
„Na und", erwiderte Hoffi gleichgültig. „Das tun sie doch immer. In den Augen der Öffentlichkeit sind wir eh die, die nichts auf die Reihe kriegen. Geben wir ihnen Popov und beruhigen sie damit für die nächste Zeit. Dadurch haben wir Luft, um nach den anderen zu suchen."
„Und nach dem U-Boot."
„Richtig."
Hoffi stellte seine leere Tasse in die Spüle, zögerte aber, bevor er den Raum verließ. „Was hast du jetzt vor? Zurück nach Berlin?"
Das war die Frage, die Beller sich selbst die ganze Zeit stellte. Irgendwann würde er zurück müssen. Seine Chefin hatte ihn zwar nur zu gern für diesen Fall länger in Friedrichshafen bleiben lassen, aber auch das würde irgendwann vorbei sein.
„Ich würde gerne noch eine Weile hierbleiben und an dem Fall arbeiten. Wäre das ein Problem für dich?"
Hoffi grinste. „Ich hatte gehofft, dass du fragst. So wenig dich deine Chefin auch vermisst, irgendwann wird sie dich zurückhaben wollen. Aber ich hätte einen Vorschlag: lass dich hierher versetzen."
Beller stand der Mund offen. „Ich? Hierher? Wie ... also wie soll das gehen?"

„Bei uns fehlt seit einem halben Jahr ein Kollege. Schlaganfall." Hoffi hielt kurz inne. Er sprach nicht gerne darüber. „So wie es aussieht, kommt er auch nicht mehr zurück. Aber dadurch ist eine Stelle aktuell nicht besetzt. Er war mein Stellvertreter und das wärst du dann auch."

„Ich stehe im Rang über dir", grinste Beller. „Wird das nicht schwierig?"

Hoffi tat das mit einer lässigen Geste ab. „Nur wenn du ein Problem damit hast. Du wärst hier ganz normal in den Dienst eingebunden, hättest aber auch genug Zeit um weiter an der Geiselnahme zu arbeiten … es ist bei uns schon deutlich ruhiger als in Berlin."

Hoffi konnte sehen, wie es in Bellers Gehirn arbeitete und kam ihm zu Hilfe. „Wenn ich da noch etwas in die Waagschale werfen dürfte: du hast hier ein nettes Mädchen, dessen Vater dir mit seiner Dienstwaffe irgendwo ein unangenehmes Loch reinpusten würde, wenn du jetzt einfach abhaust."

Beller sah das spitzbübische Grinsen in Hoffis Gesicht, spürte aber, dass es ihm zum Teil auch ernst war. „Na dann … habe ich eine Wahl? Ich nehme das Angebot an. Klärst du das mit meiner Chefin?"

Hoffi nickte und Beller war froh, dass dieser Kelch an ihm vorüber ging.

„Und? Bleibst du?", fragte Schorsch grinsend, als er Beller auf dem Flur begegnete.

„Hier weiß wohl immer jeder alles …"

„Natürlich", nickte Schorsch zufrieden. „Ich weiß nicht, wie das in Berlin läuft, aber wir sind hier eine Familie."

Beller lächelte. Er hatte noch nicht darüber nachgedacht, aber es war genau dieses Familiengefühl, das er die letzten Tage so genossen hatte. Alle auf der Station waren vom ersten Tag an nicht nur Kollegen, sondern auch Freunde gewesen. Das gab es an seinem Arbeitsplatz in der Hauptstadt nicht. Vor allem seine Position als Psychologe hatte ihn ausgegrenzt, da viele seiner Kollegen das, was er tat, für keine richtige Polizeiarbeit hielten und das obwohl er immer wieder gute Ergebnisse geliefert hatte.

„Ich bleibe. Erst mal."

Schorsch kam freudestrahlend auf ihn zu und schlang seine Arme um ihn. Beller spürte Schorschs dicken Bauch und den Druck seiner massigen Arme. Er schnappte nach Luft.

„Hey, lass mich am Leben. Willst du, dass ich mich gleich krank melde?"

Schorsch entließ ihn aus seiner Umklammerung und zeigte mit dem Finger auf Beller. „Das wird aber auf jeden Fall gefeiert! Glaub ja nicht, dass du ohne ein Fest davonkommst."

Na prima, dachte Beller, sagte aber: „Natürlich. Ich freue mich schon drauf!"

Beller verließ die Polizeistation und machte sich auf den Weg nach Hause. Überrascht stellte er fest, dass er seine Ferienwohnung tatsächlich als zu Hause empfand. Er musste mit dem Vermieter sprechen. Eine andere Wohnung wollte er nicht. Und er musste sich ein Auto besorgen. Der alte Grüne tat zwar brav seinen Dienst, doch eine Klimaanlage wäre eine nette Bereicherung … und elektrische Fensterheber … und ein Radio mit Digitalanzeige anstatt einer Schwarzweißskala mit Drehrädchen.

Als er in Wernsreute ankam, parkte Biggis Wagen schon vor dem Eingang und im Wohnzimmer brannte Licht. Konnte ein Tag noch besser laufen? Ein neuer Job, neue Kollegen, eine bildhübsche

Freundin. Er wusste nicht, was ihn in den kommenden Wochen und Monaten erwartete, doch er freute sich darauf.

Epilog

Einige Tage später war Beller nach Bad Schussenried gefahren, um seinen Mentor zu besuchen. „Herr Wollenweber ist nicht mehr bei uns“, hatte ihm die freundliche Dame am Empfang mitgeteilt. Verblüfft erfuhr Beller, das Markus freiwillig dort gewesen war und am Tag nach der Geiselnahme abgereist war. „Er sagte etwas von einer längeren Reise“, war die einzige Information, die er über seinen Verbleib erhielt. „Aber Sie sind Beller, nicht wahr?“ Beller nickte und die Frau hatte ein kleines Päckchen unter dem Tresen hervorgeholt. „Das soll ich Ihnen geben.“ Beller hatte sich bedankt und war zu seinem Wagen zurückgegangen. Erst dort hatte er es geöffnet. Es enthielt ein Buch mit dem Titel „Das perfekte Verbrechen“, doch als er es grob durchblätterte, fand er nur leere Seiten. War Markus an seinem Buchprojekt gescheitert? Er wollte es schon auf den Beifahrersitz werfen als er auf einer der letzten Blätter eine handgeschriebene Nachricht fand.

„Lieber Beller, es tut mir leid, dass wir uns nicht mehr sehen konnten, aber ich hatte etwas Dringendes zu erledigen. Wie du siehst, sind die Seiten dieses Buches leer. Nachdem was du erlebt hast, ist es nun an dir sie mit Inhalt zu füllen. Dir fällt sicher etwas ein. Vielleicht treffen wir uns ja irgendwann mal wieder. Herzlichst – Markus.“

Beller empfand die Zeilen als merkwürdig nichtssagend. Noch merkwürdiger war aber die filigrane Bleistiftzeichnung auf der nächsten Seite. Sie zeigte ein U-Boot.

Drei Monate später …

Beller hatte Schorschs Drängen nachgegeben und seine neuen Kollegen zum Grillen eingeladen. Theo, der Vermieter, hatte angeboten seine Feuerstelle zu nutzen und so saßen sie dichtgedrängt am Lagerfeuer. Der Sommer war vorbei und die Temperaturen waren deutlich gefallen, doch die Flammen verbreiteten genug Wärme. Alle waren gekommen: Hoffi, Schorsch, Meier, Rabe, Neuer und auch Kevin, der mittlerweile wieder auf der Station in Ravensburg arbeitete. Und Biggi. Sie waren immer noch zusammen und Beller konnte sich nicht erinnern, wann er das letzte Mal so glücklich gewesen war. Es passte perfekt.
„Ich habe auch noch was mitgebracht", rief Schorsch und zog eine Flasche Schnaps aus seiner Tasche. „Schließlich habe ich ja auch etwas zu feiern."
Es waren Schorschs Kenntnisse über den Bodensee gewesen, die die Ermittlungen entscheidend vorangebracht hatten. Dafür hatte er eine Belobigung erhalten und durfte sich über eine baldige Beförderung freuen, mit der er auf Grund seines Dienstalters nicht mehr gerechnet hatte. Außerdem hatte Hoffi es geschafft, ihn von dem allgemein unbeliebten Fitness-Test zu befreien, was für Schorsch mehr Wert war als jede Auszeichnung.
„Du willst am Montag nochmal auf U-Boot-Jagd gehen?", erkundigte sich Hoffi leise.
Beller nickte. „Ich hab da so ein Gefühl, und du weißt ja, dass ich mich meistens auf mein Gefühl verlassen kann."
Neben der normalen Arbeiten hatte Beller in den letzten Wochen

immer wieder die Akten der Geiselnahme studiert. Trotz der Phantombilder, die der Zeichner nach Popovs Beschreibungen erstellt hatte, war die Fahndung erfolglos geblieben. Die beiden, die angeblich David und Jürgen hießen, hatten auf den Bildern Allerweltsgesichter, die zu jedem zweiten Mann in Deutschland gepasst hätten. Wegen der Ähnlichkeit zu dem Sänger Mark Forster, von der einige Geiseln berichtet hatten, hatte Neuer den Sänger ebenfalls überprüft, doch der befand sich an dem betreffenden Wochenende wegen einer Fernsehaufzeichnung in Berlin. Anders verhielt es sich bei dem Geiselnehmer, der den Moderator gespielt hatte. Werner. Der Phantombildzeichner hatte etwas herumgespielt und versucht seine Verkleidung auszublenden woraufhin sie auf den Flughafenvideos einen wahrscheinlichen Treffer hatten. Der Mann hatte als Werner Hildebrand eingecheckt und war über zwei Stationen nach Kuba geflogen. Ein Land ohne Auslieferungsabkommen.
Neuer hatte noch weitere interessante Informationen gefunden. Da war zum Beispiel ein ehemaliger Zellengenosse von Popov, Bernd Barnsteiner, der seit seiner Entlassung ein vorbildliches Leben führte. Er hatte großzügig geerbt und lebte nun auf einem unglaublichen Anwesen bei Überlingen. Direkt am See. Mit einer Bootshalle. Sie war eine der Hallen gewesen, die sie auf der Suche nach dem U-Boot inspiziert hatten. Dass die beiden sich kannten, war vielleicht Zufall, doch Beller glaubte nicht an Zufälle. Und da war das Foto der Creme-Tube die Popov bei seiner Verhaftung bei sich gehabt hatte. Ebenol. Sie war noch fast voll. Beller hatte das Bild vergrößert und konnte so die Chargennummer auf der Falz der Tube entziffern. Durch diese Zahlenkombination hatte er erfahren, dass die Salbe am Wochenende der Geiselnahme beim Apothekennotdienst gekauft

worden war … in Überlingen.
Das Anwesen war unglaublich. Nachdem er an einem gut drei Meter hohen schmiedeeisernen Tor geklingelt und seine Marke in die Kamera gehalten hatte, öffnete es sich geräuschlos und Beller fuhr einen weißen Kiesweg entlang. Uralte Bäume säumten den Weg, die ausladenden Rasenflächen dahinter hätten jeden Greenkeeper glücklich gemacht. Er passierte ein kleineres Häuschen und parkte kurz darauf vor der Villa. Marmorsäulen trugen ein kleines Vordach über der Eingangstür, die sich in dem Moment öffnete, als Beller den Motor ausmachte.
„Beller. Kriminalpolizei Friedrichshafen", stellte er sich vor und zeigte seinen Dienstausweis. Der Mann im Türrahmen warf einen kurzen Blick auf den Ausweis.
„Barnsteiner. Bernd Barnsteiner", sagte er und machte einen besorgten Gesichtsausdruck. „Kriminalpolizei? Ist etwas passiert?"
Beller musterte den Mann genau. Seine Besorgnis schien echt zu sein, obwohl er gleichzeitig eine gelassene Souveränität ausstrahlte. Geld ist nicht alles, aber es beruhigt ungemein. Barnsteiner war leger gekleidet, doch T-Shirt und Jeans waren teure Markenartikel.
„Wir ermitteln immer noch wegen der Geiselnahme auf dem See. Sie erinnern Sich?"
„Natürlich erinnere ich mich. Wer könnte das vergessen? Aber ich weiß nicht, wie ich Ihnen da weiterhelfen kann … außerdem waren Ihre Kollegen doch damals schon hier."
„Wir sind eben gründlich", sagte Beller kurz angebunden. „Dürfte ich vielleicht reinkommen? Geht auch nicht lange."
Barnsteiner überlegte kurz, trat dann aber zur Seite und machte eine einladende Geste.

„Natürlich. Kommen Sie. Ich bin gerade mit Freunden zum Grillen auf der Terrasse und möchte sie nicht warten lassen. Es sind mein Verwalter und mein Gärtner."

Auf der Terrasse gab es ein kurzes Händeschütteln zur Begrüßung und Beller setzte sich auf einen der freien Stühle neben Brugger und Schmidt. Eine kleine Wand schützte den Platz vor Wind, so dass es sich in der tiefstehenden Septembersonne gut aushalten ließ. Spare-rips bruzzelten auf dem Grill und verströmten ihren süßlich würzigen Duft. Bellers Magen knurrte.

„Ein Bier?", fragte Barnsteiner grinsend und war überrascht, als Beller zugriff.

„Warum nicht … aber bitte verraten Sie mich nicht bei meinem Chef!"

„Also, Herr Kommissar …" „Beller. Einfach nur Beller, bitte." „Also – Beller – was können wir für Sie tun?"

Beller schlug die Beine übereinander und lehnte sich zurück. „Die Ermittlungen zur Geiselnahme sind nahezu abgeschlossen, doch es gibt da einen Punkt, den wir bisher nicht klären konnten. Die Täter sind mit irgendeinem Wasserfahrzeug geflohen, ohne dass wir es bemerkt haben. Deshalb vermuten wir, dass sie ein … na sagen wir: ein ganz spezielles Boot benutzt haben. Danach suchen wir."

Barnsteiner legte interessiert den Kopf schief. „Ich besitze ein Boot, wenn auch kein besonderes. Sie können es gerne sehen."

Sie erhoben sich und gingen zur Bootshalle, deren Eingangstor offenstand. Im Halbdunkel der Halle erkannte Beller eine luxuriöse Motoryacht. Er schätzte sie auf fünfzehn Meter.

„Nichts Besonderes? Haben Sie da nicht etwas untertrieben?"

Barnsteiner lächelte. „Ich gebe nicht gern an. Aber ja: sie ist ein tolles

Schiff."
Er drückte einen Schalter an der Wand woraufhin unzählige Strahler an der Decke den Raum erhellten. Das Schiff war imposant. Überall blitzte Chrom und es war so sauber, als käme es gerade erst aus der Werft. Beller schritt das Boot ab und zeigte auf den Schriftzug am Bug.
„Nautilus II? Was ist aus der Nautilus I geworden?"
„Die liegt auf dem Grund des Meeres", lachte Barnsteiner. „Zusammen mit Kapitän Nemo. Haben Sie nicht Jules Verne gelesen?"
„Natürlich habe ich das", antwortete Beller gleichmütig. „Aber das war ein U-Boot. Ihres sieht nicht so aus, als wäre es für einen Tauchgang geeignet."
„Der Name war nur eine romantische Idee von mir. Ich fand ihn einfach schön. Hätte ich gewusst, dass er einer der meistverwendeten Bootsnamen ist, hätte ich mir etwas anderes einfallen lassen."
Beller beließ es dabei und sah sich weiter um. Die Yacht war ganz am Ende der Halle vertäut. Im vorderen Bereich waren ungefähr zehn Meter frei. Ein U-Boot mit zwanzig Metern Länge hätte problemlos hineingepasst. An einer der Wände im hinteren Bereich standen mehrere Spinte, daneben hingen zwei Tauchausrüstungen.
„Sie tauchen?", fragte Beller.
„Nicht wirklich. Das ist eher das Hobby von Brugger und Schmidt. Ich habe es mal versucht, aber das Gefühl durch einen Schlauch zu atmen, ist mir zu beklemmend. Mir reicht es, wenn ich oben im Pool ein paar Bahnen ziehen kann. Immer schön mit dem Kopf über dem Wasser."
„Ist ihr Schiff immer hier drin?"
„Nein. Die meiste Zeit des Jahres liegt es im Überlinger Hafen, aber

wir wollten über die kalten Monate einige Reparaturen vornehmen und haben es deshalb frühzeitig reingeholt."

Sehr frühzeitig, dachte Beller. Schon als die Beamten direkt nach der Geiselnahme hier waren, war die Yacht in der Halle gewesen, doch die Erklärung war plausibel und schließlich konnte der Mann mit seinem Schiff machen wozu er Lust hatte. Er sah sich ein letztes Mal um, doch er fand nichts, was auf ein U-Boot hingewiesen hätte, dabei wusste er selbst nicht, was das hätte sein sollen. Eine Sache gab es aber noch zu klären.

„Sie haben mitbekommen, dass wir einen der Täter verhaftet haben? Juri Popov."

Wenn Barnsteiner überrascht war, ließ er sich nichts anmerken. „Der gute alte Juri. Ja, das habe ich in den Nachrichten gehört. Wissen Sie … das ist schon ein verrückter Zufall … aber ich kenne den Mann."

Beller sah Barnsteiner auffordernd an.

„Die Geschichte ist mir etwas unangenehm, da sie mich nicht gut dastehen lässt. In jungen Jahren war ich etwas … naja … nennen wir es verwirrt. Ich habe ein paar dumme Dinge getan und landete am Ende sogar im Gefängnis. Dort habe ich Juri kennengelernt. Er war mit mir in einer Zelle. Mit der Zeit haben wir uns angefreundet und er hat ein wenig auf mich aufgepasst."

Beller kannte die Geschichte aus der Gefängnisakte, spielte aber den Unwissenden. „Wie darf ich das verstehen? Hat er Sie beschützt?"

Barnsteiner wog seine Antwort ab. „Beschützt ist zu hoch gegriffen, aber ja: er hat dafür gesorgt, dass ich in Ruhe gelassen wurde. Wissen Sie, das Leben im Gefängnis ist nicht so brutal, wie man es in amerikanischen Serien sieht, aber kleinere Reibereien gibt es schon immer mal. Da war es gut Juri an meiner Seite zu haben."

„Sie sind ihm also etwas schuldig …"
„Ja, ganz bestimmt."
„Und er hat diese Schuld nie eingelöst?"
„Nein. Bis heute nicht." Beller beobachtete Barnsteiner genau, konnte aber keine Anzeichen einer Lüge entdecken. „Und Sie haben ihn seitdem nicht mehr gesehen?"
Barnsteiner seufzte. „Tatsächlich hatte ich ein paar Mal überlegt, mich bei ihm zu melden, aber mein Bewährungshelfer meinte damals, das sei keine gute Idee. Erst im Zusammenhang mit dieser Geiselnahme habe ich wieder von ihm gehört."
Auch das war die Wahrheit, erkannte Beller, hatte aber trotzdem das Gefühl, dass er etwas zurückhielt. Barnsteiner bemerkte sein Zögern. „Glauben Sie mir nicht?"
„Oh doch, das tue ich", erwiderte Beller. „Da ist nur noch eine Sache: Ihr Freund Juri hatte bei seiner Verhaftung eine Salbe gegen seine Neurodermitis bei sich. Sie war noch fast voll … und: sie wurde am Wochenende der Geiselnahme beim Apothekennotdienst hier in Überlingen gekauft. Können Sie mir das erklären?" Beller hatte sich diese Karte bis zum Schluss aufgehoben und tatsächlich schien sein Gegenüber überrascht.
„Ein verrückter Zufall würde ich sagen. Aber sind Sie sicher, dass das kein Irrtum ist? Wie hätte Juri denn hier die Salbe kaufen sollen, wenn er zu dieser Zeit doch angeblich draußen auf dem See mit der Geiselnahme beschäftigt war?"
Beller grinste und stupste Barnsteiner mit dem Zeigefinger auf die Brust. „Und genau das, mein Lieber, ist die Hundertfünfzig-Millionen-Euro-Frage."
Als Beller das Grundstück verließ, wusste er, dass er mit seiner Ver-

mutung richtig gelegen hatte. Das U-Boot war hier gewesen. In der Halle, in der jetzt die Yacht lag. Nur beweisen konnte er es nicht. Vielleicht musste er das ja auch gar nicht. Irgendwo war das Boot versteckt und wer weiß: vielleicht tauchte es ja irgendwann wieder auf. Beller zuckte zusammen. Auftauchen. War es möglich ein U-Boot auf dem Seegrund zu parken? Tauchausrüstungen. Mit ihnen hätte man das geparkte Boot verlassen können. Gab es eine Möglichkeit unter Wasser nach einem zwanzig Meter großen Stahlkoloss zu suchen? Er lächelte. Wenn das U-Boot irgendwo da draußen im See versteckt war, würde er es finden. Das konnte eine ganze Weile dauern. Aber er hatte ja Zeit.
Vielleicht hatte er auch irgendwann Erfolg mit seiner Suche nach seinem Mentor. Wollenweber war seit der Geiselnahme nicht mehr aufgetaucht. Dabei hätte er einige Fragen an ihn gehabt. Angefangen bei dem Buch, das er ihm hinterlassen hatte. Wie konnte er von dem U-Boot wissen? Und vor allem: wie war er noch vor ihnen darauf gekommen ohne die Fakten zu kennen? War es eine seiner genialen Ideen oder wusste er vielleicht mehr als er gesagt hatte? Beller hatte auch Wollenwebers Geschichte recherchiert und hatte entdeckt, dass sein Mentor im gleichen Gefängnis als Psychologe gearbeitete hatte, in dem auch Popov und Barnsteiner eingesessen hatten, wenn auch viele Jahre zuvor. Konnte es da einen Zusammenhang geben? Und dann war da noch eines ihrer Telefongespräche während der Geiselnahme. Irgendwas hatte ihn damals an dem, was Markus gesagt hatte, irritiert, doch er erkannte erst jetzt, was es war. Er erinnerte sich, dass Markus die Idee mit dem Zeppelin gelobt hatte, doch diese Information hätte er gar nicht haben dürfen. Beller hatte sich die Zeitungen und die Pressekonferenzen von damals noch einmal ange-

sehen, aber nirgends wurde vor dem Zeitpunkt ihres Telefonats der Zeppelin erwähnt. Wahrscheinlich gab es für alles eine logische Erklärung, hoffte Beller, denn die Alternative war undenkbar. Er dachte an den Mann, der nach Popovs Aussage, alles im Hintergrund geplant hatte und von dem immer noch jede Spur fehlte. Wenn er ehrlich war, wäre Wollenweber genau der richtige Mann dafür.

David und Jürgen hatten sich für Thailand entschieden. Sie hatten nach einer Insel gesucht, die noch nicht von Touristen überrannt war. Phuket und Koh Phi Phi schieden daher aus. Doch ganz in der Nähe gab es noch viele weitere schöne Flecken auf der Westseite. Sie wählten Koh Jum, ein Geheimtipp für homosexuelle Paare. Sie hatten Glück und konnten günstig einen Bungalow aus einer Ferienanlage herauskaufen. Die Anlage war klein, verfügte aber über zwei ordentliche Restaurants und fast europäischen Standard, mit Satellitenfernsehen und Internet.

Die ersten Wochen hatten sie fast ausschließlich am Strand verbracht. Ein Einheimischer hatte ihnen die kleine Bucht gezeigt, in der keine Touristen auftauchten, nur ein paar Kinder aus dem Dorf kamen manchmal zum Baden her. Sie wunderten sich über die zwei Europäer, die nackt nebeneinander im Sand lagen, winkten aber immer freundlich und stürzten sich kreischend in die Wellen.

Es war das Paradies, doch Paradiese neigen dazu langweilig zu sein. Vorsichtig begannen sie kleine Ausflüge in die Nachbardörfer zu unternehmen und erkundeten das Nachtleben. Sie lernten ein schwules Paar aus Deutschland kennen, das bereits seit drei Jahren auf der Insel war und sie in die angesagten Clubs mitnahm. Gemeinsam

feierten sie mehrmals in der Woche bis in die frühen Morgenstunden. Für Europäer war das Feiern in Thailand fast aberwitzig billig. Für nur drei- oder vierhundert Euro konnten vier Personen eine ganze Nacht lang im wahrsten Sinne des Wortes die Puppen tanzen lassen. Egal, was sie sich wünschten – für ein kleines Trinkgeld wurde es ermöglicht. An einem Abend hatten sie junge Stripper bestellt, die eventuell auch zu mehr bereit wären. Nur eine Stunde später waren drei bildhübsche Boys aufgetaucht die keinen Wunsch unerfüllt ließen. Die Jungen waren fast noch Kinder gewesen – vielleicht fünfzehn oder sechszehn Jahre alt – doch sie besaßen schon den notwendigen skrupellosen Geschäftssinn, um in diesem Land etwas aus sich zu machen. Sie hatten beobachtet, wie David und Jürgen immer wieder Scheine aus ihren dicken Geldbündeln zogen und beschlossen, dass das Geld bei ihnen besser aufgehoben war. In einem Land, indem das durchschnittliche Prokopfeinkommen bei nur fünfhundert Euro im Monat liegt ein nachvollziehbarer Gedankengang.
Als Jürgen und David mit ihren Freunden mitten in der Nacht schwankend den Club verließen, waren sie zu betrunken, um die Gefahr zu erkennen. Die drei Jugendlichen lauerten ihnen an einer abgelegenen Stelle auf und erstachen alle vier. Die Beute von rund tausend Euro teilten sie untereinander auf. Die Leichen der vier Europäer schleppten sie ins Dickicht, wo sie nie gefunden wurden.

Sicher ist sicher, hatte Werner sich gedacht. Auf der Suche nach einem sicheren Land ohne Auslieferungsabkommen hatte er sich schweren Herzens für Kuba entschieden. Es gab viele Nationen, die keine Verträge unterschrieben hatten, die die Verfolgung und Auslieferung von Verbrechern eindeutig zusagten, doch wenn man genau hinsah, machten die meisten dieser Länder durchaus Zugeständnisse. Auch ohne die Verträge gab es häufig Absprachen, oft motiviert durch wirtschaftliche Zusagen. Bei Kuba war das anders. Das Land kooperierte nicht. Mit niemand. Für Werner das ausschlaggebende Argument. Wäre es nach dem Lebensstandard gegangen, hätte er sich anders entschieden, doch in seiner Situation ging Sicherheit vor. Außerdem war die relative Armut des Landes für ihn von Vorteil, da er sich mit seinem Anteil an der Beute alles kaufen konnte, was es in Kuba gab. Natürlich vermisste er die Artikelvielfalt europäischer Einkaufszentren, musste aber feststellen, dass für ein glückliches Leben sehr viel weniger nötig war.

Er gab sich als Schriftsteller aus, der an einem Roman über die Lebensweise in Kuba schrieb. Die Menschen in seiner Umgebung akzeptierten den schrägen Neuen und nach zwei Kontrollen durch heimische Polizisten ließen auch sie ihn in Ruhe. Bald war er in den Cafés seines Dorfes ein gern gesehener Gast, was nicht zuletzt an seinem üppigen Trinkgeld lag. Im El Palenquito war er besonders häufig, was zum einen an dem köstlichen regionalen Essen lag, vor allem aber an der Kellnerin Maria. Mit ihren fünfunddreißig Jahren war sie bereits Witwe. Ihr Mann war bei einem Autounfall ums Leben gekommen und hatte sie mit zwei Kindern zurückgelassen, die sie nun allein versorgen musste. Tagsüber arbeitete sie in einer Wäscherei, abends im Restaurant. Trotzdem reichte das Geld häufig nicht aus. Werners Trinkgeld war höher als ihr wöchentlicher Verdienst in der Wäscherei und so war sie besonders freundlich zu ihm. Sie begannen sich auch außerhalb des Restaurants zu treffen und am Ende landeten sie im Bett. Werner hatte den Verdacht, dass Maria für

gewisse Zuwendungen schon früher mit Männern ins Bett gegangen war, doch es störte ihn nicht. Niemand war perfekt.
Nachdem sie ein paar Wochen zusammen waren, wachte Werner eines Morgens schweißüberströmt auf. Er vermutete eine Grippe und schonte sich ein paar Tage. Als die Symptome stärker wurden, begann er sich Sorgen zu machen und konsultierte einen Arzt, der ihm von Maria empfohlen worden war. Für ein paar Scheine extra durfte Werner direkt ins Behandlungszimmer durchgehen, anstatt mehrere Stunden im Wartezimmer zu sitzen. Der Arzt hatte einen kompetenten Eindruck gemacht und ihn eine halbe Stunde lang untersucht. Am Ende hatte er gelächelt und Werner zwei Vitaminpräparate mitgegeben. Eine leichte Grippe kann schon mal vorkommen, hatte er versichert, vor allem bei Europäern, die das kubanische Klima nicht gewohnt sind. Mit vernünftiger Ernährung und den Vitaminen sei er bald wieder ganz der Alte.
Dem Arzt kann man keine Vorwürfe machen, er hatte getan, was er konnte, doch das war leider nicht genug. Bei einer Untersuchung in Deutschland hätte man Werner Blut abgenommen und auf verschiedene Krankheiten getestet. Man hätte den HIV-Virus rechtzeitig entdeckt und Medikamente verabreicht, mit denen die Krankheit nie ausgebrochen wäre. Werner hätte trotz HIV noch ein langes Leben vor sich gehabt. In Deutschland. Aber nicht in Kuba, wo er von Woche zu Woche schwächer wurde.

Noch ein paar Worte ...

Es hat Spaß gemacht über die Region zu schreiben in der ich aufgewachsen bin und bis heute lebe. Verbrechen können schließlich überall passieren – nicht nur in den großen Metropolen dieser Welt. Das Seehasenfest war fester Bestandteil meiner Jugend und ich erinnere mich tatsächlich noch an den Tag an dem ich meinen Hasenklee bekam. Vor allem daran, dass es fürchterlich heiß war.
Ich hoffe ich habe jetzt niemandem die Freude am Seehasenfest verdorben. Denkt immer daran: diese Geschichte ist frei erfunden.
Auch die Geschehnisse rund um die Kriminalpolizei in Friedrichshafen entspringen meiner Fantasie. Ich habe die Stimmung auf der Dienststelle ganz bewusst sehr familiär gehalten, was wahrscheinlich nicht den Tatsachen entspricht. Ich bin überzeugt, dass die Beamten dort tolle Arbeit leisten und hoffe, dass sie beim Lesen auch etwas Spaß hatten. Falls ihr mir das echte Leben bei der Kripo zeigen wollt: über eine Einladung würde ich mich sehr freuen. Ich würde sogar den „dicken Schorschi" für euch geben und Leberkäswecken mitbringen.

Ich bedanke mich aufs Herzlichste bei meiner Korrektorin Claudia Kufeld in Kierspe, die sich wieder einmal um meine Fehler gekümmert hat. Das ist keine leichte Aufgabe. Danke, liebe Claudia – ich hoffe du bist auch bei meinen nächsten Projekten wieder mit dabei.

Und ich danke meiner Familie, vor allem meiner Frau Tina, die geduldig hinnimmt, dass ihr Mann stunden- und tagelang vor seinem Laptop sitzt. Und ein großes Dankeschön an meinen Sohn Kai, der mir anbot das Cover für dieses Buch zu gestalten. Ich erklärte ihm was ich mir vorstellte – und bekam etwas komplett Anderes, was mir aber viel besser gefiel als meine Idee. Das Ergebnis ist das tolle Cover dieses Buches.

Ganz liebe Grüße!

Stefan Mitrenga

Der Autor

Stefan Mitrenga wurde am 22. März 1969 in Tettnang geboren. Er wuchs in Ailingen bei Friedrichshafen auf, wo er die Grundschule besuchte. Nach dem Abitur am Graf-Zeppelin-Gymnasium in Friedrichshafen 1988 absolvierte er seinen Wehrdienst in Sigmaringen. Es folgte eine Ausbildung an der Elektronikschule in Tettnang.
Parallel dazu arbeitete er ab 1991 bei mehreren Radiosendern als Moderator und Redakteur und absolvierte in Weingarten ein Kompaktstudium Journalismus.
Er machte sich 2005 als Sprecher mit eigenem Tonstudio selbständig.
Seit August 1998 wohnt er mit seiner Familie in Dürnast in der Gemeinde Taldorf.
Seine Hobbies: Volleyball, Garten, Waldarbeit und gutes Essen.

Weitere Bücher von Stefan Mitrenga

Riesige Vesperteller, Flaschenbier und Schnaps aus Sprudelgläsern. Alltag bei der legendären Goschamarie in Taldorf. Walter und seine Freunde treffen sich dort regelmäßig am Stammtisch. Walter ist eigentlich nur der Zeitungsausträger des Dorfes, doch als der alte Pfarrer überraschend stirbt sucht er mit ein paar Verbündeten nach Antworten. War es wirklich ein natürlicher Tod?
Ein humoriger Dorfkrimi mit viel Charme und unglaublichen neuen Anekdoten von der Goschamarie

"Goschamarie - Alte Geschichten - neue Freunde"
Der erste Taldorf-Krimi
ISBN 978-3-746778-62-4

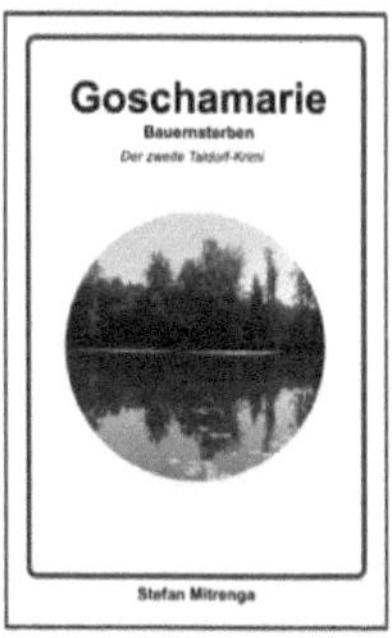

Gerade hat sich die Aufregung um den Tod des alten Pfarrers gelegt, da erschüttert ein neuer Todesfall die Menschen in Taldorf.
Ein Landwirt wird von seinem eigenen Traktor überrollt. Was erst wie ein Unfall aussieht erweist sich schnell als eiskalter Mord. Für zusätzliche Unruhe sorgen Gerüchte um ein neues Baugebiet in Taldorf.
Erneut gehen Walter und seine Freunde auf Mörderjagd.

"Goschamarie - Bauernsterben"
Der zweite Taldorf-Krimi
ISBN 978-3-750253-62-9

Taldorf kommt nicht zur Ruhe. Auf der Baustelle des neuen Musikheims wird ein Skelett gefunden. Walter und seine Freunde stehen vor einem Rätsel, denn niemand wird vermisst. Auch Marie gerät unter Druck: wegen fehlender Sanitäreinrichtungen droht ihr die Schließung des Lokals.

"Goschamarie - Der letzte Abend"
Der dritte Taldorf-Krimi
ISBN 978-3-753113-79-1

ISBN 978-3-7541-0775-1
9 783754 107751 00001
www.epubli.de